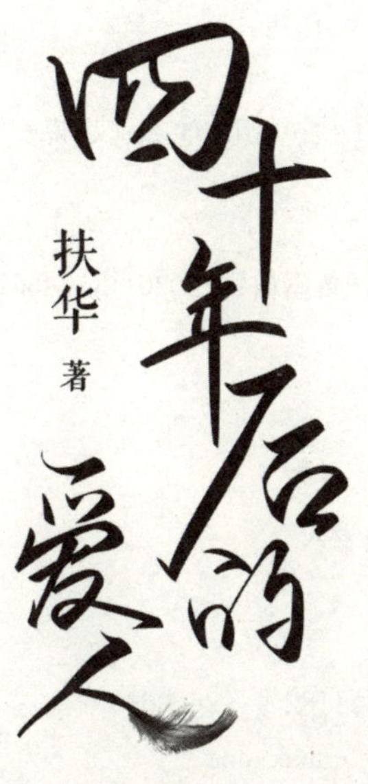

扶华 著

青岛出版社
QINGDAO PUBLISHING HOUSE

图书在版编目（CIP）数据

四十年后的爱人 / 扶华著. — 青岛 : 青岛出版社，2020.12

ISBN 978-7-5552-9510-5

Ⅰ. ①四… Ⅱ. ①扶… Ⅲ. ①长篇小说－中国－当代 Ⅳ. ①I247.5

中国版本图书馆CIP数据核字(2020)第174567号

书　　名　四十年后的爱人
著　　者　扶　华
出版发行　青岛出版社
社　　址　青岛市海尔路182号（266061）
本社网址　http://www.qdpub.com
邮购电话　18613853563　　0532-68068091
责任编辑　李文峰
特约编辑　程钰云
校　　对　张玉霞
装帧设计　蒋　晴
照　　排　梁　霞
印　　刷　天津联城印刷有限公司
出版日期　2020年12月第1版　2024年4月第3次印刷
开　　本　32开（880mm×1230mm）
印　　张　10
字　　数　170千
书　　号　ISBN 978-7-5552-9510-5
定　　价　49.80元

编校印装质量、盗版监督服务电话　4006532017　0532-68068638
建议陈列类别：畅销·青春文学

目录 CONTENTS

目录 CONTENTS

第一章

四十年后

01

“俞女士，我们这边已经和江先生取得了联系，他很快就会来接你。”一脸职业笑容的工作人员将一杯水端到俞遥的面前，用一种打量稀奇物种的眼神看着她。

俞遥接过水杯，道了声谢，不自觉地瞟了一眼墙上显示时间的挂钟——2058年7月15日下午五点三十一分。

“2058年。”她默念，喝了一口水。

2018年7月15日，是她和江仲林结婚一周年纪念日。她难得准备动手做个饭，结果在买完菜回家的路上摔了一跤，再爬起来的时候就发现周围的景色忽然变得陌生。自己这一摔就摔到了四十年后，从2018年直接来到了2058年，她到现在还没反应过来。

在原地愣怔一阵后，一个眼睁睁地看着她突然出现在马路中央的好心路人直接将她送到了这一区的市民服务中心，说明了情况。工作人员很快帮她联系到了丈夫江仲林，现在就等着他过来领人了。

这听起来更像个失物招领案例。

“俞女士，其实这已经是近年来第五起记录在案的穿越事件了。”有一个招待她的年轻工作人员跟她聊八卦，说起先前的四个穿越案例：

2018
2058

一个老头儿、一个小孩、一个肺癌患者、一个坐轮椅的。这四位前辈加起来算是典型的“老弱病残”，而她是第五位。难怪工作人员先前听她说起穿越的事儿都没直接把她送精神病院，原来是早有先例。

从被送来开始，俞遥在这座服务中心里坐了将近两个小时，每隔一会儿，就有一个工作人员以送水为由过来近距离地观察她，跟看外星人似的。

喝水喝了个饱，俞遥放下杯子，百无聊赖地低头去看脚边的塑料袋。塑料袋里面是她在超市买的菜，鸡蛋、西红柿、辣椒、茄子、小青菜、豆角、豆腐、鸭血、蘑菇、山药、一大盒熟食，还有两条鳜鱼。因为没有想好晚上到底做什么，所以她乱七八糟地买了一大堆，准备晚上等江仲林回家了再商量着做。

她正数着袋子里有多少个辣椒，忽然察觉到什么，抬头望去。

有一个人推开大门走了进来。在这大夏天里，他穿着衬衫和长裤，鼻梁上架着一副细边眼镜，手里拿着一把深蓝色的大雨伞——外面不知道什么时候下起雨了。

雨伞滴滴答答地往下滴着水，拿伞的人站在门口静了一会儿，将伞放在了门边的置物架上，朝着俞遥走过来。

俞遥盯着他鬓边的白发和脸上代表岁月流逝的纹路，轻轻地吸了一口气。

小江先生果然变成老江先生了。她结婚一周年的丈夫变成个老头子了。

“俞遥？”他在俞遥身前一米外停了下来，喊了她的名字，看上去还挺平静的。他的声音不比四十年前的那么清朗动听了，但嗓音温润，语气很慈祥和蔼。

俞遥在这里心平气和地坐了这么久，这一刻却忍不住在心里骂起了脏话，也不知道是从哪里突然冒出来的火气。

“是我。”俞遥站起来，随意地捡起地上的塑料袋，“走吧？”

她看到江仲林伸手推了推眼镜，朝自己点点头，耐心地解释：“再等我一下，我去填个表格。你的情况不太一样，要签临时的保密协议，以后还要来补手续，你再坐一会儿。”

俞遥啪地坐了回去，心想，这个态度，他是放学后来幼儿园接孙女的爷爷吗？

江仲林走到服务台那边，和工作人员交谈了一阵，填了几份东西，十几分钟后回来了，对她说："走吧。"

门一开，外面哗哗的雨声突然大了起来。江仲林撑开伞，他的伞很大，足够将两个人都遮住。俞遥跟着他往路边走，看着他走路时脚下溅起的水花，他走得不快，步子很稳。六十五岁的江仲林背不驼耳不聋，但头发白了，握着伞的那只手有皱纹，是属于老人家的手。

二十五岁的江仲林浑身上下最好看的地方除了眼睛就是手，那时候他的手指又长又白，比她的还要好看。现在没了。

俞遥憋得慌，想说点儿什么，但他们两个已经走到了路边的一个站台。江仲林在站牌的操作盘上点了点，马上有一辆空车开了过来。他拉开副驾驶座的门把俞遥让了进去，自己坐到驾驶座将车开了出去。

俞遥闭嘴，观察起这辆四十年后的车。这车大体的样子没变，但很多细节都不一样了，似乎是可设定路线自动驾驶的。车变了，人变了，连外面的路和建筑都变了。

她看着外面，这里的道路和建筑都被规划得很严整，和她记忆中的海市不太一样，或者说，这还是不是海市？直到她远远地看到一座耸立的高塔，那是海市曾经的地标建筑，她才敢肯定她还在海市。

车子停在一个小区，小区里是一栋栋的三层小楼，每一户都带个小院子。小区里绿化做得很好，道路两旁大树参天，几乎每户人家的院子里都种了花草。

"到了，就是这里。"一路上都没开口的江仲林把她带到其中一栋房子前面。

俞遥看着那辆空车自己开走了，才扭过头来看面前的房子。江仲林走到门口，门咔嚓一声自动开了。

他们结婚以后住在广南路花田小区，二栋502，不是这里。她不知道他是什么时候搬到这里来的。

走进这所陌生的房子里，俞遥看了看鞋架，又看了看门口的衣钩，缓缓吐出一口气。这里只有男主人的东西，她没看到任何女性和小孩用的东西，所以江仲林家里现在应该是没有老伴儿的。俞遥一路上都在想，要是一进门就看到一个老奶奶，是该叫妹妹还是该叫阿婆，或者，应该先动手？

老实说，俞遥的脾气不怎么样，她还真担心自己一个不爽就殴打老人，把江仲林这把老骨头给打散了。

“你先坐下休息，我去给你倒水。”江仲林给她拿拖鞋，非常友好地招呼她，态度客气，客气得过了头。

俞遥代入老头儿的角色想了想他现在面对自己的心情，现在他这情况就类似于遇上了许久不来往的远房亲戚，这亲戚还是个小辈，要来这里住，老头儿不能不招待，但两人又亲近不起来，还带着三分尴尬。确实，他们之前的夫妻关系和目前的情况联系起来，实在是太尴尬了。

俞遥十分不爽，就像一瓶被人用力摇晃过的可乐，要是打开盖子立马能喷人一脸。如果是在之前，她会直接扯着人走，把人扔到沙发那边，再“聊一聊”。可这会儿，她理智上很清楚自己没有理由发脾气，毕竟穿越这事儿，他们都没法控制，谁都不想的。说到底江仲林又没做错什么，对他来说，他们四十年没见了，这个疏离的态度很正常。

可对俞遥来说，今天早上，江仲林这厮起床的时候还红着脸别别扭扭地说晚上会早点儿回来，看她的眼神像水一样清澈透亮又柔软。可是现在呢？除了第一眼，旁边这老头儿都没正眼看过她。

俞遥看他准备往前走，哎了一声叫住他，见江仲林转头，俞遥就把手里提着的塑料袋递了过去，看着他说：“早上你说要吃鳜鱼，买了两条。”

江仲林愣了一下，似乎因为这句话有些恍惚，一路上的平静终于在这一刻剥落了一个角。但他很快地侧过头，垂头取下眼镜擦了擦又戴了回去，然后才伸手接过俞遥递过去的塑料袋。

“哦，好。”他笑了一下，还是那种很温和的、很客气的笑。

俞遥忍不住了，上前猛地一巴掌拍在老头儿的臀部。他吓了一大跳，撑了一下旁边的柜子才稳住了身子。俞遥这才觉得爽了点儿，踩着拖鞋嗒嗒嗒地往屋里走，直接找到沙发躺了下去。

江仲林提着塑料袋在原地站了一会儿，跟着走进去，先看了一眼客厅，见俞遥已经自然地躺在了客厅的沙发上，才去厨房把手里的塑料袋放下。

没一会儿，他端了杯水放在俞遥的面前。俞遥之前喝水都喝饱了，本来都不想动，可看江仲林擦了擦手坐在对面的沙发上沉默地望着杯子，还是爬起来端起水喝了口。

水是甜的，加了蜂蜜。他们两个在一起生活了一年多，喝水加蜂蜜是俞遥的习惯。江仲林这人不爱喝茶也不爱喝饮料，喝水一般只喝白水，年轻时就这样，不知道是什么毛病……也不知道现在这毛病还在不在。

“你……”俞遥望着对面的老头儿，有些犹豫地开口说了一个字，但接下去就不知道该说什么了，可能想问的事情太多，一时间反而不知道应该先问什么。她有些烦躁地抓了抓头发，重新躺了回去，踹了一脚沙发上的一个靠枕。

江仲林的脾气和年轻时候的一样好，或者说比年轻时候的还要好。见状，他说：“家里就我一个人，你先安心住下，你这个情况有专门的社会扶助条约，明天我带你去补办身份证明和买日用品。”

“你不要担心，也不要急，慢慢来，会习惯的。”老头儿语气和缓地安慰她，丝毫没有提起这四十年间自己的事，也没有询问她什么。

俞遥霍地坐起来，皱眉问：“你是在把我当孙女哄？”

江仲林眨了眨眼，定定地看着她，叹了口气，语气有些无奈：“我已经六十多了，差不多可以当你的爷爷。”

他这人年轻的时候就一身书卷气，一副从未和人红过脸的好脾气模样。此时此刻，他更是一位睿智宽厚的老者，注视着她时，眼神带着几分洞悉几分怀念和几分怅惘，好像已经将她的内心看得很清楚。

02

晚上，俞遥在二楼客房休息。江仲林的房间在一楼，就在她的这间客房底下。

俞遥躺在床上，翻来覆去睡不着，也不知道是房子隔音太好还是江仲林太安静，俞遥一点儿都没听到底下传来的声音，连房间里的制冷设备都没有一点儿声响。

这个陌生的房间摆设简单，一看就是没人住过的，虽然没有奇怪的味道，但就是令俞遥觉得不舒服。她年轻的时候任性得要命，二十多岁才终于好了点儿，不过也就只是好了一点点而已，所以她忍了一会儿就忍不下去了。

她掀开被子，跳下床，在地板上用力蹦跶，制造出咚咚咚的声响。底下的人只要不聋，肯定能听得到。

果然，没一会儿，楼下的江仲林上来敲门："怎么了，是有什么事吗？"

俞遥打开门让他进来，没事找事地说："房间里太热，我睡不着。"

江仲林还是穿着长裤长袖，看上去还没有睡。奇怪了，一般老头子不都是早睡的吗？

看了看显示屏上的室内温度，江仲林在心里暗叹一口气，语气和缓地说："今天降温了，室内温度调到二十八度是最适宜的，再冷一点儿容易感冒。"

"那不行，我就觉得热。"俞遥非得这么说。

俞遥这狗脾气，江仲林许久没领教过，时隔四十年，他似乎依旧接受良好，没再多说，帮她将温度调低了一摄氏度。按温度调控器时，见俞遥盯着他，江仲林不太放心，离开前还叮嘱："不能再调低了，那床薄被睡觉时也要盖。"

他说这些话的时候，隐隐能看出当年的模样——一个絮絮叨叨的小青年。江仲林走了，俞遥躺回床上。

年轻时候的江仲林其实自己也过得马马虎虎，不怎么在意这些事，不过和俞遥结了婚之后，就对这种琐事上心起来，好像明白自己成了家，要好好照顾自己爱着的妻子。他每天忙着做研究，丢三落四的，不怎么记事，要注意的事只好随手记在本子上，出门前、回家前都拿出来看看。

俞遥好奇，有一回就翻了翻他那备忘录，发现上面记得乱七八糟的，工作和生活上的事混杂在一起，有写“今天下班买卤鸭”“俞遥不吃姜”“结婚三个月纪念日要买花”之类的，也有很多他研究上的一些问题。俞遥看不懂他研究的问题，也没太在意，只觉得都2018年了还随身带个本子当备忘录，简直傻到家了，直接记手机上不就行了。可江仲林说，很多事要亲手写在本子上，才能记得更牢。

想着这些，俞遥心里的烦躁情绪渐渐平静下来，她仰面看了一会儿暗淡的天花板，伸手把旁边的薄被拉过来盖在身上，闭上眼。

“俞遥，我希望你不要勉强自己。”

俞遥又想起了下午坐在沙发上的江仲林说这句话时的神情。从见到她以后，他一直表现得很平静，甚至平静得过了头，以至让俞遥觉得不正常。四十年没见的妻子忽然出现，难道不该稍稍激动一下吗？

可能四十年真是太久了，久到能完全忘记一个人。什么感觉都没有了，自然也就不激动了。要真是这样，其实也正常，这个世界什么都变了，人当然也能变。

楼下的江仲林坐在落地窗前的椅子上沉默着，眼镜被他取下放在一边的小桌子上，那双属于老者的眼睛里没有了平静和能洞悉人心的睿智，只剩下回不过神来的茫然。

这时，楼上又传来了有节奏的咚咚声，让江仲林回过神来。他抬头看了眼楼上，取过手边的眼镜戴上，按着扶手站起来，轻轻地笑了声，摇头叹道：“年纪大了也有好处，不像年轻人那样容易把情绪都摆出来了。年轻人可看不出来老人家在想什么。”他笑着自言自语，眼睛里却很难过。

他走上楼，看到俞遥抱着胸靠在门上。

“怎么了？”他问。

俞遥板着脸："口渴，不知道去哪儿喝水。"

"哦。"江仲林明白了，"我去给你倒水。"

他又转身往楼下走，俞遥跟在他的身后。

江仲林："我去给你倒吧，你去休息。"

俞遥："哦。"她的脚步却没停，人追在江仲林的身后。

江仲林不说话了。

到厨房给她倒了水，江仲林就领着她，向她介绍了一下家里的各种东西怎么用。经过四十年的更新换代，很多产品都有了不小的改变。

俞遥出门买菜的时候忘了带手机，这会儿江仲林点亮客厅墙上那个嵌入式的大屏幕，告诉她怎么调节目，她才想起来这个问题："现在的手机长什么样？"

江仲林在自己的表带上摘下一个黑色按钮，那小小的按钮就在他手里展开，变成了一个巴掌大的屏幕。

"现在的手机承载了以前的身份证、银行卡和一些其他卡片的功能，要绑定身份证明。支付、浏览信息、联系别人都用这个，家里的安全系统、调节系统也和它绑定。它还相当于个人电脑，现在很多人都用这个处理信息。"江仲林解释。

俞遥看了看："我还以为屏幕会变得很大。"

江仲林："可以自己调节屏幕大小，我比较习惯这个样子。"说着他演示了一下，果然那屏幕还能变大变小。

俞遥总算在这四十年后的世界里找出了一件让自己感到不错的事情了，她以前最烦的就是两件事：家里一大堆各种证明和证件，以及越来越大的手机带着不方便。

"明天去办你的身份证明和居住证，再给你买个手机。"

"哦。"俞遥坐到沙发上，拿起电视控制屏，开始在屏幕上摸索起来。

看她瘫在那儿埋头摆弄控制屏，没有搭理自己的意思，江仲林想起以前。那时俞遥也是这样，简直是个"大龄网瘾患者"，喜欢玩游戏，不工作的时候光沉迷游戏了。他在一旁站了一会儿，像个无奈的老父亲那样劝道："今天你也累了，不然先休息，明天再熟悉这个吧。"

俞遥头也没抬："我睡不着。"

没办法，江仲林只好走开，不打扰她了。

江仲林回到自己的房间，咔嗒一声门被关上。俞遥手里的动作一停，她抬起头，看向江仲林的房门，好久没有动作。

电视里忽然响起一阵音乐，俞遥这才重新将注意力放到那个闪光的大屏幕上。她搜索了自己常玩的某个大型游戏，然后发现……

"关服了！"二十年前就关了。

她气得抬脚踹飞了一个沙发抱枕，气哼哼地继续搜索其他游戏。登入需要身份证明，作为一个目前还没有身份证明的人，俞遥只能退出，然后又踹飞了一个抱枕。

她一样一样地搜索，她熟悉的一切，有一些还能搜到，不过也已经变了样，而大部分已经完全搜不到了。她想到物是人非这个词，把自己心塞了个够。

忽然，她的手一顿，板着的脸上终于露出了一点儿喜色。她最爱的那本冒险小说，作者大有挖坑不填的阵势，竟然断断续续地写了十年，让她从高中等到结婚都还没等到小说完结。她本来以为这辈子都看不到结局了，但现在一搜，发现它十年前正式完结了！有生之年竟然能看到这个"大坑"完结!

她熬了大半宿看完了这本并不长的书，看到作者写在最后的结语——人终有离别，我们每时每刻，都在经历离别。

俞遥扔下控制屏，倒在沙发上闭上眼睛。

江仲林还在，可她却觉得，自己已经和熟悉的那个江仲林永别了。

俞遥在沙发上睡了过去，没多久，江仲林的房门被悄无声息地打开，早就该睡着的人仍旧整整齐齐地穿着白天那身衣服，没有要休息的意思。他轻轻地走到俞遥的身边，捡起了地上的两个抱枕，关上电视，吃力地抱起俞遥。

"老了，老了。"他轻轻喘着气，感叹。

03

俞遥早上起来的时候，发现自己躺在客房的床上，被子盖得好好的。她坐在床上想，老江先生竟然还能抱得起她?

她爬起来刷牙洗脸，走下楼。走到楼梯口，她就听到客厅里传来一个陌生的老头儿的声音。

“哎，老江啊，你今天跟不跟我一起去钓鱼啊，我儿子待会儿开车送咱们去，中午咱们可以在那边的渔庄吃饭，下午再叫我儿子去接。”

江仲林的声音响起：“我不去了，你自己去吧，我有事儿，这几天都有事儿。”

那陌生老头儿的嗓门挺大，听着是个很爽朗的声音：“嘿呀，你能有什么事儿啊，不就是做做研究，写写画画的，整天一个人待在家搞那些东西，脑子都搞坏了，身体比我这个七十多的还不如。”

江仲林还是那不急不缓的语气：“我真有事儿。”

“那你说，什么事儿？”

江仲林没回答。

陌生老头儿：“你看，你就是不想去。”

俞遥走下楼梯，脚步声引起了那陌生老头儿的注意，他扭过头，看到从楼梯走下来的俞遥。

因为家里只有江仲林的衣服，所以俞遥昨天洗过澡后穿的是江仲林的衬衫和大裤衩子。老学究专用的毫不花哨的大裤头和衬衫，不仅不合身，还被俞遥穿得皱巴巴的。

她一副刚起床的样子，连鞋子都没穿，光着脚，看得那陌生老头儿目瞪口呆。他愣了好一会儿才扭头看向老邻居：“老江，你家怎么有个年轻姑娘。”他恍然道，“哦，肯定是你亲戚家的孩子吧，这可稀奇了，我还没见过你家里的亲戚来呢。”

江仲林不知道说什么好，起身给俞遥拿了双拖鞋过去。

陌生老头儿乐呵呵地看着，那年轻姑娘穿上老江拿过去的拖鞋，便上前一步，在老江脸上亲了一口。

“你好，我叫俞遥，是他老婆。”年轻姑娘转头对他说。

聂文卿自从十几年前搬到桐树小区，认识了江仲林，两家人就一直相处得很好。只是江老师不像他一样儿女双全、老伴儿贴心，这位邻居真正是孤家寡人一个。十几年了，也就逢年过节能看到一些学生和两三个亲戚上门来探望，其余时候江老师家都门庭冷落、冷冷清清的。

关于这个老朋友家里的情况，聂文卿知道一些。江老师是独子，父母都在早些年去世了。江老师年轻的时候有一个妻子，后来那位女士好像是死了，他也一直没再续娶，这把年纪了，膝下连个孩子都没有。聂文卿和妻子都是爽朗大气的性子，知道这个情况后，就常请江仲林去家里吃饭，也会约着一起出门钓鱼。

对于江仲林的人品，聂文卿那是绝对信任的。用聂文卿的话来说，江老师是个正人君子，洁身自好、生活检点，绝对没有作风问题。

而今天亲眼看到的这一幕让聂文卿产生了怀疑——对自己眼睛的怀疑。他没有第一时间想老江是不是搞起了什么不正当的事，而是怀疑起自己是不是年纪大了眼神不好了，或者是有什么病导致自己产生了不太现实的幻觉。

聂老头儿这么一沉默，客厅里更没人说话。俞遥低头看了眼拖鞋，又看了眼僵在原地的江仲林，板着脸问：“我不能亲自己的老公？”

江仲林被她亲得愣愣的，眼镜都歪了，不过他很快回过神，后退一步扶了把眼镜，有点儿尴尬地咳嗽了一下，没有回答这句话。看了一眼目瞪口呆的邻居老聂，江仲林对俞遥缓声说：“厨房里有早餐，还是热的，你先吃点儿东西。”

看着俞遥走到餐厅去吃早餐，江仲林收回目光走到聂文卿的面前坐下。聂老头儿已经察觉到不对，揉了一下自己的眼睛发现不是幻觉，于是很是严肃地发问：“老江啊，你这是怎么回事儿呀，这年轻姑娘是你的什么人？”

江仲林沉默了一会儿说：“是我的……妻子。就是四十一年前我娶的那个妻子。”他很冷静地把穿越的事儿解释了一下。

“啊？！”已经脑补好老江老年失足的戏码的聂老头儿没想到竟然是这个剧情展开，闻言呆住了。他仔细想了想，觉得小姑娘的名字有点儿耳熟，马上回忆起来一件事儿。

老江很少说起自己从前的妻子，聂老头儿第一次听他说起，还是前些年有一次他的一个学生得了大奖，大家在一起喝酒，他为学生高兴，多喝了两杯，喝醉了才说起俞遥这个名字。

老江是一边哭一边说的，那么个人，平时遇到什么为难的事都不会皱一下眉，说起早逝的妻子却哭得不能自抑。

聂文卿想到这儿，心里感慨万分，都不知道该说什么好。他消化了好一会儿，看看厨房那边隐约的身影，凑近江仲林小声地说：“那你们现在这个情况怎么办啊？”聂文卿有点儿担忧自己这个老朋友，虽说两个人以前是夫妻，可现在这岁数也相差太大了，怎么都不配啊。他可是了解老江的，老江又不像那些喜欢小姑娘的老色鬼一样会因为白得一个年轻漂亮的老婆而高兴。

江仲林这个当事人没有和老邻居一样的担忧，他说：“她没死，总归是件好事，其他的事先不说，眼下我须得好好照顾她。她突然遇到这种事，对现在的世界又不熟悉，心里恐怕很不好受。我都这把年纪了，什么都不想了，能照顾她一日是一日，以后不管她想怎么样，我都给她安排好……她现在也没有其他的亲人了。”

聂文卿都不知道说点儿什么好，拍了拍老友的肩：“唉，也是天意弄人。”

俞遥吃完早餐出来，发现陌生老头儿已经走了，江仲林在收拾桌上的茶杯。

他见俞遥望着刚才老聂坐着的地方，主动开口说道：“他是我的朋友，姓聂，就住在旁边那一栋。他先回去了，说过几天请我们去他家里吃饭。”

“哦。”俞遥跟在他的身后，“今天要出去办身份证明是吧，我穿什么衣服？”

江仲林把杯子放好，从洗衣房里拿出了一套衣服：“你昨天穿的衣服给你洗了烘干了，今天还是先穿这个吧，等办完身份证明就去给你买日常用品。”

俞遥接过衣服，从里面勾出一条紫色的内裤，柔软的布料带着茉莉洗衣液的清香。

“我的内裤你都帮我洗了？”

江仲林：“……”

老人家脸上毫无异样。他淡定得像个老神仙，已经不是当年那个逗一逗就面红耳赤的丈夫了。

江仲林在房里找东西，俞遥走到门边试了试，发现大门识别了她的信息，一拉就开，不知道江仲林是什么时候设置的。

她走了出去。

昨天下了一场大雨，今天的天气却不错，太阳已经出来了，外面的草地还是湿润的，院子里的花木上也挂着水珠。比起两边院子里的姹紫嫣红，这个院子就显得单调多了，植物没有怎么修剪，也没有颜色鲜艳的花，只有一株茉莉冒出了几个白色的小花苞，显然，这里的主人不怎么擅长照顾院子。

“走吧。”江仲林走了出来。

两人走在树荫下，小区门口也有站牌，他们和昨天一样叫了车，江仲林把俞遥带到了一栋大楼前。

大楼门前的“为人民服务”几个大字鲜红，在阳光下闪闪发亮。门口的大牌子上写着“海市公安局总局”。

门内来来往往的行政人员都穿着制服，没人多看他们一眼。俞遥看到不少人在墙边的机器上办理着什么，这看着像从前银行的自助服务。江仲林没有去那边，直接走到了人工服务台，很快就有人从旁边的一扇门里出来，把他们带到了另外一间办公室。

“俞女士的情况特殊，关于这种特殊情况的法律条款，昨天晚上我们已经跟江先生沟通过了。按照之前几起案例，俞女士应该有一年的观察期和社会扶助期，不过鉴于江先生的公民信用度很高，两位又是夫妻关系，这个观察期会由一年改为半年。这儿有一些文件，两位可以看看。”严肃的中年男人递了两份文件过来。

俞遥翻了翻，那是一大堆条款，包括各项义务和福利，后面要签名。

“江先生已经申请了信息保护，所以我们的媒体不会曝光俞女士的任何信息，如果有人非法传播俞女士的信息，给俞女士的生活带来困扰，我们这边也会帮忙清理，这个请放心，我们尊重并且保护每一个公民的合法权益……”

中年警官说了一大堆，俞遥好不容易听完了，走出公安局的时候才想明白：“刚才他的意思是，不会有人来采访我把我的照片放在网络上，也不会有一堆不认识的人来围观我是吧？”

江仲林点头：“是。”

俞遥：“要是放在四十年前，这种情况下我早就被当成珍稀动物围观了。”

江仲林：“因为第一个穿越案例就是个悲剧，那位老人家是被围观致死的，所以之后政府就出台了特殊保护法。”

俞遥：“那这样一来，你不会很为难吗？”

江仲林露出疑惑的神情，不知道她在说什么。

俞遥解释说：“你看，要是大家都知道我就是那个穿越的第五人，你认识的人就会好奇，都来向你打听，那你不是烦都烦死了？可要是不告诉别人，他们看到你突然有了个老婆，还以为你‘吃嫩草’呢，误会了你，你不就会很尴尬吗？”

江仲林看上去并不在意这个：“顺其自然吧。”这个信息保护只是为了避免俞遥的正常生活被无良媒体影响，至于要不要让亲朋好友知道穿越的事，其实全看俞遥自己的意愿。

04

江仲林点击搜索附近的大商场，准备带俞遥去买东西。

俞遥站在门口，看着巨大的商场，心想，四十年后实体商场竟然还没有被网络商店取代。不过路上倒是少了很多以前那种小的杂货商店。

这个商场大得简直没法儿形容，总之俞遥以前可没见过这么大的商场，各色商品琳琅满目，分区有四十多个，光是通往不同分区的电梯就有十二部。俞遥以前就不怎么热衷于逛商场，现在几乎是头晕眼花地跟在江仲林的身后走。

他们先去买了手机。现在的手机，其实正式的名字叫个人终端——简直就是以前的幻想小说里的产物。对这个俞遥还是有兴趣的，在专卖店里逛了两圈。

负责销售的姑娘和四十年前的卖手机的柜员没有任何区别，俞遥看哪一款，那姑娘都能介绍得口沫横飞：“您看，这款level 4，是现在年轻人最爱的，有最新的8.0处理器，128T内存，拥有八种变化规格……”

俞遥听了半天，问旁边背着手安静地等着的江仲林：“你有钱吗？”

江仲林：“有的，你喜欢就买吧。”

俞遥：“我对这些不了解，你给我选个算了。”

江仲林：“老人家对这个也不了解，我这个是学生送的，还是五年前的款式。”

夫妻俩对视了一会儿，俞遥耸耸肩：“好吧，我自己选。”

俞遥选好个人终端，将之前在公安局办的身份证明芯片植入，携带方式选了和江仲林一样的手表型。她一边摆弄新到手的终端，一边低着头往外走。为了避免她不看路撞到人，江仲林只好托着她的胳膊带着她避开人流。

不一会儿，俞遥站住了脚步，指了指商场里的一家游戏专卖店：

“我想买游戏。”

江仲林叹气，好像一点儿都不意外，像个开明的家长一样说：“行，但是玩游戏要适度，晚上不能玩太晚，要劳逸结合……”

他还没说完，俞遥抬手把他揪进了游戏专卖店。

这一家游戏专卖店很大，分为很多个区域，里面来往的大多是年轻人。虽然四十年后的游戏俞遥不熟悉，不过她凭借着敏锐的直觉，直接找到了经典游戏区。比起那围满了人的最热门游戏区，她更想逛逛经典游戏区。

这边人比较少，整面体验墙前只站了两个二十岁上下的小男生，他们正兴致高昂地讨论着他们面前的那款游戏。这里的游戏有简单介绍，感兴趣的话还能免费体验十五分钟，俞遥听了会儿，对他们手里的那个游戏略感好奇，于是站在旁边听，等他们停下谈话后插嘴问：“这游戏听着挺好玩儿的，叫什么名字？”

那两个小男生听到声音，扭头看了过来，其中一个男生随口回答说：“《荒芜星球》。”说完他就忽然瞪大了眼睛，一脸惊呆了的表情，看着俞遥的身后站着的江仲林，结结巴巴地喊道：“江、江老师……”

这一声把他旁边那位没注意到江仲林的同伴吓了一跳，那个男生很快用同样的见了鬼似的表情看向江仲林，讷讷地喊了声“江老师”。

方才还豪情万丈地谈论游戏的两个男生，片刻间就㞞成了两只小鸡崽，缩在一起搓手。出门买游戏遇上老师，哪怕遇上的是江仲林这种从不骂人的好脾气老师，也让人头大。

俞遥还是第一次听人叫江仲林“江老师”，她嫁给他的时候，他还在读研究生，快毕业了，准备继续读博。和她这种书读得很随便的普通人不同，江仲林是个彻头彻尾的学霸。他会成为老师，俞遥一点儿都不奇怪。

江仲林发现两个小同学的紧张，就朝他们和煦地笑了笑，打了个招呼，也没多说什么，就自觉地走开了，免得他们不自在。他在不远处的一个没人的墙角站住了，推推眼镜，背着手看边上挂着的一个游戏宣传图，等着俞遥。

见江仲林走开，两个男生才舒展了自己不自觉缩起来的脖子。看他们这样，俞遥觉得好笑，说："你们江老师那么好的脾气，你们还怕他啊？"

两个小男生不太好意思："江老师确实很好说话，一点儿脾气都没有，但他的学生没有敢在他的面前大声说话的，这是面对德高望重的长辈的时候下意识的反应。"

俞遥："……"这是什么夸张的说法？听得她头皮都麻了。

小男生瞅一眼那边的江仲林，有点儿不好意思："其实我也不算是江老师的学生，就是陪女朋友听过几次江老师的公开课。我女朋友的导师是江老师以前带过的学生，很推崇江老师的。"

另一个小男生好奇地问俞遥："姐姐，你是江老师的孙女？江老师肯定很疼你吧，还陪你来买游戏。他看上去和游戏完全不搭，待在这里都感觉怪怪的。刚才看到他吓了我一跳。"

俞遥看向自己的老头儿老公，他正用一种研究陌生领域的谨慎神情打量着墙上挂着的机甲游戏宣传图。不知道为什么，俞遥有点儿想笑，随口回答说："不是孙女，我是他的老婆。"

这两个小男生肯定不会相信。

果然，两个男生嘻嘻哈哈地笑起来，说："姐姐，你真幽默。姐姐你是想买这个游戏吗？我们给你介绍啊。"

俞遥也没再提起和江老师的关系，认真地在两个小男生的介绍下选游戏，选好后还加了两个人的联络方式，加的是微信。

所以说，为什么过了四十年微信还在？不仅在，微信甚至变成集QQ、微博等通讯交友平台为一体的东西了。

选完游戏出去，一老一少夫妻两个人去买日用品和衣服。这些俞遥都是随便买的，她推了个购物车，走在前面，只管往购物车里扔东西。

江仲林就跟在后面，偶尔看到她扔进去的零食，就拿起来看看配料表什么的。俞遥选了不少垃圾食品，毕竟垃圾食品是她的生命快乐之源，不高兴的时候还是要吃点儿垃圾食品才能抚慰心灵。

对于这个，江仲林没有反对。他从头到尾就说了一句话，当时他指着某个红色包装的薯片说："这个食品加了太多聚甘油酯合成的调料，不太好，换成旁边那种吧，配料是相似的。"

俞遥："行啊，反正你付钱。"说着，她把薯片换成了他说的那种。

买衣服是最快的，俞遥挑了几套穿着舒服的，拿了尺码适合的就好了。最后，江仲林把她带到一家店门口说："你进去买吧，我在门口等你。"

俞遥莫名其妙："什么店，你不跟我一起去？"

她走进门里，看到一水儿的内衣后才明白过来，扭头往身后看，老头儿仰着头在看广场的穹顶。六十五岁的老头儿没有那个脸带着二十八岁的妻子去内衣店买内衣。

这一趟买了不少东西，还好能送货上门。两个人轻轻松松地回了家，在家门口签收了一大堆货物，又一趟趟往屋里搬，收拾了半天。

这天晚上，依旧一个人躺在客房里的俞遥想：就这么简单地过了一天。虽然身上发生了不得了的事情，但生活其实并没有什么很难以接受的事——包括新婚丈夫变成了老头儿这件事。她麻线团一样的乱糟糟的新生活被江仲林捋出了一个线头，比起昨天晚上，她的不安少了很多。

俞遥趴在床上用自己的终端玩今天买的游戏，不得不说，游戏令人心绪平静。四十年后的游戏比以前的好玩多了，很有代入感，"沉浸式体验"真不是夸大宣传。她玩着玩着就忘记了时间，直到被一阵敲门声惊醒才发现时间已经不早了。

门外的江仲林敲了敲门："早点儿睡，不要玩游戏了，明天再玩儿吧。"

俞遥扭头看向那扇关着的门。她忽然想起了年轻时候的江仲林，那时他的学业其实很繁重，但他待在家里的时候，一有时间就会凑到她的身边。

他是个书呆子，不会玩游戏，生活中除了和他的专业相关的，他很少有其他的乐趣。遇上难得的休息日，她不用去上班，就会窝在家里打游戏，江仲林就在一旁眼巴巴地看着，脸上写满了“理理我”，但他又说不出口。最后他决定投她所好，让她教他打游戏。结果，这个学霸打起游戏来完全不行，天赋差得她都没法下手教。他把她好好的一个王者账号打掉了两级，还挨了队友的一通臭骂，然后他就在一边看着她把骂他的那两个人打得落花流水，那两个人最后被打怕了，直接下线。

俞遥笑了一下，又马上收敛了笑容。她忽然觉得手里的游戏索然无味，扔掉手里的终端，倒在床上喊道：“我睡了。”

门外没声音，俞遥也不知道他走了没。

她躺了一会儿，轻手轻脚地下了床，悄悄地打开门。门外空无一人。

楼下的江老师正在和人打电话。

“这么晚，打扰你了，不知道你现在有没有时间，方不方便说话。”

电话那头的男人笑道：“老师你跟我客气什么啊，有什么事尽管说！”

江仲林说：“一年前我定下的那份遗嘱，想修改一下内容。”

“哦，这样啊，老师是想修改什么内容？”电话那头的男人有点儿好奇。

江仲林：“是关于我的遗产继承人。”

第二章

她不知道的事

01

俞遥很晚才睡着，所以早上被人从床上摇醒的时候，脑门上的筋一抽一抽的——头疼。皱着眉睁开眼睛，俞遥看到自己的床前有一个穿着时髦的老太太，老太太正一脸兴奋满眼泪水地使劲儿摇晃她。

说是老太太，其实她保养得很好，而且染着黑发，不太显老，只不过岁数在那里，第一眼还是会让人想到老太太这个词。

俞遥有那么一瞬间的茫然，不知道这位是谁，但很快地，她从老太太的面部轮廓里找出了熟悉的感觉。

老太太激动地看着她，喊她："遥遥！"

俞遥睁大眼："阿筠？"

老太太使劲儿点头，眼泪啪啪地往下掉，哽咽着说："是我，是我！"

这个一大早就出现在俞遥床边的人叫杨筠，是俞遥最好的朋友。两人从幼儿园开始就是同班同学，直到高中都还在一个班，是关系好到结婚时一定要对方当伴娘的死党。

俞遥大喊一声，抱住哭个不停的老太太："天哪，我还以为你死了呢！"

杨筠："哎呀，我才六十八，还很年轻的好不好！我怎么可能死得这么早！"

俞遥面对老公时放不开，见到杨筠这个死党却几乎是一瞬间就找回了熟悉感。

"阿筠，你都这么老了……"

杨筠又笑又哭，抽空回答道："你这不是废话吗！都过了四十年了我能不老吗？倒是你，还是这个样子，和你当年突然消失的时候一模一样。"

好友一大把年纪了，俞遥有点儿担心，问她："你没病吧，这么哭别哭晕过去了。"

杨筠："有糖尿病……"

俞遥赶紧说："那你还是别哭了。"

杨筠和年轻得过分的好朋友对视一眼，忽然扑哧一下含着泪笑了出来，仿佛还是当年那个爱美又爱哭的臭美姑娘。

杨筠哭出了一个鼻涕泡，俞遥给她扯了张纸巾。

杨筠一点儿不好意思都没有，拉着俞遥的手："我昨天早上收到江仲林的消息就从国外赶回来了，我老公跟我一起来的。本来我还想带我两个儿子和孙子孙女一起来的，但他们工作忙走不开，我又等不及，就先来了。你知不知道，江仲林跟我说你回来了的时候，我都傻掉了，我还以为他是在骗我。"杨筠说着说着，又号啕大哭起来，妆都哭花了。

俞遥："苍天，你不是吧？你急着来看我还有时间化妆？"

俞遥有很多很多的问题想问。她来到四十年后的世界，身边的一切都变了，可正因为想问的太多，她反而不知道该怎么开口。

俞遥想过问问江仲林杨筠这个她最好的朋友现在在哪儿，有那么一刻俞遥差点儿对江仲林问出来了，可转念一想，杨筠和江仲林其实并不熟悉，他们之间的联系只有自己，自己不在了，又过了四十年，江仲林很有可能早就和杨筠断了联系了。

俞遥没想到江仲林早就默默地联系上了杨筠，而这个久违了的朋友，竟然也真的还记得自己，还这么迅速地赶了回来。

俞遥坐在床上，和杨筠聊了很久。杨筠说着自己这些年的生活，俞遥听着，偶尔插几句话，两人就嘻嘻哈哈地聊到别的话题上，聊得差点儿忘记时间。还是俞遥感觉饿了，才暂时止住了话头，刷牙洗脸准备下楼去填饱肚子。

俞遥在卫生间洗脸的时候，杨筠还在门口絮絮叨叨地说起自己的宝贝孙女："你看她的照片，是不是很可爱？她十三岁了，会跳舞，钢琴弹得也不错。还有这个，这是我的小孙子，才三岁，肉嘟嘟的……"

好朋友都当奶奶了，俞遥心底真是说不出的惆怅。

下了楼，俞遥看到江仲林的身边坐着个胖胖的老头儿。俞遥拉了拉杨筠，小声问："那是你家老头子？"

"是啊。"杨筠一下子就明白了俞遥话里藏着的意思，遮着嘴小声说，"你别看他现在这个吨位，其实他是人到中年后发胖，年轻的时候是个帅哥，身材很好的。"

俞遥：难怪了，就杨筠这个臭美的劲儿，她要嫁人，怎么也会找个帅哥的。

胖乎乎的老年帅哥很和气，和俞遥打了个招呼，笑眯眯的，第一句话就是："早就听阿筠说起过你，今天终于有幸见面了，我姓许，叫许先。"

俞遥："噗。"明白了，这是个油嘴滑舌的，不然怎么能把杨筠骗到手。

俞遥吃早饭，杨筠就在俞遥的身边坐着，给俞遥看当年存下的照片，主要是结婚照。"我结婚的时候你不在，这是我这辈子最遗憾的事情，现在怎么也要给你看看照片。"杨筠把照片一张张点出来给俞遥看，许先老爷爷站在妻子的身边，时不时在妻子的描述里插上两句，看得出来，两人感情很好。

俞遥看着照片上穿着婚纱的好朋友，听着她叽叽喳喳。听着听着，俞遥就有点儿走神，忍不住瞟了一眼旁边的江仲林。他也在静静地听着，没有插话，也不知道在想些什么。

“我们谈了好几年的恋爱，可阿筠一直不肯举办婚礼，拖到了三十五岁。起初我还以为是我有什么不好的地方，让她不满意，所以她迟迟不肯嫁给我。后来我才知道，她是想等他们把你找回来了，再举行婚礼。她说最好的朋友不在，婚礼就有遗憾。”许先老先生唏嘘地说。

杨筠眼圈一红：“我跟你约好的，我结婚的时候你要给我当伴娘。你不在，我的婚礼就没有伴娘，位置也给你空着。”

俞遥不想让她再哭了，怕她真有个好歹，只能把自己眼里的湿意憋回去，笑着问许先老爷子：“那后来你是怎么把我们阿筠骗到手的？”

许先笑道：“怀了儿子，岳母说肚子要是再大点儿，就穿不了好看的婚纱了，阿筠就嫁了。”

俞遥笑起来：“果然是我们爱美的阿筠。”

还有一个原因，大家都没说，但俞遥很清楚。俞遥和杨筠同岁，杨筠三十五岁的时候，俞遥已经消失七年了。一个人消失七年，一点儿消息都没有，他们大概都已经默认她死了。

“遥遥，你今天跟我出去玩好不好？”杨筠提出要求。

俞遥想都没想：“好啊。”

在杨筠的要求下，许先和江仲林两个老头儿都留在家里，只有她们两个人出门。许先很不放心地叮嘱杨筠：“你小心点儿，你自己的身体你自己知道，不要太激动了，不要吃太多甜的，药要随身带好。”

江仲林看一眼俞遥，也温和地说：“有什么事不知道就打电话回来，不要怕。”

带着两人的叮嘱，杨筠把俞遥带出了门。

俞遥还以为杨筠要把自己带去哪里，结果她们来到了一家电影院。

“看电影？”俞遥觉得很奇怪，不过想想，自己还没见识过四十年后的电影，也就默许了。结果杨筠只是拉着她坐在电影院外面那一排靠着窗的桌子前，根本没有要买票看电影的意思。

杨筠看了眼窗外的马路，对俞遥眨了眨眼，说："你知道这是哪儿吗？"

俞遥只觉得周围的一切景致都很陌生，摇头，说："不知道，这是哪儿呀？这里以前是你家？"

杨筠感叹："是我们的高中的旧址，十几年前，十六中搬到学区去了，这边就被推掉……已经完全看不出来以前的样子了吧，学校被推掉的时候，我们一群高中同学在这里聚了一次，大家都到了，只有你没来……其实我也很久没来这里了，这里和我上次看到的又不一样了。"

俞遥真的没想到，这里竟然会是自己记忆里的那个十六中。她也跟着转头去看外面的马路和行人，眼神有些空洞。

她读书的时候，特别是初中和高中期间，正处于叛逆期。对那时候的她来说，学校和监狱也没什么区别。她讨厌一切和学校有关的东西，所以经常逃课、打架、上网吧，不光抽烟、喝酒，还染了个炫酷的红色头发——她做这些事大多是为了气她爸。反正那时候做什么能气到她爸，她就做什么。从十几岁开始，到二十二岁大学毕业，她始终致力于一件事，那就是把她爸气死。

后来她发现她爸的身体好得很，他被她气了那么多年，一点儿事儿没有。再加上她年纪大了对他的仇恨淡了很多，叛逆期也过了，就没再做那些傻事，改而忽视那个男人。

往事历历在目——对俞遥而言，其实也没有过去多久。

"十六中附近的那个明德私立学校也搬走了？"俞遥忽然问。

杨筠说："是啊，也统一搬到学区了，不过和新十六中相隔很远。"

02

俞遥读的高中十六中，是个鱼龙混杂的十八线高中，里面的学生十有八九是能翻天遁地的叛逆少年，用某位老师的话来说，他们就是一锅老鼠屎，以后进入社会，就是社会的蛀虫。当年俞遥没有选她爸给她定好的二中，而是进了十六中，被她爸打了一顿，腿瘸了半个月。

和她上的十六中不同，跟十六中只有一墙之隔的明德私立学校是个尖子生聚集的“金窝窝”，就是那种学费很贵、学生很少的私立学校。

大约是高一下学期刚开学那段时间，俞遥经常翻墙去明德私立学校。十六中里的“景色”实在太差，她中午想午休都找不到一个安静的地方。而明德私立学校就不同了，这所学校教学质量高，环境也比十六中的好了一大截。所以俞遥只要逃课，不管是想清静，还是想找地方思考人生，都会翻过那面高墙，跑到明德里待着。

有那么一天，她照常逃了课，翻到明德里去。结果她走到一个厕所附近的时候，听到里面传来一阵哗哗的响动。

她叼着烟，好奇地走过去看，正好看到两个男生摁着一个瘦弱的男生欺负。一个男生从打扫卫生的塑料桶里舀了水倒在那个瘦弱的男生的头上，把那个小个子淋得浑身湿透。瘦弱的男生连裤子都被扒了，光着两条腿缩在小便池旁的墙角，一声不吭地被他们欺负。

那两个男生把人羞辱了一顿，说：“考得好了不起？第一又怎么样，你敢告老师吗？啊？”

这种全是“乖乖牌”的学校也有校园霸凌？她还以为只有自己那个垃圾学校才会出现这种事呢。俞遥这么想着，靠在男厕所门口，把嘴里叼着的烟捏下来按灭了，似笑非笑地说：“你们乖学生也会欺负人啊？”

她吊儿郎当地靠在那儿抖着腿。她的校服穿得很不羁，头发颜色又很复杂，手里还夹着根烟，在那两个初中小男生眼里就是一个活生生的“社会人”。两人欺负同学的时候胆子很大，但可能是听说过旁边十六中的“赫赫威名”，看到穿着十六中校服的俞遥，吓得都没敢和俞遥对视，扔下桶就跑了，留下俞遥和厕所角落里那个湿淋淋的瘦弱的男生。

小男生看上去比她小很多，戴着眼镜，留着傻乎乎的锅盖头，还缩在那里，好像被吓傻了一样。皮肤倒是很白，俞遥站在那儿看了一会儿小男生的光腿，想着果然还是初中生，在十六中，要羞辱人的话都是直接扒光，哪像这俩，只扒一半。

“你不先把裤子穿上？”俞遥抬了抬下巴对那个小男生说。

小男生回过神，一下子整个人都红透了，捂着小内裤把旁边的裤子捡起来穿上，低着头不敢说话，哆哆嗦嗦的，像个落水的小鸡崽。

俞遥觉得他可能怕她这个隔壁的害虫打人，颇感无聊，转身就走了。

最神奇的地方在于，那个很快被她忘在脑后的可怜小男生，就是那会儿在明德读初二的江仲林，这件事俞遥也是结婚后才从江仲林嘴里得知的。要不是江仲林告诉她，她真的完全没想过当年那个和她只有一面之缘的被人欺负的小男生就是江仲林——要是江仲林不说，她都想不起来还有这回事儿。毕竟，她没办法把成年后那个温和腼腆的青年和当年那个可怜兮兮的土气小男生联系在一起。

“我那时候觉得你像仙女一样，很好看。”江仲林跟她说起这事儿的时候，一脸的不好意思。而早已变成良家妇女的俞遥目瞪口呆，觉得自己年轻的老公可能少年时眼神不太好，那个连她自己都不忍回想的“杀马特”形象哪里能和仙女扯上半点儿关系。

俞遥发着呆，忽然听到杨筠的叹息：“遥遥，你回来了，我真为江仲林感到高兴。”

俞遥一下子从往事里回神：“什么？”

杨筠：“遥遥，你能回来，我真的很为江仲林感到高兴。”

俞遥挑眉：“我看他倒是不怎么高兴。”

杨筠愣住：“你说什么呢，看到你回来，最高兴的应该就是他了。”

就像杨筠不能理解俞遥的反应一样，俞遥同样也不能理解杨筠的说法。要说江仲林有多高兴，俞遥是看不出来，因为这两天他压根没表现出任何激动的情绪，也没有很高兴的样子。

所以俞遥揉了揉额角，有点儿心烦意乱地说：“我跟他谈了一年的恋爱，就是加上婚后的一年，我们也才相处两年而已，但我们都分开四十年了，我觉得他早就忘了我了。现在我突然出现，他应该是惊吓比惊喜多吧，要是换个人，肯定会觉得我是个麻烦，但江仲林年轻的时候就是个负责任的人，现在也没变，所以接到消息才会去接我回家，说到底，是性格使然。”

杨筠：“你这是什么话，你还不知道他有多喜欢你吗？”

俞遥靠在椅背上，不太确定：“以前应该是喜欢我的，但现在都过了这么多年了，能记得我都算他记性好了，还哪儿来的喜欢？”

杨筠看着她，忽然问：“江仲林是不是什么都没跟你说过？”

俞遥心里莫名一跳：“说什么？”

杨筠叹了口气，打开自己的终端，在上面点了几下，然后把它递到俞遥的面前：“你看这个，这是现在最大的一个寻人网站，早年建立大数据网络的时候警方建立的，上面发布的失踪人口信息每年都会更新。从这个网站建立开始，你的信息就一直挂在上面，已经挂了很多年了，始终没有撤下来。因为在上面发布信息是按年度缴纳费用的，所以很多找了一两年找不到人的，家里人失去希望了，都会撤下信息。但是江仲林一直坚持把你的信息挂在这儿，每年缴纳费用，你知道这是什么意思吗？”

意思是，江仲林始终在等她回来，哪怕已经过了四十年，哪怕其他人都相信她已经死了，他还抱着一丝希望。

俞遥看着网站上自己的照片，完全愣住了。

“他……江仲林，这么多年还在找我？”俞遥茫然地问。

看她这样，杨筠心酸极了，为这对分别许久的夫妻心酸。

“当然啊，你说你在服务中心等了一会儿工作人员就联系上了江仲林，就是因为你的信息挂在这个网站上，所以他们能这么快就找到你的身份信息。”杨筠说，“当年你突然失踪，什么线索都没有，江仲林联系了所有你认识的人询问你的消息，去警局备案，拜托他的家人朋友注意你的行踪。他什么事都做了，你不知道，你们家附近那片，所有的大街小巷，他一个人走了不知道多少遍，找了不知道多久。那段时间他好像是在备考，应该准备继续读他导师的博士吧，但你不见了，他就再也没去过学校。”

杨筠想起当年那个瘦得脱了形的江仲林，“形销骨立”都不能形容他的状态。她和她当时的男朋友放心不下，就经常去看看江仲林，问问有没有俞遥的消息，结果有一次就看到江仲林倒在家门口，钥匙还插在门上。门还没有开，江仲林就那么晕倒在了门口。

他们把江仲林送到医院，江仲林醒过来后就大哭了一场。那时候俞遥已经失踪三个多月了，江仲林当时已经快崩溃了。他问他们，要是俞遥已经死了怎么办？万一俞遥是遇到了杀人犯，被杀了，尸体不知道被藏在哪里，找不到了怎么办？

杨筠当时就觉得，江仲林要是再这样下去，肯定会受不了的。

不过后来，江仲林还是挺了过来，而且冷静了很多，虽然仍旧在为了寻找俞遥四处奔波，但没有先前的颓废了。一年后，他重新回到学校继续学业。杨筠都以为他已经没事儿了，之后才发现，江仲林的焦虑症根本就没好，为了抑制焦虑，他乱吃了很多药，差点儿没把自己的身体搞垮。

“那段时间不是有几个关于女性被害的热门报道吗？江仲林说他怕你也像那几个人一样。他那几年有很严重的焦虑症状。”

俞遥想过，自己突然消失，江仲林可能会很伤心，但她没想过，这给江仲林带来的伤害会这么大。

“那……后来呢？”俞遥喃喃地问。

杨筠想了想，说：“有一段时间我和他的联系很少，他读完博士之后，有好几年的时间都在山村支教，很多偏僻的乡村他都去过。我们都以为他是为了放松心情，后来他回来，请我们这些人一起吃饭的时候，才跟我们说起一个原因。”

“他说，他有一天看到一个新闻，说有的人贩子会把年轻的女性拐卖到偏远的乡村。之后他就做了好几个噩梦，梦见你也被人贩子拐走了。他梦见你被关在漆黑的屋子里没人去救，所以他看到学校里有支教活动，就鬼使神差地报了名，他的导师都没能拦住他。”

江仲林请他们吃饭那次，杨筠几乎认不出他来了。支教了好几年回来，他又黑又瘦，满面风霜的样子，唯一让人感到欣慰的就是他的精神好了很多，已经能和以前一样说话带笑了。

“这几年，我走了很多地方，我老是在想，要是我真的在那些地方找到了她，该怎么办？要是没有找到，我又该怎么办？”

江仲林那时说这些话的神情让杨筠印象深刻。那会儿俞遥已经失踪了十几年了。那一刻，杨筠觉得有些羞愧。杨筠虽然还念着自己的好朋友，可也已经有了丈夫和孩子，这些冲淡了她对于朋友的思念和牵挂。她们好像都已经有了自己的新生活，只有江仲林，仍然耿耿于怀、念念不忘。

03

杨筠把自己知道的关于江仲林的这些年的一切细细道来。在这些细碎的描述里，俞遥看到了这四十年间，巨大的时间鸿沟里，那个孤独的影子。他就好像一只失偶的孤雁，南来北往，寒暑交替，一直都是一个人。

那种不知道从哪里蔓延过来的心酸和痛楚，攀附到俞遥的心脏上，让她觉得心口一阵针扎般的紧缩。

“他就没有再找别人吗？”俞遥轻声地问。

杨筠摇头。

俞遥想起前天自己走进家门的时候心里的那个念头。她那时在想，这么多年了，江仲林肯定再娶了，说不定还有孩子了，可直到现在她才发现，江仲林比她想象的更固执。

俞遥感觉自己的眼睛里溢出了泪水，决堤了一样。她不是个爱哭的人，叛逆期甚至奉行“流血不流泪”的准则，长大后性子懒散，日子都是随便过的，做什么都只图个开心，真的很少哭。可现在，她哭得怎么都停不住，仿佛不是为自己而哭，而是为了那个踽踽独行、从青年人变成老年人的男人而哭的。

杨筠坐到她的身边，抽出纸巾给她擦眼泪，也给自己擦。可自己这个老人家都不哭了，俞遥还在哭。

“哎哟，遥遥你可别哭了呀，眼睛都肿了，你停一停好吧？”

俞遥连连摆手，但眼泪就是停不下来。

杨筠看着，都要心疼坏了："你可别哭了，现在不都好了吗，你回来了，好了好了，以后你们都好好的。"

俞遥捂住嘴，闭着眼睛，可是就算这样，眼泪还是不断从眼角溢出来。她想一想江仲林当年的心情，就感觉什么东西被撕裂了，苦水从缝隙里漫出来。

等她们回到家，江仲林被俞遥那双红肿的眼睛吓了一大跳，惊讶地问她："怎么了，怎么哭成这样了？哎，你先坐，我给你拿条毛巾擦擦。"他说着就去打湿了条毛巾。

凉凉的毛巾敷在俞遥的眼皮上，俞遥的心情本来已经平复，可再看到江仲林，心里又难过起来。

江仲林让她们坐，端了蜂蜜水过来，语重心长地开解："大喜大悲容易伤身，你发泄一下也好，不过不能一直这么难过，调整好心态，以后一切都会好的。你不习惯现在的社会，我们都可以帮你，不要太忧虑。"他的语气和缓，眼里都是关心和担忧。

俞遥握着冰凉的毛巾盯着他，心想，这样的平静是真实的吗？

在这场玩笑一样的突然穿越里，江仲林最痛苦的时候是她失踪后的那段时间，那时他只能一个人去扛；而她最痛苦的时期是现在，她的痛苦源于四十年的落差，源于亲人、爱人的骤然老去。可她现在并不是一个人，江仲林从把她接回来开始，一直在用最温和的姿态让她熟悉这个世界，包括他自己，尽可能不给她任何压力。

俞遥在江仲林交握的双手中，看到了他的慎重。

是吗，一切都会好吗？

这一整个下午，俞遥都很沉默。晚上杨筠许先夫妻俩去了附近的酒店，这是杨筠提议的。俞遥没有反对，家里只剩下自己和江仲林。

江仲林看着说明书，磕磕绊绊地把她买的游戏安装到了电视里，还特地把新买的游戏杆体验器放在俞遥的手边，可俞遥没有动。

江仲林起身去做饭，俞遥站了起来，跟在他的身后，看着他去厨房淘米。

“江仲林。”俞遥站在厨房门口问他，“等一个人很多年，你不会很难过吗？”

江仲林淘米的动作一顿，讶异地回头看俞遥。然后他微笑起来，摇摇头，一双温润的眼睛里有温柔的亮光，他说：“不管什么事，都是能习惯的。”

俞遥盯着他：“我以为你不会因为我的突然出现而高兴，但杨筠说你是高兴的，真的吗？”

江仲林放下手里还没淘好的米，转身看着俞遥，说：“是真的，我很高兴。”

俞遥：“那为什么我看不出来？”

江仲林明白她的意思，有些无奈地回答：“可能是因为我已经是个老头子了，老人家看的事情多，就比年轻人沉稳。”

俞遥是铁了心要把面前的这个老头儿的想法搞个清楚，站在门口，和他对峙，语气近乎咄咄逼人：“那你还喜欢我吗？”

江仲林是个很内敛的人，也许是受他的家庭的影响，他从小就羞于将“喜欢”或者“爱”之类的字眼说出口。

俞遥还记得，结婚之前，他们出去约会，她用开玩笑的语气问他喜不喜欢她，江仲林吭哧半天都没说出来。哪怕他的眼神时时刻刻追着她，里面的喜欢藏都藏不住，他还是回答不出一句喜欢。这个问题她是早上问的，江仲林一直没回答，一整天都犹犹豫豫的，坐立不安。到了晚上，两人分别时，江仲林在最后突然说了句喜欢，让她莫名其妙。她回到家一想，才发现他是在回答几个小时之前那个问题，简直含蓄得像……像一株含羞草。

他年轻的时候是个那么内敛的男人，老了之后，是个更加内敛稳重的老人家。面对俞遥的逼问，江老师真是无法招架，站在水池前好久都没能吭声。

俞遥走向他："不是等了我这么久吗，我真回来了，你就没有什么想跟我说的？"

其实没有刻意等待，只是忘不了你，等到回过神，才发现竟已经过了这么多年。

江仲林低头看到自己的手，那双皮肤松弛的手。他将这句话放回了心里。

俞遥看他老不说话，心头火起，上前一步一把拉住他的手。江老师吓了一跳，下意识地缩回了手。俞遥吼他："干什么！我自己的老公我还不能碰了？！"

有那么一瞬间，江老师想，要是他再年轻十岁，俞遥现在肯定不会好好跟他说，说不定直接上脚踹了。这么一想，他不知道为什么就笑了出来。

"可以碰。"他把手大方地递了过去，神情平静地说，"没有年轻的时候好看了，皮肤都皱了。"

俞遥一把握住他的手，又用另一只手去碰他的脸。江仲林不太习惯这种接触，下意识地把头往后偏了偏。

俞遥好不容易消下去的火又噌的一下冒了出来，她继续吼："你躲什么？！"

江老师又默默地把头偏回来。他垂眼看着容颜未改的妻子，已经生出了皱纹的脸上感觉到她指尖的微凉，有一瞬间的恍惚。

他想起了一个片段。

他们结婚后，做饭都是两人交替的，一般是谁有时间就谁做饭，两人的厨艺差不多，都是刚刚过得去。而两个人都有空的时候，就大多是他做饭，因为这个时候俞遥会待在客厅里玩游戏。

他不爱吃洋葱，俞遥却爱吃。

他第一次买洋葱回来，还不知道洋葱的巨大威力，切的时候熏得眼泪都掉出来了，不能用手擦，戴着眼镜又看不清，只好抬起手臂勉强擦拭，眼镜都差点儿被擦掉了。

新婚夫妻，他也不好意思喊外面客厅里的俞遥来帮忙。

这个时候，本该在客厅里玩游戏的俞遥却出现在厨房门口，她看了一眼他这个狼狈的样子，说："闻到洋葱味儿就知道你肯定没注意，书呆子就是书呆子，这点儿生活经验都没有。"她说着，凑过来帮他擦掉脸上的眼泪。

她的手指触碰到脸上的感觉，就是这样。

仿佛时光回溯，旧景重现，他还是那个想用厨艺讨好妻子的毛头小子，被一个洋葱闹得处境尴尬，可微微垂头任由妻子的手指抚摸脸颊的时候，他又怦然心动。

俞遥的手指碰到江仲林鬓边染上了白色的头发。好像他的头发比其他人的白得早，杨筠家的老头子许先比他还大上几岁，却没有这么多的白发。

俞遥心酸，放下手，另一只手还握着江仲林的手。

她忽然认真地看着江仲林的眼睛，问他："当初我决定嫁给你的时候，杨筠不太看好，因为你比我小三岁，我爸也不答应，可我还是嫁给你了，你知道为什么吗？"

历经了风风雨雨的江老师适应力很强，被年轻的妻子拉了好一会儿的手，已经能处之泰然了。他委婉地回答："我以为，是因为岳父不同意，你才……"

俞遥被他堵了一把，有点儿噎住了。她跟她爸的关系糟糕，确实处处以反对她爸为乐，可这个问题上，江仲林这么说，她就不高兴了，所以她非常不尊老爱幼地捏了一把江老师的手。

虽然也有这个原因，但——"主要不是这个原因。"俞遥扯了扯嘴角，把话题拉回来。

江老师心里叹气，很包容年轻人的火气："那是我当年想错了。"

俞遥说："是因为你喜欢我，我才会嫁给你。"

她二十多年的人生里，喜欢过很多东西，却从来没有喜欢过她自己。她常觉得自己这个人浑身上下都是毛病，没什么好喜欢的，所以遇到江仲林后，发现他对自己的感情时，她惊讶又好奇——好奇他能喜欢她多久，就答应了嫁给他。

“你知道我说这话是什么意思吗？”

江老师：“……”

俞遥接着说：“我的意思是，如果你现在不喜欢我了，那我会尽快搬出去，省得你面对我不自在。”他要是现在不留她，她真的马上就走。

江仲林被俞遥握着的手指动了动，良久，他说：“留下吧。”

“可以。”俞遥笑了，“早说不就是了，闷葫芦。”

她说完，叉着手往外走，走到厨房门口，又扭过头说：“我现在觉得老头儿也挺可爱的，摸起来的感觉也没有很怪。”

等她走了，江老师转身继续淘米。淘了两下米，他忽然反应过来——刚才他是被俞遥口头调戏了？

唉，年轻人啊。江老师这辈子教了那么多的学生，什么难搞的年轻人都遇到过，可招架不住的就只有这么一个。他一把年纪了，被年轻人吼了一通，却忍不住笑起来。

俞遥是个很温柔的人，和他不同，她的温柔藏在随性的举止之下。她刚才说的做的，都只是在表达一个意思而已——“把我留在你的身边。”

不是所有人都能毫无芥蒂地接受一个骤然老去的恋人，但她刚才明白地告诉他，她接受了。简单得有点儿冲动，可年轻人就是这样，心里有爱的时候，什么都能做。

04

两天前，他接到了那个电话，那个年轻的工作人员告诉他，他们找到了他的妻子。有那么一刻，江仲林觉得是自己听错了，好像听不懂电话那边的人在说什么，手里端着的茶杯摔在地上，水溅湿了鞋子。他忍不住追问：“你刚才是说……”

电话那头的工作人员重复了一遍，他听到“你的妻子俞遥回来了”这几个字，后面的话就再没听清楚，不得不再问了一次。他从没觉得哪一句话会那么难以理解，每个字他都听得懂，可他就是不明白话里的意思。

她回来的情景，他曾经想过千百次，始终没有成真。当他放弃了，她却骤然降临。他穿着湿透的拖鞋，缓缓坐下，听着电话那边的声音。

“好的，那么您尽快来接俞女士回去吧，具体的手续我们这边先给您发一条信息……”

他放下电话后，呆坐了一会儿才感觉到脚上的冰凉。他起身去换了衣服，路过镜子前，忍不住停下脚步端详自己。看着镜子里面那个老头儿，江仲林心里想，她怎么可能会接受这种头发都白了的老头子。他体会到了近乡情怯这个词中的心酸，可还是很快赶去接人了。

推开服务中心的大门之前他还在想，要是俞遥不能接受怎么办？然后他又想，她不能接受，他也没办法，他已经老了，还能怎么办呢？就在那个瞬间，他已经做好了所有的心理准备，觉得自己能接受俞遥所有的反应和选择。

结果推开门，看到坐在那儿的俞遥，他就把这些都忘了。把她带回家，看她躺在家里的沙发上，他从接到电话后就开始紊乱的心绪平静下来。

不管怎么说，俞遥还好好地活着，没有遭受任何他曾想象过的苦难，这就很好了。

他放下了这件背负了四十年的沉重心事。

他的“沉重心事”这会儿在外面玩起了游戏，唰唰的音效传进厨房，很有节奏感，也很热闹。

“沉重心事”四个字没了“沉重”，只剩下“心事”仍然挂在心头，让他放不下。

江仲林洗了洗手，拿出洋葱开始切。

俞遥敏锐地闻到了从厨房飘来的洋葱味儿，跳了起来，轻手轻脚地走到厨房门口往内看，口中发出啧刺啧刺的两声。

江老头儿循声转头，露出戴着的护目镜。

厉害了，切洋葱会戴护目镜了。俞遥悄悄把手里的纸巾揉成一团，若无其事地回到客厅，用一个投篮的姿势把那团小纸巾扔进了垃圾桶，正中目标。

“我还睡在楼上？”吃饭的时候俞遥问。

“是啊。”江老师说，仿佛没听懂她话里的意思。

“是不是人老了就会变成顽固的老头儿？”俞遥在桌子底下把拖鞋甩到了江仲林那边。

江老师看了眼摔在自己脚边的拖鞋，新买的草绿色毛绒拖鞋翻了个面儿。他咽下嘴里的饭，好脾气地回答：“是啊。”

俞遥给对面油盐不进的老头儿舀了一大勺洋葱。

杨筠陪了俞遥几天，就准备回去了。他们夫妻俩本来在帮小儿子带孩子，这几天他们俩不在，那孩子就交给保姆带，结果生病了，杨筠和她家老头子都不放心。再加上杨筠自己这几天太过激动，身体也有点儿不好，常用的医生又不在这边，所以俞遥直接让他们回去。

杨筠愧疚地拉着俞遥的手：“等孩子病好了，我们再来看你，多陪你一段时间。”

俞遥笑着说：“不需要，您老人家还是赶紧养养身体吧，别再奔波劳累了，要是想我，我跟你视频聊天就行了，现在这视频聊天技术，简直就是身临其境，我觉得这样就挺好的。”

杨筠瘪嘴：“你是不是嫌弃我老了？”

不得了，杨筠都当奶奶了，瘪起嘴来还像幼儿园时的那个小伙伴一样。有人说，女人不管多大，在爱人的面前都是小孩子。俞遥觉得，这话用在好朋友身上也是一样，杨筠现在的样子就是活脱脱的一个撒娇少女。

俞遥毫不掩饰地露出嫌弃的神色，嘴里却说："哪能啊，我都不嫌弃老江，怎么可能嫌弃我家阿筠筠呢！"

杨筠登机前还不舍地望着俞遥："要是你能去我家做客就好了。"

这是不行的，因为俞遥有半年的观察期，这半年里她不能出国。

"行，等我能出国了，就去你家看你。"俞遥这么说。

杨筠这才开心了些，被她家老头子招呼着走的时候，还不舍地一步一回头，好像再也见不到了似的。俞遥望着好朋友走远，心想，杨筠也许是想到了四十年前的那一天。

那天，俞遥去买菜，出门前不久接到过杨筠的一个电话，两人约好去看新上映的一个电影，顺便逛街，就和以前的很多次一样，但那之后没多久俞遥就失踪了。俞遥失踪的这四十年，除了江仲林，杨筠也承受了许多痛苦，哪怕没有时时刻刻念着，可只要想起，心里肯定不会好过。

这件事就像一根刺一样扎在人的心里。

"等我去看你！"俞遥忽然大喊。那边的杨筠也蹦起来，用力地朝俞遥挥手，好像很高兴的样子。

俞遥自穿越后第一次感到庆幸。还好，还好只有四十年，还好江仲林和杨筠都还在，她这辈子还有机会看到他们。要是她穿越的时光更长，所有她认识的人都变成永远怀抱遗憾的一抔抔黄土，连最后一面都见不到，她都不敢想那会是怎么样的情形。

第三章

新的开始

01

“我们先去一个地方。”江仲林将车开离机场。

“去哪儿？”俞遥怀疑地看着他。他总不会也像杨筠那样带她到处去回顾青春吧？

事实证明江仲林没有那样的情怀，他先去花店买了白菊。俞遥明白了，于是沉默下来。

他去的不是墓园，而是海市的英烈纪念碑。因为不是什么特殊的日子，纪念碑附近没有几个人。俞遥站在纪念碑前，江仲林将白菊递给她，说：“岳父没有设墓碑，他的骨灰就葬在这后面。”

俞遥面无表情地看着巨大的纪念碑，迟迟没有把手里的白菊放上去。

“你消失的第七年，他在一次追捕犯人的行动中牺牲，他的同事将他最后留下的话带给了我。”

“‘我这一生没有做过一件恶事，终生都为了理想和正义奋斗，所有人都说我是一个好警察，可我却不为此感到骄傲，反而十分愧疚，因为为了成为这样一个好警察，我没能当一个好丈夫、好父亲。我死后，不和妻女合葬，她们可能不愿见我。’这是他留下的话。”江仲林说。

俞遥动了动唇，想讽刺一句：这个男人还挺有自知之明。但看着冰冷的石碑，她没能说出口。

她还记得，自己小时候和父亲的关系很好。她在读幼儿园的时候，常常很自豪地告诉所有的小伙伴，爸爸是个大英雄。他虽然不经常在家，偶尔还会赶不上她的家长会和生日，但她的妈妈说，爸爸像超人一样正在拯救遇到困难的人，所以她原谅了总是很忙很忙的爸爸。

后来，她慢慢长大，知道了爸爸并不是什么厉害的超人，他在外面做的也大多是些不值得夸耀的琐事。东家吵架、西家丢了东西，都归他管。当他脱下那身警服回到家，仍然不能安心地做他们家的支柱，邻里有任何事，他都热心帮忙，却把自己的家扔在一边。

俞遥第一次对这个父亲感到不满，是读小学时，她看着父亲去帮一个毫无关系的邻居搬煤气罐。当时他们家正好也需要换煤气罐，她瘦弱的母亲一层层地把煤气罐扛上楼，累得满头大汗。俞遥那时想，爸爸是看不到她们也需要他吗？

这只是件小事，可是小事越积越多，她最终爆发了。爆发的点就是母亲的死。

俞遥刚上初中的时候，母亲怀了二胎，父亲很高兴，待在家里的时间多了些。俞遥住校，每周只能回来一次。每回回来，俞遥都会坐在母亲的身边看母亲的肚子，她很期待母亲肚子里的弟弟的出生。

预产期将近，那几天俞遥很担心。父亲说他会请几天假待在家里照顾母亲。可是结果呢？周末俞遥放假回家，打开门，第一眼看到的是母亲的尸体。

母亲已经死了一天了。鲜血浸透了母亲的身体，长长的红色血迹从厕所一直延伸到客厅。母亲是怎么不小心在厕所里摔倒，又是怎么忍着疼痛挣扎着爬出来想到客厅里打电话求救，俞遥几乎能想象得到。然而母亲的身体并不好，或许是摔得太狠，光是挣扎着爬到这里就力竭了，还没能把那个求救电话打出去，就在这里悄无声息地死去了。

俞遥挂在手臂上的书包和钥匙一起摔在地上，她扑过去，触到的是母亲冰冷的尸体。摸到了母亲毫无动静的大肚子，俞遥疯了一样喊“妈妈”，可是母亲不会给俞遥任何回应了。母亲不能再温柔地笑，不能再喊俞遥宝贝女儿了。俞遥红着眼睛在沙发缝隙里找到了母亲的手机，拨打父亲的电话。那边没人接。

俞遥哭着打了三次，那边才接通，传出父亲的声音。

“你在哪儿？”俞遥咬牙切齿地问他。

电话那边的父亲声音疲惫，背景音一片嘈杂。他说：“怎么了？你回家了？我这边有突发事件需要出警，我晚上就回……”

俞遥打断他，像是把嗓子撕裂了一样大喊：“你不是说要在家照顾妈妈的吗？你不是说你会在家的吗？！”

电话那边的人终于察觉到不对，问她：“怎么了？你妈怎么了？是不是要生了？你先联系你外婆，我马上、我马上就……”

俞遥挂掉了电话。她再也不想听这个男人说任何一句话，这个骗子！这个害死了母亲的骗子！

后来，她打了电话给外婆，是大舅舅过来处理的尸体。母亲是昏迷后因失血过多死的，肚子里的男婴是活生生地憋死的。

那个男人回来后跪地大哭，俞遥就冷漠地看着他哭。之后的那么多年里，她也再没喊过他一句爸爸。

她开始故意气他，不听他的话，他不喜欢什么她就去做什么，恨不得他死。

现在好了，他真的死了。

俞遥并不想哭，她的情绪很复杂，无法言说。

忽然起了风，两旁的树被吹得沙沙作响。俞遥终于走上前，把那束白菊轻轻地放到了碑前，开口说：“你这辈子都忙着到处当英雄，最后也是为了当英雄死的，也算完成人生理想了，求仁得仁，我不评价，希望你最后没有后悔。”

他是个好人，她知道，可就算他死了，她也不会跟他和解，这里她以后也不会再来。

他们各有自己的坚持，都不后悔。

接下来的目的地是墓园，和纪念碑有一段很长的距离。车里还有很多白菊，虽然江仲林没说，但俞遥也能猜到他是要带她去看谁，所以她主动将那些白菊抱在了怀里。

最开始看到的是江仲林的父母的合葬墓。俞遥为他们献了花，喊了爸妈，拜过三拜。江仲林的父母是一对开明的父母，有着高级知识分子特有的气质，特别是江母，对她很好。俞遥当初一度觉得，自己遇到的可能是世界上最好的婆婆了。

还有外婆的墓，外婆是俞遥除了母亲之外最喜欢的长辈，母亲死后的那段时间，俞遥不想留在家里，就去外婆那里住了半年。如果不是因为舅舅舅妈有意见，俞遥可能会陪外婆更久一些。在俞遥上高中时，外婆病死了。

旁边是母亲的墓和……自己的墓。

江仲林静静地看她走过一个个亲人的墓碑，最后将眼神停在她自己的墓碑上。

他说："岳母和外婆的墓，是老墓园搬迁时岳父移到这里来的，你的墓，是你失踪五年后，岳父给你造的。"

那人给她立墓碑，江仲林却把她的寻人消息挂到四十年后。

"我看着这个墓碑，觉得怪怪的。"俞遥擦了擦眼泪，尽可能让自己的语气听起来很轻松。

"嗯，今天过来，除了让你拜拜亲人们，还要把这个墓碑拆了。"江仲林说。

俞遥随口说："干脆留着吧，反正以后用得着。"

江仲林看她像在看说话没遮拦的小孩子，神情很严肃，语气还带了点儿责备："不能胡说。"

俞遥："……"她想了下年轻的江仲林会是什么反应，他肯定会皱着眉轻声说"不能这么说"。那个小青年哪怕生气也是软绵绵的，还一逗就笑，一点儿威慑力都没有。

很好，年纪大了，江仲林确实强硬了很多。

02

俞遥玩了半宿的游戏，早上起得倒是挺早的。

江仲林正在热豆浆，看她走下楼，惊讶道："怎么起得这么早，没休息好吗？"

俞遥说了句"没事儿"，走到厨房里，帮忙把包子热了。

两人吃完早饭，有人给江仲林打了个电话，江仲林就走进了书房里。

俞遥在客厅里端着个人终端查找信息，旁边还开着和杨筠视频通话的窗口，那边的杨筠正在给俞遥展示三岁的小孙子肉嘟嘟的可爱脸颊。

俞遥看了几眼："是挺可爱的。"

两个人随意地说了几句，杨筠要出门，俞遥就挂了视频，起身去倒水喝。路过书房，俞遥看门没关，就探头往里面看了看。

江仲林打开了光屏，正在上面写着什么。现在的电子设备输入方式多种多样，打字输入和语音输入都很方便快捷，不过江仲林喜欢的还是手写输入。这种手写输入和以前的那种手写输入又不同，因为现在的这种输入是会保持输入时的字体的，效果等同于纸面书写。

江仲林写得一手好钢笔字，俞遥还记得他当年认认真真地给自己写了封情书，上面的字特别好看。那封情书被她放在了结婚证和一些证件下面，也不知道现在还在不在。

察觉到俞遥的视线，江仲林停下笔："怎么了，有什么事不知道吗？"说完就好像要站起来。俞遥抬手挥了挥："没事儿，你继续干活吧。"说完，她又回到客厅。

客厅里挂着一面钟，时下流行的那种智能电子钟能实时显示时间、天气、温度、湿度等一大堆信息，但那儿挂的是一面普通的圆形挂钟，秒针正在嗒嗒地一格一格地移动。毕竟出生于半个多世纪以前，江仲林还带着从前的习惯，比如用这种钟。某种意义上，他也算是个怀旧的老人家了。

当圆形挂钟最短的那根指针指到9，俞遥收拾了一下，准备出门。

书房里江仲林还在埋头书写，俞遥跟他打了个招呼：“我出去一趟。”

江仲林马上抬头：“怎么了？需要我跟你一起去吗？”

俞遥随意地说：“没事儿，你继续做事儿，我就到小区的蔬果生鲜超市买点儿菜，今天我做饭。”

一听这话，江仲林立刻站了起来，笔还握在手里。他说：“不用，我马上就去买，你留在家里休息。”他想了想，又缓和了语气，“上回买的游戏你不是还没通关吗？”

俞遥本来以为没什么大不了的，可看到他那藏在眼睛深处的紧张，愣了一愣。

“不是吧，一朝被蛇咬，十年怕井绳吗？我觉得我没有那么倒霉，不会出门买菜又穿越一次。”

江仲林没有说太多，只默默地盖上了笔帽，走了出来，一副要和她一起出门的架势。

俞遥看他换鞋，抱着胳膊在旁边说：“我回来这么多天，还没出门买过菜，你总不能以后每天都跟我一起出门买东西吧。”

江仲林沉默片刻，心中暗叹了一口气。他知道没有必要，可听到她说要独自出门买菜，还是会心惊肉跳。

“你第一次去，我先陪你熟悉一下，下次我就……不一起去了。”

两人出了门。

今天是个大晴天。这个小区里住着的大多是老人和孩子，年轻人比较少，小区内的这条路很清静，路旁是高大的梧桐树，阳光透过枝叶的缝隙，在地上留下一团团光斑，俞遥就踩着那些光斑往前走。

她走得慢腾腾的，偶尔往左右看看两边的院子。走了差不多十分钟，江仲林委婉地说：“这么短的路，我平常也走习惯了，一般十分钟就能到超市门口了。”

俞遥：“……”哦，我照顾老头子特意慢点儿走，你还嫌我走得太慢了？

她加快步伐，走路带风，果然很快就看到了路尽头的那家小区超市。现在差不多每个小区都有专门的生活超市，生活购物比以前快捷方便了很多。俞遥之前查了查附近的各种店，看过了实景图，现在亲眼来看，发现里面的蔬菜瓜果又齐全又新鲜——很刺激人的购买欲。

她学着几个聊天的中年妇女推了个小推车，先往肉类区走。江仲林说是来带她熟悉这里的，但俞遥压根就没什么需要他教的，买什么选什么都做得很自然，哪怕看到了不少她以前没见过的新品种蔬果，也没有很惊奇。

江仲林看她自来熟地和杀鱼的柜员聊起天，忽然想起来，年轻的时候，他们两个里面，俞遥才是那个适应能力更强的。到了一个新的地方，他还在记路，她就已经转遍了周围几条街，知道哪里能买吃的喝的用的，连邻居她都能在三天内认全了。

跟她比起来，江仲林就不行了。他从小就这么个性子，埋头做学术可以，但像这种生活技巧他几乎没有。只是现在年纪大了，经历多了，才看上去比年轻的时候像样些。

他还记得，两人结婚前一起去旅游过一次，不是什么太远的地方，因为两人都没太多时间，所以只去了一个国内很出名的古镇。

那时他的学长学姐听说这事儿，就告诉他，这肯定是女朋友对他的考察，目的就是看他适不适合结婚，所以这回的旅游就决定着他以后能不能抱得美人归。这让小青年江仲林紧张得要命，唯恐表现得不好，回来就被分手，于是出发前就认认真真地查攻略找路线。可是到了地方，他就蒙了，因为之前查到的资料大多没用。

比起他的小心，俞遥就放松多了。同样是第一次去，她就飞快找到了能直达旅店的大巴，在旅店扔下行李后又直接带他出门找吃的。江仲林翻出自己做的行程攻略，带她去上面某家评价很好的饭店吃饭，结果那家店又贵又不好吃，江仲林显然是被坑了。俞遥半点儿都不在意，摸了摸自己才半饱的肚子，拉着他找了家小店就钻了进去，对他说，她闻到了一股很香的味道，里面的东西绝对好吃。俞遥找的那家小店果然很好吃。

之后的行程，几乎都是俞遥在做决定，江仲林除了提行李根本半点儿没费心。到后来，被俞遥带着，他也忘记了出发前的忐忑，玩得很开心。他们看遍了有名的没有名的各个古迹，还找到了个景色很好但没多少人的地方，在那儿看了一下午的风景。

短短几天的旅行结束，江仲林回顾自己的所作所为，觉得自己没及格。听到他的说法，俞遥哭笑不得：“什么考验，我就是刚好有时间，跟你一起出来玩而已，你想太多了吧。还有，谁说你是我男朋友你就必须负责照顾我？那我还比你大三岁呢小弟弟，这样算，不就是该我照顾你吗？你灰心丧气什么，等什么时候你比我大三岁了，你再来照顾我。”她笑着随口开玩笑。

现在好了，他比她大三十七岁。

江仲林在这儿住了这么多年，看这个鲜鱼柜台的柜员也看了几年了，今天还是第一次知道她有个儿子正在读海大。他用敬佩的眼神看了一下妻子，觉得妻子的风采胜过当年。

两人买完菜出去，俞遥指了指另一条路：“这条路能不能回去？”

江仲林点头：“能，但我很少走。”

俞遥拍板：“那我们走这条路。”

来了，住在一个地方必定要认全周围五条街的路，这是俞遥的习惯。江仲林推推眼镜，提着一袋子葡萄跟着俞遥往前走。

“我再帮你提点儿菜吧。”江仲林说。

俞遥意思意思地给了他一条鱼。

“我能提得动，排骨也可以给我提。”江仲林说。

俞遥：“你怎么这么多话？”

江仲林：“……”

“算了算了。”俞遥又从袋子里翻出两只玉米，塞到老头子手上，“那你再拿两个玉米好了。”

江仲林看看她手里那一大袋子东西，终究没有再说什么。

这条路比他们过来的那条路长一半，中途有个育儿园，也就是从前的幼儿园。育儿园就在小区内，在里面就读的孩子都住在附近，从刚会走的到五六岁的都有。这些小孩子在人工草坪上做课间操，一个个像扎在地里的大白萝卜似的。偶尔有身形不稳的，一个踉跄摔倒在柔软的草坪上，还会像个球一样滚两圈。

虽然看着可爱，但是这些小东西哭起来的时候，整个育儿园就会从天堂变成地狱，没长翅膀的“小天使”也会变成叫声恐怖的“小怪物”。

俞遥在栏杆外看小朋友们抬胳膊踢腿，对旁边的老头子说：“我看以前很多职业都没了，还好育儿园还在，以后我也不会失业了。”

俞遥穿越前是个幼儿园老师。

虽然她读书时是个叛逆的“杀马特”少女，打过男同学，揍过小流氓，每天一副老子谁都不服的模样，但外婆病逝后，俞遥基本就“改邪归正”了。她依照外婆的遗愿，好好高考，之后读了学前教育专业，并成功成为一个每天带孩子的幼儿园老师。

大学毕业后，又过了三年，有一次高中同学聚会，听说俞遥当了幼儿园老师，一群同学目瞪口呆如遭雷劈，死活不愿意相信当年的约架少女竟然洗心革面了。

然而俞遥不仅是个幼儿园老师，还是园里最受孩子欢迎的老师。因为名字的读音，小孩子们都亲切地称她为“鱼老师”，两个班的孩子经常为了争夺“鱼老师”而哭得天崩地裂。

俞遥算了算，当年她带过的那些孩子，现在几乎每一个都能当她的长辈了。

03

俞遥有为期半年的观察期，按照保密条约，这半年内她不能出国，不能进行社会工作。作为合法公民以及特殊穿越人士，她可以领取一年的社会补助，这能保障她的生活，而这半年就是给她适应新社会的时间。

所以说，这半年她都能待在家里学习各种社会常识，且有充足的时间思考自己的未来。据说，在俞遥之前的那四位穿越人士中，第二位是个小女孩。小姑娘没能适应穿越几十年的事实，患上了抑郁症，在十六岁时自杀了，不知道是因为后来的家庭没能把小姑娘照顾好，还是有其他的原因。

俞遥大概是穿越人士中适应得最快、心态最好的一个。度过最初的混乱后，她调节好了心情，每天在家除了玩游戏，就是观看江仲林给她找的各种“历史”文献，了解这些年发生的事。得知现在育儿园老师需要考取不少的资格证书，俞遥还自己找了不少相关资料来看。除此之外，她会和江仲林一起做饭买菜。

那个当初说好了只陪她熟悉一下，下次就不一起去了的老头子，每天看她要出门都会默默跟上，俞遥都懒得说他。两人走在路上，慢慢地从最开始的沉默变得会聊天了。

“你不是老师吗？我怎么这么多天也没见你去上课？”俞遥这天忍不住问。

江仲林回答：“我一年前辞去了海大文学系主任一职，不过院长和我相熟，希望我能每个月回校上两次课，所以现在我并不需要每天都去上课。”

俞遥敏锐地察觉到问题：“一年前你才六十四，以前也是七十了才能退休，你好好的怎么这么早退休？”

江仲林苦笑：“去年……有一段时间我身体不好，在医院待了段时间，觉得没有精力了，便决定辞职，在家中把这些年的一些资料整理出来……不是什么大事。”

俞遥皱眉：“什么病？严不严重？”

江仲林：“不严重，只是小病。”他的神情很平静，“只是年纪大了，身体不像年轻的时候那么好了，一不小心就生了病，现在早就痊愈了。”

俞遥沉默半晌，拿出自己的个人终端打开，不理他了。江仲林以为她在玩游戏，谁知道过了一会儿，俞遥就把终端一放，说：“以后每天早上你跟我一起去跑步锻炼身体，你放心，我查了，肯定不会超过你的身体负荷，我们绕着这里慢跑一圈就差不多了。”

江仲林看了看她圈出来的那一段的距离，有些迟疑：“这……”

俞遥："这什么？年纪大了更要注意保养身体，好好锻炼！"

江仲林在这小区住了这么多年了，自然认识一些邻居。他每天一大早陪俞遥跑步去买菜，认识的老头儿老太太们过来打招呼，难免就会问一句："老江，这小姑娘是谁啊？长得这么俊，是你家的后辈？"

每次都是江仲林还没说话，俞遥就直接朝邻居们笑起来："我是江老师的老婆啊。"然后她就不免要在众人惊愕的目光中解释一下自己的穿越经历。

"啊！我前段时间看到了那个新闻的，说是又一个新的穿越者，穿越了四十年，但新闻只有个化名，原来就是你啊！"老头儿老太太们惊叹，然后好奇地围过来。这看上去年纪轻轻的姑娘竟然和他们是同一个年代的人，怎么不叫人好奇？

好在这片小区以前是海大退休教授的分配房，后来扩建出的这些小楼，住的也大多是知识分子，没几个喜欢到处传八卦的。再者，认识江仲林又能和他相处的，也都是些曾在各自的领域有点儿名气的专心做事的人，没有对别人家事指手画脚的爱好，于是对他们这对"老少夫妻"非常友好。

其中，俞遥曾见过的那位聂老先生和他的老婆最为热情，俞遥不得不和江仲林一起去他们家吃了两顿饭。

邻居们知道情况后的日子比俞遥想象的要平静得多，没人来围观她，只是早上出门买菜、偶尔出门买点儿必需品，还有拿快递的时候，遇上的老头儿老太太们都爱和她说上几句。还有人对她感慨当年，这听起来很奇怪，因为对于俞遥来说，四十年前距离她才一个多月，但对这些老人家来说，却已经是"当年"。所以聊起天时，俞遥总有种错乱感。

这小区里也住着年轻人，还有江仲林的学生。不过学生和江仲林打招呼，都是打过招呼后就跑了，不好意思问旁边的女士是谁。因此，到目前为止，俞遥还没能在江仲林的学生圈里出名。俞遥为此感到有点儿遗憾。

俞遥是个在家待不住的，让她像江仲林那样静下心一连在家待上好几天去做学术研究，俞遥做不到，她就是没事儿每天也得出门去晃两圈透透气才行。

除了每天早上的跑步和买菜，傍晚的时候，要是天气好，她还得出门遛弯，这时候江仲林也会跟着。

两人在路灯下散步，梧桐树下有几个老头儿在下棋。他们见到江仲林，热情地招呼他过去下一盘。

“老江，快来快来，帮我一把，这家伙太厉害了，杀了我个片甲不留，你快来挫挫他的锐气！”

“唉，你这人怎么每次下输了就要搬救兵！”

“寻求帮助又不可耻，老江快来，坐我这里！”

江仲林跟他们都认识，坐过去下棋，俞遥就跟过去在旁边看，旁边也在看棋的老太太就轻声跟她嘀咕：“你们家老江下棋可厉害，哪像我们家这臭老头儿，就是个臭棋篓子，下得不好还不肯认输，其他人都怕了他了。”

给江仲林让座的老头儿就哈哈笑：“话也不能这么说，咱们下棋图的就是修身养性，输赢不重要。”

老太太啐了一声：“不重要你还非要人家帮忙赢一盘？”

俞遥只在小学的课外活动上碰过象棋，学了点儿皮毛，至今只会一招“双炮将军”。但就是她都能看得出来，江仲林的象棋真的下得很好，开局没多久就连吃对方几员大将，看得围观的一群人时不时拍手，连声叫“哎哟”，或是赞叹，或是替另一个老头儿惋惜。

江仲林下棋很安静，几乎不说话，对面的老头儿似乎是个话痨，一被吃了棋就会拍大腿，说着自己上一步棋要是不那么走就好了之类的话。

俞遥将目光从一面倒的棋局转到江仲林的身上，他沉静地看着棋盘，每一次伸手移动棋子的动作都很沉稳。俞遥以前并不知道他会下棋，也不知道他是以前就会，还是后来学会的。毕竟一两年太短，还不够她完全了解一个人。

在俞遥恍惚的时候，胜负已分，一局棋并没有用太久的时间。

有围观的人觉得奇怪："江老师今天怎么下这么快。"

输了的老头儿乐呵呵的，闻言故意摆了个哭脸："是啊，老江平时多少让我几下，咱们一盘棋慢慢下能下一个小时，今天一点儿面子都不给。"

俞遥身边的老太太就扶着俞遥的肩笑："江老师是怕他家的这位在一边无聊，不想让人等急了。"

被打趣的俞遥没有半点儿不好意思："说实话我也看不懂，下次你们找老江下棋，就直接上家里叫他，我不打扰你们，你们想下多久就下多久。"

"好好好，老江你听到没，'领导'都发话了，我们下次直接去你家里下棋。"

江仲林无奈地看了眼置身事外的俞遥，对说话的老头儿道："你去我家里下棋，我什么时候把你赶出来过？"

大家开了几句玩笑，重新开局，俞遥就和江仲林回了家。

"来，我们也来下棋。"俞遥一回家就这么说。

既然她说了，江仲林也不会去败她的兴致，只翻出家里的棋盘来摆好。就俞遥这三脚猫的功夫，在江大佬的面前肯定挺不过三分钟，可江老师怎么能让自己的妻子惨败呢？于是他煞费苦心地让棋，硬生生地靠着高超的棋艺把一个毫无悬念的棋局拖长到了十分钟。

然而就算他再三放水，俞遥还是很快被杀了个七零八落。她不以为意，看看自己这边只剩个孤零零的红帅了，忽然伸手把江仲林那边的士往前一推，干掉了他的将。

江仲林："……"

俞遥一本正经地跟他解释，"别看你这个士是黑色的，但其实他是我们红方的卧底，所以他干掉了你那方的大将！"

江老师从未见过这样的操作，被老婆的不要脸程度惊呆了。

“你这个，算是作弊。”江老师实话实说。

俞遥：“夫妻间的事儿能叫作弊吗？不能。”她把棋子一扔，“你让我让得那么辛苦，我光明正大地赢了，不是皆大欢喜吗？”

这一点儿都不光明正大。但江老师没把这句话说出来，只问：“还要下吗？”

俞遥大言不惭：“不下了，没意思，反正你又赢不过我。”

既然比的是谁更不要脸，那么江老师确实是输了。

过了几天，江老师的棋友们上门来下棋了。被连赢三盘后，棋友们感叹，这里没人能赢江老师了。

江老师难得开了个玩笑：“上回和俞遥下棋，是她赢了。”

棋友们惊叹：“真的吗？没想到俞遥也是个象棋高手！”他们纷纷要求她下场来一局。

俞遥戴着小型体验器在一边玩《荒芜星球》，闻言扑哧一声笑了：“其实我对象棋一窍不通，但谁叫我是江老师的老婆呢？他棋艺再高也不敢赢我。”

04

俞遥从小区超市回来，意外地看见家门大开。俞遥提着新买的水果走进屋，沙发上坐着个年轻的姑娘，看上去年纪比俞遥还小两岁。

见俞遥走进屋里，那姑娘抬起头，有点儿诧异地看向俞遥，看到俞遥手里的水果后，大概误会了什么，站起来对她笑了笑：“你是来找江老师的吗？江老师现在有点儿事儿，先过来这边坐着等一下吧。”

俞遥挑眉，姑娘很热情地问俞遥：“你是江老师的邻居还是学生啊？应该是学生吧，也是海大的？我好像没见过你啊。来来，水果我帮你拿到厨房生鲜柜里放着，你先坐着等一会儿，我给你倒杯水。”

俞遥：为什么这妹子表现得像这个家的女主人一样？

俞遥顺手把水果交给了她，也没多说什么，径直跑到沙发那边坐着，打开了昨天存档的《荒芜星球》游戏，开始完成今天的任务。

那姑娘倒了杯水过来，看俞遥一点儿都不见外地打开江老师家的电视玩游戏，有点儿不高兴，觉得俞遥这人很没礼貌。

“你随便打开江老师的电视玩游戏，这不太好吧。”虽然江老师的脾气一向很好，但到老师家玩游戏，这说不过去啊。姑娘说完，瞄了眼显示着游戏的屏幕。等等，江老师家的电视怎么还安装了游戏？

俞遥看了姑娘一眼，看到姑娘皱起的眉，就问那姑娘：“江老师在干吗？”

姑娘疑惑地看着她，有点儿不确定俞遥的身份了，闻言简单地回答：“我来替我的老师拿一份资料，江老师去替我找了。你……真的是江老师的学生吗？”

俞遥诚实地摇头：“不是啊。”

姑娘惊了：“那你是谁啊？”这人熟门熟路地走进来，还提着水果，神态自然，姑娘还以为这人是来探望江老师的学生呢！

俞遥刚想回答什么，就见江仲林从书房里出来，于是转头对江仲林说：“我买了新鲜的草莓，放到生鲜柜里了。”

他们两个的口味不怎么相同，但水果里面，两人都最爱草莓，以前两个人就经常买草莓一起吃。俞遥今天去买水果时发现有草莓，才知道现在能吃到很多反季水果——又发现了一件穿越后能算得上不错的事。至少以后不会发生那种突然馋得抓心挠肝，却因为想吃的不是当季水果而死活吃不到的情况。

俞遥突然想起了某件有点儿丢人的事。

嫁给江仲林没多久的时候，他们俩还正如胶似漆，有天晚上做完了那种事，她摊开手脚躺在床上，看了看大腿上一点儿模糊的红痕，忽然很想吃草莓，想吃得不得了。人有时候就是这么怪，突然想吃什么，越想就越忍不住。她的一条腿架在江仲林的身上，忽然抬脚踢了踢他。

江仲林马上爬起来，一张年轻俊秀的脸还红通通的，发间带着湿润的气息。“怎么了？不舒服吗？”他紧张地问。

俞遥平时不是那种会强人所难的人，可看着这样的江仲林，下意识地就把心里想的话说出来了。

“我想吃草莓。”她说。

“草莓？”江仲林马上起身下床，“那我去给你买。”

刚和妻子做完快乐的事情，年轻人的心此刻正躁动着，浑身上下用不完的劲儿，非常想满足心上人的一切愿望，连这个季节根本没有草莓都忘记了，傻得冒泡儿。

俞遥抬脚用脚趾夹住他的衣角，让他回来：“傻了吧，现在这个季节哪里有草莓？”

江仲林犹豫了一下，说：“那你想吃桃子吗，我去给你买桃子好吗？”除了草莓，俞遥最喜欢桃子。

“行吧。”俞遥随口回答。

江仲林就兴冲冲地出了门。俞遥等啊等，等到又睡了过去。一觉醒来发现江仲林还没回来，她就猜到这小傻子肯定去找草莓了。

果然，又过了一会儿，江仲林回来了，有点儿蔫蔫的，手里提着两个袋子，一个装着桃子，一个装着……脱水草莓干和草莓果茶。

看他后背的衣服湿了，俞遥就知道他肯定跑了不少地方，而且当然没找到草莓。

江仲林很不好意思地把买的那些东西放到她的面前：“我买了草莓干，还有这个草莓茶，别人都说很好喝的，说是比较正宗的草莓味，你试试？”

俞遥当时看着他，心里就想，这是多么傻的一个男人。她喝了一口那杯草莓茶，味道确实不错，就是太甜了。

俞遥拿着游戏体验器，面前不复年轻的江仲林正对她微笑，眼睛周围的皱纹并不难看，反而让他看上去稳重又温和。他说：“小区生鲜超市里的草莓味道很好，现在卖的大多是前些年培育的特殊品种。”

江仲林和妻子说了句话，看到旁边坐着的另一个人，便先上前将手里那本看上去很旧的书放到了那姑娘的面前：“你先和你的老师联系一下，看他要的是不是这一本。”

然后他去了厨房，打开生鲜柜把草莓拿出来洗。

那姑娘已经被江老师和俞遥的交流惊呆了。那姑娘先前还怀疑这莫名其妙走进来的女人是什么奇怪的人，可江老师不仅一点儿惊讶都没有，对这个女人说话的语气还很温和，那姑娘顿时觉得自己的脑子不够用了。

这人到底是何方神圣，难不成是江老师家的亲戚？

小姑娘想得太入神，都忘记把书扫描给自己的老师看了。

江仲林洗好草莓端了过来，放到俞遥的面前，问她："怎么不多买一点儿？"

俞遥拿了个塞进嘴里，跟他开玩笑："怕把你吃穷了。"

江仲林笑笑："没事儿，喜欢就多买点儿。"

俞遥没回他，把装草莓的盘子移到陌生姑娘的面前，主动招呼了一句："来，吃点儿草莓，别客气。"

江仲林好像这才想起来还有个小姑娘在这儿，有点儿不好意思，又想起她们不认识，就开始介绍："这学生叫杨梅，是我一个老朋友的学生，今天替她的老师过来拿点儿东西。"他又对杨梅说："你发给你老师看过了吗？"

"啊？啊！"杨梅姑娘这才反应过来，自己盯着俞遥看了好一会儿，都忘记正事了，尴尬得脸红，赶紧拿出了个人终端开始扫描书。

杨梅不敢抬头，看上去正在认真干活，心里却哀号起来。什么鬼啊！这个神秘的打游戏的妹子到底是谁啊？江老师为什么不介绍啊？他们明显是认识的，难不成这位真是江老师的亲戚？这实在是太尴尬了，她刚才还招呼人家来坐，还倒水，娘啊，人家根本就是这家里的主人，自己这个外人在这儿热情好客个什么劲儿，太丢人了！

尴尬过后，杨梅就越发好奇俞遥的身份，一边扫描书一边竖着耳朵听两人的对话，压抑不住八卦之心。

不能怪她这么好奇，他们这些常和江老师打交道的学生都知道，江老师家里就剩他一个人了，多少年了，从来没有其他人，只有先前他病了的时候，几个学生轮流过来照顾过他，谁也没听说过他这屋里还住了另一个人哪。这个打游戏的妹子能住进来，还能让江老师给洗草莓，肯定和江老师关系匪浅！

杨梅心里有各种猜测，只听江老师问那妹子：“怎么不多吃几个？”妹子似乎正在沉迷游戏，说：“你吃吧。”

杨梅偷偷抬头瞄了眼，发现江老师在果盘里拿了个最大最红的草莓，放到了妹子的手里，妹子就拿起来吃了。

我怎么感觉这么不对劲儿呢？杨梅心说，可到底哪里不对劲儿呢？

“玩游戏的间隙也要休息一下眼睛，多吃点儿水果。”

“得了吧，你的生活还没我健康呢，在书房里一坐就坐那么久也没见你喝口水。”

杨梅：“……”

要说是长辈和小辈，这妹子对江老师的态度是不是太随便了？怎么还把江老师给噎回去了呢？

他们的对话只有几句，杨梅听不出来有关他们的关系的具体信息。看到自己的老师发过来确认的消息，杨梅拿起书夹起尾巴告辞：“老师说是这本，等我们那边录入完了内容再给您送回来，谢谢江老师。”

江仲林起身送她出去：“没事儿，你自己回去路上小心。”

杨梅走到门口，偷偷摸摸地瞄了眼客厅里专心打游戏的妹子，实在忍不住好奇心，小声询问江仲林：“江老师，这位年纪看上去和我差不多，是谁啊？”

江仲林顿了顿才说：“是我的妻子。”

杨梅愕然。

等走出了小区，杨梅打开个人终端，一脸古怪地和自己的老师打电话：“老师！你知道吗？刚才江老师他竟然跟我开玩笑了！江老师竟然也会跟人开玩笑啊！”

可能是因为身边有个年轻的小辈陪着，江老师的心态都年轻起来了，江老师不仅允许自家孩子打游戏，还会开玩笑。杨梅和自己的老师感叹陪伴老人的重要性。

至于江仲林说的，杨梅是打死都不相信的。江老师是个什么样的人物？他们圈内赫赫有名的儒雅教授，为人正直，才不是那种一把年纪了还为老不尊地去骗年轻小姑娘的人呢。就算要结婚，他也绝不可能娶一个和自己年龄差距这么大的年轻姑娘。再说了，他们早就听说，江老师对已逝的妻子一往情深，几十年都没有另娶的意思，现在突然又出现了个小妻子？骗谁呢。

"就是不知道这姑娘到底是谁。"杨梅感叹，决定有空去问问几个从海大毕业的师兄师姐。那几位是江老师的学生，说不定知道呢。

第四章

江老师的工作

01

“我们以前的家现在还在吗？”俞遥心血来潮，问了这么一个问题。

江仲林虽然不知道她为什么突然提起这个，但还是很快回答了她：“以前的小区不在了，那儿附近的建筑在十几年前几乎全部拆迁，现在那里建了绿地公园，还有个凤凰广场。你想去看看吗？”

俞遥点头之后，两人很快出了门。现在的家其实离他们以前的家不远，开车二十多分钟就到了。俞遥老远就看到那一片葱茏的绿色，走进去，各种观赏植物修剪得错落有致、形状优美，充满了一种被精准规划过的整洁感，就和现在整个海市给人的感觉一样。

工作日的上午，这里的人并不是很多，俞遥一眼望去，除了推着婴儿车的妈妈、休闲的老年人、散步的年轻男女，最多的就是还没开学的学生。

江仲林似乎对这里很熟悉，带着她走上了一条鹅卵石铺成的小路，这条小路上，人就更少了，几乎只有他们两个。俞遥看了看，发现周围种的很多是凤凰木，可惜这个时间，花已经谢了。

他们从前住的那个小区里也种了两棵凤凰木，这种树开花很好看，火红的一片，在阳光下鲜艳夺目，可惜俞遥只看了一年。

江仲林注意到她的视线，说：“因为这边栽种了很多凤凰木，所以旁边那个广场叫凤凰广场，每年都有很多人来拍照，远远看去是接天的红色。今年花已经谢了，不过明年可以再来看。”

两人边说边走，来到了绿地公园里的一个供人休息的小亭，小亭周围种着观赏用的大丛大丛的竹子。

“就是这里。”江仲林指指亭子，“这个位置就是我们以前的那片楼。”

他坐到亭子里，招呼俞遥也过去坐。俞遥走过去的时候，看到亭子外面有个小小的碑，上面标示着，这座亭子的捐赠人是江先生。

江先生……难不成这个江先生就是现在在她的面前的这位江先生？

俞遥没问，坐到江仲林的身边。这小亭子平凡无奇，周围的景色也一般，没有什么好看的景致，所以除了走累了想歇歇脚的，几乎没人会在这里停留。

可看他刚才一路走过来，分明很熟悉的样子，肯定是常来的。俞遥能想象得到，江仲林这些年来独自一人坐在这小亭子里的场景。人不在了，家也不在了，只剩下这么一个看不出原貌的旧址可聊供缅怀。

他们在这儿坐了好一会儿，从亭子前的小路上路过的几个人都是不感兴趣地瞟他们一眼，就径直走了过去。只有一个戴着绿地公园工作人员牌子的环卫员停住脚步，和江仲林打了个招呼。

“江先生，快两个月没见你来了！”看上去五十多岁的男人熟稔地说，身后跟着个承载垃圾桶的悬浮运输器。

江仲林对他笑笑：“有点儿事，最近就没过来。”

“哦，这样啊。”那人看看俞遥，觉得稀奇，“我第一次见到江先生和人一起来这里。”

俞遥很感兴趣：“我们老江常来这里？大叔你在这儿工作多久了？”

大叔笑起来：“我在这儿可好几年了，常见江老先生过来嘛，每次都一个人，有时候他还帮我收拾一下这小亭子周围的垃圾。唉，这些人，旁边好好的垃圾桶不扔，就扔在地上……”大叔絮絮叨叨地抱怨了好一会儿。

俞遥瞟一眼摇头苦笑的江仲林，又问：“冬天他也来啊？”

大叔毫无隐瞒，实话实说：“来啊，冬天下大雪也来！”

等热情的大叔带着垃圾走了，俞遥抱着胳膊斜睨江仲林：“大冷天的，你在这凉飕飕的亭子里吃风？”

江仲林咳嗽一声：“下雪的时候，这里的景色不错的，竹林映雪。”

俞遥摇头，不想说他，一把揽过他的手臂挽着，拉着他往台阶下走：“这里没什么好看的，去其他地方走走。”

江仲林被她拉着往前走，试图扯出自己的手。

俞遥看他一眼：“行，不拉就不拉。”这老头儿的思想包袱得有一吨重吧。她松开了手，然后一把搂住了老头儿的腰。

江老师：“……”怎么就不记得教训呢？

他好像被绑架一样僵硬地往前走。

这么年轻的一个姑娘大大咧咧地揽着一个老头儿的腰，这场景成功引来了路人的瞩目。关键是这两人的姿势完全就是情侣才会有的姿势。江老师眼看着迎面又有两对小情侣投来了怪异的目光，不由得低头去瞧俞遥。

俞遥仿佛毫未察觉。

江仲林心中叹息，跟俞遥商量：“你先放开，我们好好走路好不好？”

他的语气很软，但俞遥的语气很硬，她说：“明天会有一个新闻。”

江仲林一愣，她怎么突然转移话题？

“什么新闻？”他问。

俞遥认真地说：“标题叫‘绿地公园年轻女子强吻六旬男子’的这

样一个新闻。”

江仲林不敢吭声，怕老婆真的这么搞。俞遥见江老师不别扭了，心里简直笑疯了。这明明还是年轻的江小青年，一模一样，毫无还手之力，仿佛四十年的年纪是白长的。

以前江仲林也是这样，在外面的时候不好意思做太亲密的举动。每次在大马路上牵个手他都脸红，比她害羞多了。那时候俞遥还以为是年纪问题，现在看来，跟年纪没关系，完全就是性格原因。

她正想着，发觉江仲林将她揽在他的腰上的手轻轻地拉了下来牵在了手里。

俞遥没说什么，眼睛看着前方，手却握紧了他的手。那一只不复光滑的手牢牢地牵着她，他还和多年前那个尽管不好意思也紧紧拉着她的年轻人一样。

两人在绿地公园走了一阵儿，江仲林去了厕所，俞遥就在附近的一个树荫下的座椅上等他，随手打开个人终端玩小游戏。这游戏是之前她买游戏时遇上的那两个海大的学生推荐的，俞遥还挺喜欢的，玩到了第二百三十关。

这一个关卡里，小人儿怎么都爬不上悬崖，一次次地往下掉，俞遥试了好几次都没成功。游戏又一次开始，俞遥听到耳边有个声音说：“你在底下的时候先捡起那个圆石头，那是鸟蛋。你把鸟蛋带在身上，等你爬到一半没有落脚地方的时候，会有一只鸟飞过来找你身上的鸟蛋，你可以搭一程顺风鸟。”

俞遥没抬头，先过了这一关，才抬眼看了一下说话的人，说：“谢了。”

那是个穿着打扮很讲究的年轻男人，长得不错。他满脸的笑，一手撑在座椅的靠背上，俯身看着俞遥玩游戏。

“不用谢，这一款游戏很少有女生喜欢玩，你都玩到两百多关了？”他眨眨眼，“我比你多玩了几十关，后面越来越难，很多小技巧要一点点试的，我教你啊。”

俞遥扯了扯嘴角："不用，我自己来。"玩这种游戏不就是为了解谜时的乐趣吗，要是都被说出来了那还玩什么啊？俞遥心想。

年轻男人有点儿失望，不过不太愿意放弃，依旧试图继续话题："没事儿啊，反正我现在有时间，我教你你可以打得快点儿。"

俞遥听这话，明白了，原来是搭讪。老实说，她长得不错，一个人走的时候被搭讪也有过很多回，应付这种事轻车熟路。

她站起来："不好意思，我得去找我男朋友了，这么久没回来，说不定摔厕所里了。"

她一手插着口袋，单手玩游戏，头也不回地走了，谁知一转弯就看到那个上厕所很久没回来、不知道是不是摔厕所里的老先生。他站在路口，看着一棵大树，不知道在想什么。

他的腰背很直，人站在那儿，很是挺拔，可是那头白发无端让他的背影显出一种寂寥和沧桑。

俞遥走到他的身边，一扭头，发现这里能透过稀疏的花木看到她刚才坐着的长椅。俞遥一顿，脑子转了下就想明白了，心里暗骂，这老浑球儿，看到有年轻男人搭讪他的老婆，竟然不赶紧过去？

江仲林看到她过来了，朝她笑笑："时间不早了，我们该回去吃饭了。"

回到家，照常吃完饭，俞遥见他半点儿异样都没有，忍不住怀疑，他会不会压根没看到之前那一幕？

晚上，她口渴下楼喝水，听到江仲林在和人打电话。

他叹了口气："如果她真的要离婚，那就离婚吧，我尊重她的想法。毕竟她还年轻，以后的选择有很多，没有必要勉强和一个不合适的人在一起，拖累了下半生……"

"还年轻""选择很多""拖累了下半生"？俞遥听得火冒三丈。他们现在还分别睡着两间房，平时稍微亲近一点儿，这老头儿就不自在，行啊，原来是在等着她提离婚呢？

俞遥大步走过去，咣当一下踢翻了桌子："江仲林！你说什么？！”

江仲林转头，惊讶地看着她，脸上半点儿没有被撞破的羞愧感。

“你刚才说什么？！”俞遥发飙。

江仲林愣了愣，说：“我的一个老朋友，说他的女儿要和丈夫离婚，所以找我聊聊，问问我怎么看。”

俞遥万万没想到内情是这样的。显然，她刚才联想错了。

这就尴尬了，巨响过后的客厅异常安静。

俞遥若无其事地把自己踢翻的桌子扶起来，走向厨房：“我起来喝口水，你继续。”

眼看着俞遥飞快地跑上了楼，江仲林继续听电话，电话那头他的老朋友被刚才的巨响给吓到了，连声问：“老江，刚才怎么了？”

江仲林看着那张被俞遥踢翻又扶起来的倒霉桌子，忽然忍不住笑出了声。他伸手扶住了自己的眼镜，没敢笑太大声，怕楼上的俞遥听到了会恼羞成怒，再次下来踢桌子。

“没事儿，老婆跟我发脾气。”江老师忍俊不禁道。

02

“你一个人在家没事儿吧？”江仲林问。

俞遥从沙发后面伸出一只手摆了摆：“没事儿，你都问三遍了。”

江仲林忍不住又嘱咐了一回：“中午我不回来，菜都在保鲜柜里，你要记得炒，不要嫌麻烦只吃零食。午睡不要睡太久，水果记得洗了吃。”

“好——”

想了想实在没什么好说了，再说估计俞遥要不耐烦了，江仲林只好换上外出的鞋子。今天他得去一趟海大，有个公开课。出门前，嵌在墙壁上的电子管家叮咚一声：“先生，今日有雨，外出请记得带伞。”

江仲林拿走了门口的一把深蓝色大伞，出了门。

江仲林走后不久，俞遥关掉游戏，把体验器扔在一边，从沙发上坐起来，扎头发、换衣服，很快背了个小包到门口换鞋。开门的时候，电子管家同样识别到她的主人身份，又叮咚了一声，很有管家范儿地说：“夫人，今日有雨，外出请记得带伞。”

于是俞遥抽出了伞架上一把较小的红伞。

江仲林今天要去海大上课，俞遥的目的地也是海大。不过她不是要去听江仲林的课，而是准备去逛一逛。她之所以不和江仲林说，是因为她能想象得到，知道她也要去，江仲林肯定会带她参观学校，然后还会把她安排到办公室里让她坐着等，之后又得惦记着她会不会无聊。那也太麻烦了，还不如她自己去逛。

出了小区，照着之前江仲林的样子，俞遥在车站调出了一辆空车。这种公共车有一人座的、两人座的和多人座的，没有司机，能自动驾驶，是现在最便捷的出行方式。俞遥还没独自乘坐过，兴致勃勃地试了一会儿。车来了，她上去后又摸索了好一会儿。

她以前会开车，不过想着现在的车和以前的有些不一样，就选择了自动驾驶模式，设定了目的地后，就坐在那儿看道路两边的风景。

俞遥已经查过，海大虽然门禁管理严格，但进入权限很人性化，是同时绑定校内老师们的伴侣和子女的，所以俞遥能直接刷身份卡进去。

天气阴沉，不过还没有下雨，只是风很大。这两天降了点儿温。

俞遥来到海大门口，看着那很有历史感的大门，跟在几个说说笑笑的年轻学生的后面，刷了一下个人终端认证身份，成功进入了校园。

海大的面积很大，进了校门，不远处有个巨大的地图，扫描标识能得到一份电子校内地图，俞遥就用自己的终端查看校内各个建筑的位置，心里想着，这个设置真的很方便路痴认路，现在的学生待遇比以前他们那时候要好很多啊。

俞遥不知道江仲林在哪儿上课，只是准备去海大图书馆看看。前阵子她自己查了一下育儿园老师要考些什么资格证书，发现如果她现在想当个育儿园老师，要学的东西很多。那长长的书单，俞遥打眼一看就瘫软了半天，只觉学生时代的噩梦重现了。

不过她有个优点，一旦决定了要做什么事，哪怕再难也会去做。

“知难而退”这个词在她这里不适用，迎难而上的才是她。

所以今天，她主要是来找参考书的，据说海大图书馆里有着全海市最全的藏书。

她顺着地图找到海大图书馆，那三栋大小递减的圆球状建筑交错，远远看去是银白色的，走近了才发现，它有很多形状优美的玻璃窗。走进巨大的图书馆里，俞遥发现里面的光照极好，要是天气晴朗，应该会有一种很空灵透亮的感觉。

她一路从校门口走过来，路上遇到了不少学生，还有一大群刚上完课准备回寝室去的学生，到处都是青春的朝气。图书馆里的人比外面的更多，不过所有人都保持着安静，偶尔有大点儿声说话的，都会被同伴提醒，所以这里虽人多，却比外面安静不少。

俞遥看着一楼的指示牌和地图上划分出的实体书区域和电子书区域，犹豫了下，最后决定先去看看实体书区域。

在这个区域看书的学生大多有一种悠闲感，或是坐在桌边，或是靠在书架上，慢慢地翻着书。俞遥找了一圈，书单上的书倒是都找到了，可看着那厚度和重量，她决定放弃，转而去了另一边的电子书区域。

这一区域里的学生更多，显然来查资料找参考书的是大多数，俞遥粗略一扫，就看到十几个写东西的学生，他们满脸写着“生无可恋”四个大字，可能是在赶论文作业什么的。

看看这个世界，那么多东西变了，可还有些东西是不会变的，比如什么时候都有痛苦地写作业的学生。

俞遥找了个阅览器，刷个人终端打开了，按照书单一本本地搜。这里不愧是海市最大的藏书地，她那三页长的书单上的书这里全都有，最方便快捷的是她能直接打包复制到自己的个人终端。

2058年，书籍的共享范围十分大，许多书籍都没有阅读限制，不需要购买，只要愿意，就能免费读到来自世界各地的各个领域的数不清的电子版专业书籍。纸质书籍则比较贵了，大部分是做收藏用。

俞遥复制完了自己需要的资料书，还在这儿免费体验了一下现在的大学课堂。海大是有学前教育专业的，在图书馆不仅能看书，还能观看各专业的教学视频。这个自学条件是真的好。

俞遥选的阅览器在靠窗的一个角落，这边的人很少。她戴着耳机听课的时候，窗外划过一道明亮的闪电，轰然炸响的雷声几乎就在她耳边。

她往外看了眼，外面下起了雨，学生们奔跑着躲雨。

旁边来了两个学生。这两个女生匆匆忙忙地刷卡，开了两台阅览器后，就飞快地找起了参考书。一个女生低声抱怨："让你快点儿你不肯，等我们找完老师布置的参考书，江老教授的公开课都讲完了！"

听到江老教授几个字，俞遥转头看了她们一眼，觉得她们说的肯定是自己的男人。两个女生并没有注意俞遥。被抱怨的那个女生对同伴翻了个白眼："公开课结束还能看现场回放啊，急什么，怎么就非要听现场，现场还没有视频清楚。"

"你懂什么，现场才有气氛啊！今年江老教授回学校上公开课的次数越来越少了，上回我就刚好回家没赶上！"

"你们文学系的怎么回事，比我这个追星少女还夸张，我知道江老师是你们公认的老男神，可你们用得着都用敬语吗？一口一个江老教授的。"

"我们江老男神哪里不好了？他要是年轻二十岁，我都愿意嫁给他！"

俞遥："……"

被抱怨的那个女生闻言，脸上露出很受不了的神情："别做白日梦了朋友，认清现实，男神不管是年轻版的还是老年版的，都不会看上你的。"

"少女做个美梦你管得着吗？"

两个女孩子低声笑闹，飞快地复制完了书，又手拉手匆忙地跑了，并不知道江老教授的老婆就在她们的身边。

俞遥还在窗边，过了一会儿，看到两顶花伞冲入大雨中向着后面那一片藏在绿树后的高高低低的建筑去了。

江仲林大概在那边上课。

俞遥笑着挑了挑眉，年轻人真是有活力，说话做事都带着这个年纪的人特有的傻气和有趣。笑着笑着，她一顿，想起来一个问题，她看这些十几、二十岁的小孩子都带着这种心态，现在家里的老头儿看她……难道也和她看这些小姑娘一样？

看完两节课，俞遥看了看时间，起身关闭阅读器，伸了个懒腰，提上包准备去海大食堂吃饭。

第三食堂离这里最近，她就直接去了第三食堂。

雨下得太大，走到食堂后，长裤的裤脚都有些湿了，俞遥没在意，闻着几层的大食堂里各个窗口传出的饭菜香味，最后选了个挂着“川蜀正宗麻辣香锅”的牌子的窗口。

窗口里面的厨师准备的时候，俞遥听到前面几个小伙子聊天。这几个小伙子顶着鸟窝头，哈欠连天，看上去好像刚起床。

俞遥本来没注意他们，只是因为有一个小伙子说到了江老师，就留意了一下。他说：“多亏江老师今天上公开课，‘刘老怪’要去听，才直接通知咱们调课了，不然我昨天通宵玩游戏，要是今天还要那么早起来去上三节课，点名还不能迟到，那我真是要死了。”

“对啊，回去拜一下江老师，保佑他多上几次公开课，把‘刘老怪’引走，我们就不用受苦了。”

“唉，这么一说，江老师这是不是在‘拉怪’啊！”

几个小伙子嘻嘻哈哈地笑闹。

俞遥也被那个“拉怪”给逗得扑哧一声笑了。听到身后的笑声，几个大大咧咧的小伙子扭头一看，见到个漂亮大姐姐，都有点儿不好意思。

恰好窗口叫号，他们拿了打包的食物就闪到一边儿了。轮到俞遥，俞遥刚准备转账，窗口师傅就说：“我们这个窗口不收转账的，只能刷学生饭卡。”

俞遥：“……”

她扭头往左右看看，准备抓个热心的小孩过来帮忙刷下饭卡，自己再转账给对方，谁知道一转头，就看到不远处匆匆走过来的江老师。

这么大的地方、这么多人都能碰得上？俞遥见老头儿正微微皱着眉，便朝他挥了挥手。

03

江老师没有饭卡。他以前基本上都在教师窗口吃饭，不需要饭卡。

就在刚才，他下了课和几个老师、学生一起来食堂吃饭，正准备上二楼，走到楼梯口了，鬼使神差地一回头，就看到了一楼某个窗口边站着个熟悉的人。

江老师也不清楚自己怎么会在偌大的食堂里，穿过大半人群一眼看到了俞遥，还丝毫不怀疑自己看错了，想也不想就过来了。

“我没有饭卡，这样，你等一下，那边有几个学生在等我，我去问他们借一下。”眼看俞遥并不想放弃麻辣香锅，江老师只好这么说。

但他刚说完，旁边就伸过来一只手，在刷卡的小窗口嘀地刷了一下卡。俞遥看过去，发现是刚才讨论江老师“拉怪”的几个小伙子之一。他们刚才还没来得及走，就见到江老师走了过来，看到德高望重的江老师还要费劲儿去借饭卡，立刻就挺身而出帮忙刷了。

“就当是我请江老师的！”小伙子很不好意思地说完，和小伙伴们一起飞快地跑走了，江仲林喊都没喊住。

“算了，待会儿问问其他人，应该知道他们是哪一个班的。”江老师说着，帮俞遥提了她的麻辣香锅，带着她往楼梯走。

以江老师的性格，他自然不会让人白请客，不过现在就不用说那么多了，那边几个人还在等着他。

楼梯口站着的几位文学系的教授和学生，此刻都伸长了脖子往江老师这边看，想看看刚才把他老人家一下子勾走了的到底是什么人。

先前他们好好地聊着天，江老师不知道是看到了什么，忽然说了句“抱歉我过去一下”，然后就转身走入了人群，健步如飞，把几个人都吓了一跳，还以为出了什么事。见他停在某个麻辣香锅窗口前，跟一个年轻姑娘交谈，几人这才知道他是看到了熟人。

不过，是什么熟人让江老师这么激动？他老人家可一向淡定得很。

俞遥面对这七八双炯炯有神的眼睛，在江老师的身后朝他们一笑，打了个招呼：“你们好。”

其他人纷纷热情地回应：“你好你好！”然后他们不约而同地看向江老师，等着他介绍。可江老师只笑笑，对俞遥说：“我们去二楼吃，那里人少一点儿。”

俞遥：“哦，行啊。”

江老师又说：“你中午就吃这个吗？还要不要吃点儿其他的东西？”

俞遥：“不用，这个就行了。”

江老师再说：“这个是不是太辣了？”

“没有，就是微辣。”俞遥睁眼说瞎话，瞒骗老江。

与江老师同行的这几位师生听着江老师慈祥和蔼又耐心的询问，觉得这姑娘一定是江老师亲生的，否则不可能有这个待遇。可是，他们也没听说过江老师还有女儿啊？

几人心里胡乱猜测着，只有一个年轻的导师想起了前些天有学妹在八卦群里提起过，江老师家里有个备受江老师宠爱的姑娘，疑似亲戚——说不定就是这位！

众人在二楼坐下，点了菜。在等上菜的空隙里，江仲林已经把那份麻辣香锅解开摆到了俞遥的面前。因为忘记拿筷子，他还特地去窗口拿了双筷子，回来时另一只手里还端了杯热水。他把东西一起送到俞遥的手边，叮嘱她：“你先吃吧，喝点儿水，太辣了待会儿再喝点儿热汤。”

“要不要我给你再点一碗蛋羹？”

俞遥疑惑，是不是年纪大了的人都会觉得年轻人特能吃？她面对此刻的老丈夫，不由得想起自己当年去外婆家，外婆投喂她的架势。

“不用管我。”俞遥在桌子底下轻轻踢了他一脚，让他注意其他人的好奇目光，自己则一点儿不见外地吃起麻辣香锅。

在家里，江仲林极少做辣的菜，好久没吃这种特辣的菜品，俞遥真是想念。

在座的都带着矜持的含蓄，没好意思直接问俞遥是哪位。当然，主要还是因为江仲林的辈分太高，这里不是他的师弟师妹就是他的弟子甚至弟子的弟子。大家都尊重他，他不主动开口说，他们也不好问，只能眼巴巴地看着江老师照顾人。

这真是太接地气了，一个年轻的学生咂舌。这个学生平时看到江老师都不好意思搭话的，今天只是跟着自己的老师过来蹭饭。一路上听几个大佬说话，她一声不敢吭，只能用崇敬的目光看着他们，特别是江老师。

虽然说江老师真的脾气很好，一点儿架子都没有，可气质在那儿，学生们就是不敢在江老师的面前造次。现在呢，看到江老师坐在姑娘的身边，温柔地跟姑娘交谈，十分轻松的样子，学生也一下子放松下来，感觉和江老师的距离拉近了不少。

原来大佬宠起孩子来和普通人是一样的——在座的人都已经默认了他们的血缘关系。

他们很快聊起了今天的课，还有下午要讨论的课题，没有再特别注意俞遥，只有江仲林很少说话，静静听着，一直在注意着俞遥的情况。只有问到了他，他才会开口说几句。他说话的时候，其他人都目光灼灼地看着他，仿佛在聆听什么真理，让俞遥感觉十分诡异。

当年还会抱着膝盖坐在她的身边，对她说最近学业上遇到了困难的那个年轻男人，现在已经是一个成熟的、能教导许多人的权威存在了。

那时候，她看到小江那可怜兮兮的样子，会想要揉揉他的脑袋，把他推在沙发上挠他痒痒，看他忍不住哈哈哈地抱着腰落荒而逃。而现在看到老江这专业派头十足，在自己的领域里发光发亮的沉稳模样，她不敢挠他痒痒了，但还是想把他逗笑。

解答学生们的问题的老江闪闪发光，和年轻的他有着不一样的吸引力，但都怪好看的。

菜很快端上来了，大家动筷子开吃。江仲林先给俞遥舀了碗热汤，看了眼她被辣得通红的嘴对她说：“喝点儿热汤压压辣味。”

俞遥还在挑香锅里的豆芽，闻言小声说：“江老师，告诉你一个生活常识，感觉很辣的时候，喝热汤会被烫死的。”

江仲林无奈地摇摇头，拿起勺子在汤里搅拌了一会儿，准备人工降温。

俞遥看不下去，觉得再让江老师这么自顾自地搞下去，他的学生都要把眼珠子瞪出来了。于是她擦了擦嘴，正儿八经地说：“江老师，您不用忙了，快点儿先吃饭吧，我有手有脚用不着照顾。”

事实上，桌上江老师教过的两个学生确实都被江老师的架势给惊到了。他们跟了江老师几年，从没见过他这样在意一个人，事事都要照顾得妥妥帖帖。从某种意义上来说，江老师对生活并不讲究，吃的用的都可以凑合，从不挑剔，这也就从另一个方面表现为江老师并不会照顾人。

不擅长照顾人、只擅长搞学术的耿直老师怎么忽然就变了呢？要不是姑娘实在太年轻，他们都要以为江老师这是在照顾对象了。推己及人，他们只有对自己的对象才会这么贴心爱护。

一个看上去四十多的老师开玩笑道：“江老师这么会照顾家里的孩子，江老师的学生肯定也被照顾得很好，难怪以前每年都有那么多学生想当江老师的弟子。”

饭桌上两位真正的江老师的弟子内心复杂：不，并没有，老师很好说话不假，但论起照顾人，他是真的不会。

遥想当年，他们的老师搞起研究来废寝忘食，还是他们几个学生去把他老人家从大堆的资料里挖出来，请他多少吃几口东西，免得饿昏过去，否则他们交上去的论文可就没人改了。还有，他们的江老师整天丢三落四，想着某个研究课题的时候，脑子里就很难记得其他的事情，经常会忘记他们这些可怜的学生。而想起他们的时候，江老师会因为之前疏忽了他们而愧疚，然后给他们布置很多很多的任务以示关怀重视……

总而言之，他们并没有受到过自家老师这样无微不至的照顾。

想想还有点儿羡慕呢，两个几十岁的大老爷儿们在心里感叹。两人脸上是成熟的微笑，毕竟自己的学生都在旁边看着呢，身为老师的形象不能被破坏！

为了不让江老师在学校的高大形象崩塌，俞遥这回很安静，没有把自己的身份公之于众的打算。而江仲林考虑到她还想在海大玩儿，也没有说出她的身份，不然接下来俞遥肯定要被围观，想看什么玩儿什么都会不方便。

一顿饭吃完，俞遥拍拍屁股要走人："我下午要待在图书馆，你不用管我。"

"等一下。"江仲林看看她的裤脚，"你先别去图书馆，跟我去办公室，我给你把湿掉的裤脚烤一烤。"

俞遥低头看看："不用了吧，这么麻烦。"

"不麻烦，湿了一截儿你穿着不舒服，坐在图书馆会冷。"江仲林这么说了，俞遥也就点头答应了下来。

"我下午还有课，要不然你等我一会儿，一个半小时后我这边就没事儿了，我可以带你在海大走走。"江仲林又犹豫着说。

老先生身后的几位表情各异，虽然嘴上没敢说，但心里都不大平静。什么一个半小时，江老师，您老是不是忘了课后还有个学生提问环节啊！从前您不都是要待到下午第三节课后吗？醒一醒吧，江老师！您可是爱岗敬业、有求必应的江老师啊！看看学生们对知识渴求的目光吧！

俞遥看到老江身后的几个人脸上露出的复杂神情，觉得自己宛如一个让君王从此不早朝的奸妃，不由得一哂。

"下次吧，你先去上课，我就在你们图书馆看书，等你那边结束了，你再来找我。"

在海大逛了一日，俞遥的身份没有暴露。目前为止，知道俞遥的身份的只有他们家周围的一些邻居以及和江仲林关系比较好的几个老朋友。这些人都不是什么爱聊八卦的人，因此俞遥和江仲林的生活并没有被打扰。

第五章

老年旅行团

01

这一日，江仲林收到了一个邀请，是海市文协发来的。海市文协的全名是海市文学研究与创作协会，建立于几十年前，是个很难进入且非常重资历的协会，含金量极高，里面有不少从著名高等学府退休的老教授，江仲林也是其中的一员。毕竟都在一个圈子里，他和协会里的很多人都相熟。

海市文协每年都会组织一次公费旅行，协会成员都在被邀请之列，还能带上家属。江仲林收到今年的邀请函，有点儿犹豫，拿着去问了俞遥。

俞遥诧异道：“文协旅行？”

江仲林温声回答：“是啊，我去年没有去，今年几个朋友都特地发信息给我，希望我能参加，我不好拒绝。大家平时都有事儿，联系不多，每年也就只有这个时候能在一起聚一次，你觉得怎么样，有空跟我一起去吗？”

俞遥：“我一个每天打游戏的无业游民，你还问我有没有空？”她扒拉了一下江仲林那份电子邀请，翻看地址。那地方不远，就在海市附近的一座山下，是一个生态疗养农庄。

“出去玩儿我当然要去，你以前去过吗？都是这种疗养农庄？”俞遥随口问。

“不是。”江仲林摇头，“这种旅行也不是每年都能到齐的，我这些年也就去过几次，不多。早些年去的地方远一点儿，国外的也有，不过几年前我们去了次敦煌，队里几个年纪大的朋友受不住，中途生了病，差点儿闹出人命，后来协会就只组织短途旅行了。”

尽管精神矍铄的老人们不肯服输，每年选择旅行地点时都要把祖国的名山大川说个遍，想要观览奇峻的风景，然而对老年人来说太危险的和太远的地方都被否决了。几个协会成员不满意，协会那边也不敢得罪他们，无奈之下直接联系了他们几位的家属，之后大家就全都没意见了，所以这几年都是去农庄、渔庄、果园、休闲山庄之类的地方。

好歹能散散心。俞遥收拾行李的时候想到件事，问江仲林：“这次去的人里面，有没有知道我们的情况的？”

江仲林：“有两个朋友知道。”他说着，把俞遥随手塞进行李箱的衣服拿出来叠好再放进去。

俞遥就干脆把手上拣出来的内衣也扔到他的身边，自己扭头去找外套。因为江仲林说山里的农庄温度比较低，这几天也确实降温了，她得带几件厚衣服。

“那你要告诉他们我是你老婆吗？”

江仲林：“我主要是怕你觉得烦，知道这个情况后，我这边可能没多少人会来打扰，但你还年轻，大家会对你的经历好奇。所以到时候，你可以自己决定怎么说，以你自己的意愿为准。”

俞遥扭头看他：“你怎么什么都要我自己选。”

江老师表情平和，给她灌了口老年智慧鸡汤：“只有自己才能选择自己的生活，其他人都没有权利左右你，哪怕我是你的伴侣。”

俞遥无话可说。从她来到这里，江仲林告诉了她很多事儿，在某些事儿上也会给她建议，但他完全没有要替她决定任何一件事儿的意思。这确实表现了对她的尊重，可同时这也让俞遥觉得他对她太过客气了。

可能江仲林对她确实是有感情的，但这种微妙的距离感总让她有种说不出的烦躁。

可能是因为他们那短暂的一年婚姻生活，她被姓江的家伙养出脾气来了。就像一只每天看到你就快快乐乐地朝你摇尾巴、不停舔你的小狗，你离开了它很久，回来时，小狗变成老狗了，你知道这些年它依然想着你，可它失去了从前的热情，虽然你抚摸它的脑袋的时候，它依然会抬头看你，眼睛里依然有着眷恋，可你还是会因为你们不再亲密而感到不高兴。

“老狗”一头雾水地看着忽然板起脸的年轻妻子，她扔下收拾到一半的行李，拿着伞出门了。

“怎么了？”

俞遥面无表情：“我去买只鸡回来，晚上炖鸡汤给你喝。”

江老师：“嗯？”

02

出发那一天天放晴了，时间进入九月，已经是秋日了。

众人会合，坐着大巴前往农庄。离开了城市，进入一片绿意融融的世界，空气一下子就变得清新无比，和城市里的那种气息完全不一样，让人的心胸都忍不住开阔起来。

俞遥开着窗子，任由清风拂面，在车子轻微的颠簸以及江仲林和别人的交谈声里昏昏欲睡。

坐在江仲林附近和他说话的两个人年纪跟江仲林差不多大，他们三人一向关系好，这两个人就是知道俞遥的身份的那两位。俞遥一上车，就在江仲林的介绍下和他们打过招呼了。对她这种穿越四十年的人，并不是所有人都能接受良好，其中一位老爷子看着她就有点儿拘束，另一位则忍不住好奇，总盯着她。为了不让两位感到不自在，俞遥没有要参与他们的谈话的意思，几乎睡了一路。

她睡着之后，江仲林从座位旁边取出毯子给她盖上，把窗户关上了一些，只留下一条缝隙，和朋友们说话的声音都降低了。

两位老朋友先是揶揄，然后又忍不住深深地叹息。

这样的情况，真是不知道该怎么说好。人回来了固然是件好事，可这个仿佛让时光停驻的昔年爱人对于他们的这位老朋友来说，又何尝不是一个痛苦心酸的源头呢。缺憾总归难以抚平。

可是他们不管怎么感慨，作为外人，还是不好评价什么，冷暖只有当事人自己知了。

这一路上很太平，江仲林和两个朋友偶尔轻声说几句，车上其他人也只在上车时过来打了个招呼，少数人好奇地看了一眼江仲林那一排的内侧座位上的俞遥，但都没有冒昧地询问。

终于到了目的地，俞遥不用人叫就醒了过来，打着哈欠把身上的毯子卷起来，递给江仲林。

众人下车，另一辆车里有个跟着老师来的年轻学生，看到江仲林，很热情地过来要帮江仲林提行李：“江老师，您今年还是一个人来的吧，我帮您提行李。”

这个热情的学生叫陈果言，三年前也跟着自己的老师一起参加过文协旅行，途中对自己的老师和另外几个独自参加的老人家都很照顾。江仲林挺喜欢这开朗热情的年轻人的，见陈果言跑过来，笑了笑，摆了摆手，说：“不用，你照看好你的老师就行了，我这边不用帮忙。”

陈果言笑道：“江老师你不用客气！”

这时候俞遥已经拖着行李箱走过来了，江仲林接过一个，又要去接她手里提着的一个包。俞遥把包轻轻松松地往身上一甩：“不用你拿。”

陈果言看看俞遥，有点儿愣，半晌才问：“啊，江老师，您这次有带学生来吗？”

江仲林没回答，只指指从另一辆车上下来的一个胖乎乎的老头儿：“你的老师在喊你了，快过去吧。”

陈果言只好对他们笑笑，赶紧跑了回去，跑了一半还扭头回来看他们。

俞遥和江仲林一人拖着一个行李箱，往农庄里住宿的地方走。现在的行李箱，收纳折叠功能十分厉害，里面放了不少东西，外面看上去仍然很小，而且这么拖着，完全不费力，非常轻松。

他们的旅行计划是在农庄玩三天，住的地方是木屋。从外面能看到屋子是用圆木拼接而成的，虽然看上去很简朴，但走进去就会发现，内里布置得很舒适，家具大多是木制的，设备齐全。他们分到的房间面积不小，有一个半隔断的小客厅，再往里走是卫生间、洗漱间，卧室里有两张床，阳台上还能看到附近茂密的树林、不远处的果园和一大片荷塘。

俞遥和江仲林住一个房间，睡两张床。刷门卡打开属于他们的房间，俞遥把行李放好，里里外外逛了一圈就躺到了床上。

江仲林就坐在另一张床上，有点儿担忧地问她，“怎么了，在车上睡了很久，现在还累吗？是不是吹了风头疼？”

俞遥确实不太舒服，觉得有点儿累，明明睡了很久，但还是觉得困，可能是坐车坐太久了。她坐起来揉了揉脸：“没事儿，我身体一向好，怎么可能吹下风就头疼？”

“这里空气好，你看到没？外面还有荷塘。”俞遥振作精神，指了指大开的落地窗。他们能清楚地看到远处的大片荷塘。那是农庄里种的，据说有好几十亩，可惜现在这个季节，花都谢得差不多了，不过莲蓬应该还有一些。

“那我们休息好了就去那边看看。”江仲林看她有兴趣，这么说着，从行李里翻出保温杯递给她，让她喝点儿加了蜂蜜的温水。

没过多久，有人来敲门，是协会里的一个年轻人，通知大家都到大厅吃午餐。

这会儿是中午十二点多，坐了一上午的车，确实都饿了，俞遥和江仲林起身去大厅。他们刚走进大厅，就听到一阵儿洪亮的大笑声，那是陈果言的老师。

胖乎乎的圆脸老头儿正在和旁边的人说话，见江仲林走了进来，就朝江仲林挥手，大嗓门带着爽朗的笑意响彻大厅："老江你来了，快来这边坐。你这个大忙人，我都多久没见你了，总算肯出门走走了？哦，你还不知道吧，今年曹清泠也来的，不过她有事儿，晚点儿自己坐车过来。她要来，你是不是很高兴哪？"

老头儿说到这儿，神色暧昧地朝江仲林挤眼睛。那意味深长的眼神让俞遥忍不住眯了下眼睛。

江仲林皱了一下眉，轻轻呵斥胖老头儿："别胡说。"然后江仲林扭头看俞遥，推了一下眼镜，有点儿犹豫地说，"没有……"

俞遥似笑非笑："没有什么，我都没问呢，你就没有。"说完她走进大厅，找了个位置坐下。

说话的胖老头儿姓聂名磊，可能是个棒槌转世，特别没有眼色，被江仲林这么轻声呵斥了一句也不以为意，甚至在江仲林坐到附近后，还满面红光地凑过去继续倒豆子一样噼里啪啦地说话。

"老江你别不好意思啊，这些年你谁都看不上，一直一个人过，也就和曹清泠走得近点儿，大家都知道的嘛。要说你们俩没有那个意思，我是不相信。我说，你思想也不要太古板，现在都什么时代了，老人家怎么就不能再结婚哪？你和曹清泠一个没了老婆一个没了老公，同病相怜，又有共患难的经历，要我说，你要再找个老伴，她就最合适了……哎？"聂老头儿毫无眼色，滔滔不绝，被另一个携老伴走过来的老头儿给撞了一下。

聂老头儿被打断了，感到莫名其妙，瞪眼说："老董你撞我干什么！"

这位阻止了聂老头儿继续说下去的老董，正是和江仲林关系很好的、知道俞遥的身份的人之一。老董听着聂老头儿的这一番话，再看看那边眉头越皱越紧的江仲林以及旁边的俞遥，冷汗都快下来了。这个有名的棒槌老聂啊，这张嘴真是十年如一日地不招人待见！

要是再让老聂继续说下去，老董真的很担心自己的老朋友江仲林回去后会被妻子打，这么大年纪了，可不经打啊。老董赶紧捶了聂老头儿一下，冷着脸骂他："就你事儿多，快闭嘴别说了，没看到老江要生气了吗！"

聂老头儿定睛一瞧，这才发现江仲林好像真的要生气了。江仲林生气，这可稀奇，平时不轻易生气的人生起气来，那是真的可怕。饶是聂老头儿这种少根筋的人也知道不能再说了，可就这么闭嘴，聂老头儿又觉得有点儿丢人，讪讪地嘀咕了句："我这不就是随口一说吗？怎么还跟我生气呢你看……"

见江仲林的神情淡淡的，聂老头儿就想转移话题，眼睛一转，看到江仲林旁边坐着的俞遥，于是很感兴趣地问道："这女娃子是哪个？我还是第一次看你带人。这是你新收的学生？怎么收了个这么年轻漂亮的女娃子，这不像你呀。"

俞遥这时候终于露出了一个笑容，口齿清晰地对聂老头儿说："你好，我叫俞遥，是江仲林的老婆。"

全场俱静。

因为聂老头儿的大嗓门，在大厅等着吃饭的人都注意到他们了，刚才看到情况不太愉快，还有几个人准备过来劝几句，就这么着，俞遥的一句话，几乎所有人都听清楚了，于是所有人都愣在原地，包括本来就知道俞遥的身份的那两对夫妻。

所有人都看着江仲林和俞遥。来得晚些的，没听到俞遥说的话的几位见了这个沉默的大厅，摸不着头脑地左右看看："大家这是怎么了，怎么都这么安静？"

这个时候，聂老头儿终于回神了，呃了一声，瞪大牛眼："什么！老江你什么时候新娶了个这么年轻的老婆！你都没有请吃酒啊！"

大厅一下子炸开了锅。

"什么？不是吧，真是老婆？开玩笑的吧？"

"江老师……老婆？"

"这也……太年轻了点儿……不合适吧……"

众人宛如集体被雷劈过一遭，被这消息惊得魂不附体。哪怕不算好朋友，大家也都相互熟识，打过好些年交道了，谁都没想过江仲林会闹出这种事，一时间看江仲林的眼神都有些不对劲儿。

江仲林还没做出什么反应，知道内情的两位朋友就忍不住了，出声替江仲林说："老江哪是那种人，你们别胡说了。"

俞遥几乎同时说："我和江仲林是在四十多年前结的婚，各位可能也看过前段时间那个穿越第五人穿越四十年的新闻了，那人就是我，我从2018年来到2058年，穿越过来差不多两个月了。"

众人被这一个接一个的消息惊得一愣一愣的，呆呆地看看江仲林，又看看她。聂老头儿拍着脑袋喊了声："妈呀！见到活的了！"

俞遥被这老头儿逗笑了，又看了一圈惊愕得神情呆滞的众人，说："我和江仲林当年是正常的相恋、结婚，虽然突遭变故，但现在我们双方依然认可从前的婚姻关系，江仲林愿意承担这段婚姻中对妻子的责任，完全是出于他本身的责任感和善良，我不希望他因为我而被误解。"

江仲林静静地凝望着她，似乎有些出神。但他很快回神，对面面相觑的各位文协成员说："确实是这样，俞遥是我的合法妻子。为了保证她的正常生活不被打扰，之前我申请过信息保护，保证她的信息和肖像不被随意传播。"

他看了眼下首坐着的一个年轻学生，对这个学生说："所以，这位同学，请你把刚才拍摄的照片和视频保管好，不要发到任何公共平台，也不要进行大面积的传播。"

那年轻学生一下子尴尬得红了脸，虽然江仲林的语气里没有任何责怪的意思，可她还是在这么多道目光中感到坐立不安，赶紧把照片视频都删了，小声说："对不起对不起，我已经删掉了。"

江仲林朝那学生点了点头，说了声谢谢。另外几个刚才同样拍了照片的人见状，也都默默低头删掉了照片。

经过这一段插曲，之后俞遥总是能感觉到四周的许多目光，虽然那些目光都不带什么恶意，可还是让人感觉怪怪的。有江仲林在她的身边镇着，没多少人敢过来跟她聊天，至少年轻人是不敢来的，不过有好几位老教授过来跟江仲林说话，连带着也和俞遥说了几句，态度大多是理解的。

“不要在意别人的目光，这种事儿，你们夫妻两个自己能接受就可以了，说到底这本来就是你们的家事。”一个满脸笑容的老奶奶和蔼地拍了拍俞遥的肩，朝她鼓励地笑了一笑。

戴着眼镜的老头儿则对江仲林感叹道：“这样也好啊，你也算是有人陪在身边，不至于孤孤单单的了。”

03

大厅里只有他们协会的成员和家属们，虽然刚才引起了一阵骚乱，但很快就又恢复了平静。

那聂老头儿坐在一边，脸上一副欲言又止的神情，显然憋得很难受。他这人很爱多事，又是个话痨，按照他以往的习惯，遇上这种事儿，早凑到俞遥的身边去问个不停了，可这会儿又想起自己刚才说的那些话。

要是江仲林还是那个老婆死了好多年的老江，那些话当然没什么大问题，可现在问题一下子就大了，当着人家老婆的面说这个，这不是找打吗？这要是在老家，换成是聂老头儿自己，老婆可能要打破聂老头儿的脑壳。

聂老头儿坐立不安了一阵，觉得饭菜都不香了，食不下咽，最后还是忍不住过去对俞遥说：“你看，我这……真是不知道你是老江的老婆，刚才胡言乱语的，小老妹儿你可别在意，可不要因为我跟老江吵啊，不然我罪过可就大了！”

俞遥笑了一下，对聂老头儿说：“没事儿，我还要多谢你呢，不然我也不知道，原来我家江老先生还有一位红颜知己。”

江仲林的筷子顿住了。

聂老头儿的冷汗一下子冒了出来，糟糕，小老妹儿这是开玩笑呢还是认真的？

聂老头儿又去看江仲林，只见江仲林放下手中的筷子，抬手推了推眼镜，很认真地看了过来："聂磊，你坐到那边去，好好吃饭。"

完了，直呼名字了！聂老头儿一溜烟儿地跑了，再没敢过来。

江仲林看着俞遥，犹豫了一下还是说："聂磊他很不靠谱，经常喜欢胡言乱语，你不要在意他的话。"

俞遥好像根本不在意："哦，我知道了，你快点儿吃，吃完我们去荷塘那边看看。"

江仲林见她不想聊这事儿，只能捏起筷子继续吃饭，心里想，她是不是准备把他一把推进荷塘里？

俞遥怎么想？俞遥当然是快气炸了。

好哇江仲林，家里没有老奶奶，你在外头有老奶奶！俞遥相信江仲林的人品是一回事儿，要不要吃这口陈年老醋又是另一回事儿，就算她很清楚江仲林不太可能和别的什么人有什么感情纠葛，可心里还是不舒服。

要是江仲林还是年轻的小江，她就把人踢到荷塘里去。浅浅的荷塘也就刚能没过膝盖，这顶多算夫妻情趣，但是现在她要是这么做，情趣说不定就成事故了，所以她得憋着。

俞遥好气，气到没有胃口吃饭，甚至感觉想吐了。

俞遥深吸一口气，放下只吃了一半的饭，江仲林担忧地看了看她的碗。

他知道自己的妻子肯定生气了，可他真的不知道该怎么解释。因为这种捕风捉影的流言蜚语根本就是无法解释的。用"不是"论证"没有"，这是个天大的难题。

而且他其实明白，问题并不在于其他人，而在于这两个月来，他们始终分别睡在两间房里。

他在心里叹息一声，默默吃完饭，和俞遥一起去荷塘边散步。

四四方方的荷塘一块块地排列在一起，像棋盘一样，细细的田埂纵横交错，走在田埂上，两旁及腰的荷叶触手可及。这大片的荷塘里还有稀疏的荷花，拳头大的莲蓬一枝枝矗立在飘摇的绿色荷波里。人走在荷塘边，能闻到阵阵清新的荷香。

俞遥沉默地走了一阵，在这片荷香里慢慢平静下来。她忽然开口说："我知道你没有。"

跟在她身后的江仲林一愣，又听到她说："可我不高兴。"

荷塘里那细细的田埂只能容纳一个人通过，两人一前一后地走着，俞遥在前，江仲林在后，中间隔着半米的距离。

俞遥头也没回，手触碰着两边荷塘里的荷叶："你是不是觉得年轻人很烦？无理取闹，太麻烦了。"

江仲林静静地看着妻子的背影："不是，是我不好。"

他想起来，自己年轻的时候也曾因为这样的事不高兴，可他不像俞遥这样勇敢且直接，不敢说出来，怕俞遥会生气、会笑话他。那时候喜欢俞遥的人很多，她有前男友，也有关系不错的男性朋友。一起出门玩儿，江仲林看到俞遥和其他朋友说说笑笑，心里就很不高兴。江仲林知道俞遥和他们都是普通朋友，可嫉妒心这种东西根本不讲道理，自己也是控制不住的。

他没说自己不高兴，俞遥当时好像也没发现，但他们回家后，俞遥把他按在沙发上，坐在他对面跟他说："这位冠军朋友，你都已经成功娶到了我，是个人生赢家了，开心点儿。"

他听了，不知道怎么一下子就笑起来，觉得心里那点儿不高兴被俞遥轻轻巧巧地抹掉了。她是很好的，察觉到他的情绪就能马上轻松地解决这个问题。当时他开心过后又有点儿沮丧，觉得自己很不像话，还要妻子来开解自己。因为他比俞遥小三岁，那时候还是那么青涩，这种不成熟令他羞愧。年轻人总是想要追求成熟，以此来证明或者保护一些什么。

三十而立，三十多岁时，他在清贫与苦难中彻底洗去身上的青涩感。四十不惑，他飘荡的人生沉淀下来，变得稳重。五十知天命，他看开了很多事，更明白强求无益。而今六十，已是耳顺之年，他遇事能波澜不惊，学问和修养都无可挑剔。

但哪怕是现在，他也没有办法抚慰俞遥那一句沉甸甸又轻飘飘的不高兴。他在六十多岁时蓦然回首，发现自己仍然完不成年轻时那一个简单的愿望。

俞遥走着走着，听不到身后的脚步声了，转过头，看到江仲林停在那儿看着她。他的眼神里有一点儿难过，她心里突然就一软，心想这男人怎么回事，年轻的时候用眼神撒娇就很厉害了，老了更厉害了，让她看一下就心软。她只好走回去，拉起老头儿的手。

"算了，不跟你计较。"她说。

江仲林很难得地主动伸手摸了一下她脸颊边上的头发，眼神很柔软。

"我真的希望你能高高兴兴的。"

俞遥也不知道怎么的，鼻子一酸，侧了侧头勉强忍下去了。

这时候忽然哗啦一声水响，荷塘里的重重荷叶被人拨开，一个背着背篓的人从里面钻出来。那是农庄里面的人，正在采莲蓬。

背篓里的莲蓬带着长长的茎，碧绿修长，一捆捆被扎好了。那人看到站在田埂上的俞遥和江仲林，知道他们是农庄里的客人，很热情地从背篓里抽出几枝莲蓬送给他们吃。

“这个是刚摘下来的新鲜莲蓬，很甜的，这种嫩莲蓬里面的莲心都不苦，不用剥出来，这样直接吃都好吃。”

采莲蓬的人告诉他们，农庄里产出的荷花、荷叶、莲蓬还有莲藕，除了供应给农庄里的客人，还会卖出去。那人还给他们介绍了一下农庄里的其他东西，这里除了养鱼的池塘和几个果园，竟然还有两个草莓大棚，这时候正是草莓成熟的季节。

俞遥听了，精神一振，问他：“我们能去摘吗？”

那人笑道：“能啊，有一个大棚是开放的，可以随摘随吃，就是不要浪费。”

俞遥道了谢，按照那人说的方向，拉着江仲林走，果然没有走多久，就看到了两座相邻的大棚，一座关着门，一座开着，罩在上方的透明大棚，材质看着像玻璃。

棚子外面有一个中年女人守着，俞遥发现她正沉迷看剧，个人终端里传出一个女人痛苦的嘶喊：“你跟我在一起就是为了我的钱！”然后传出个男人同样愤怒的声音：“你呢，你跟我在一起，难道不只是因为我的脸和身材吗？”

俞遥往她的个人终端画面上瞄了一眼，中年女人这才发现有人来了，飞快地抬头看他们一眼，指着旁边的小篮子说：“一人可以免费摘一篮，多的要另外收费。”中年女人说完又马上垂下了头继续看剧。

俞遥拿了两个小篮子，递给江仲林一个，走进了那个巨大的棚子。棚子里没有其他人，一走进去就能闻到草莓的甜香，抬眼望去是一排排的三层架子，每一层上都结了红彤彤的草莓，颗颗饱满。

俞遥最喜欢这个摘草莓的环节，觉得亲手把这一颗颗的草莓摘下来比吃掉还要舒爽。她挑剔地选出形状好看颜色好看的草莓，见江仲林摘了两个她不太满意的，愣是洗了洗塞进他的嘴里，让他自己吃掉了。

“我来摘，你提着这个。”

江仲林怕她还在不高兴，现在看她这么有兴致，哪里会拒绝，就提着篮子在她旁边，看着她摘。

两人走了大棚的一半，两个小篮子就已经装满了。可是俞遥眼神一转，发现大棚后半截种的是乳白色的草莓，这草莓带着一股奶香，闻上去像草莓牛奶。

俞遥尝了一颗，觉得味道很不错，她看看已经装满的两篮子，心想这也太心机了，客人得走到后面才能发现更好的，这边还特地放了不少小篮子，看来就是为她这种游客准备的。

江仲林默默地又给她拿了两个空篮子。

俞遥又摘了两篮子的白色草莓，和江仲林一人提着两个小篮子离开了草莓大棚。

其他过来玩的协会成员在路上遇到他们，看到他们手里的草莓，都很感兴趣地询问在哪里摘的，知道地方后都跑去摘草莓了。

俞遥中午没怎么吃东西，这会儿有点儿饿，把草莓洗了，就坐在荷塘附近的一块大石头上吃草莓。协会里的年轻人路过，俞遥听到身后传来年轻姑娘激动又特地压低的声音：“你快看！那里江老师竟然在陪他的老婆吃草莓！”

俞遥：“……”吃草莓而已，又不是“种草莓”，至于这么惊讶吗？

看她吃了那么多草莓，江仲林不得不阻止她：“算了，剩下的晚上再吃吧，你要是饿了，去那边的小餐馆让老板给你煮碗面好吗？”

俞遥答应了，拉着他站起来。

身后又传来围观的年轻女孩子低声的惊呼：“啊啊啊牵手了！”

俞遥：“……”牵个手而已呀年轻人们。

她坐在农庄的饭馆里吃面条的时候，江仲林也坐在旁边。俞遥问他要不要也吃点儿，拿小碗给他拨了一小半的面条。

不远处路过的几个协会成员见到这一幕，感叹：“江老师和他的妻子的感情真好啊。”

俞遥不明白，他们说悄悄话为什么都这么大声，当事人能听得一清二楚。但江仲林一点儿反应都没有，仍旧淡定地吃面条，她又有点儿怀疑其实是自己耳朵太好使，江仲林根本没听到这些。

这些还好，晚上吃过饭，他们去那个山泉疗养馆泡澡，俞遥一和江仲林分开，几乎立刻就被包围了起来。

她在女浴池，这边差不多都是协会成员带来的家属和学生。一些年轻人胆子比较大，一个上前后，其余的也跟着过来了。

“江师母。”一个年轻的学生凑到她的身边，小心地观察她的脸色后问她，“您真的是穿越了四十年啊？”

俞遥朝她笑笑：“是啊。”

见她态度很好，其他人的胆子都大了很多，纷纷将各种问题抛过来，什么“江老师年轻的时候是不是超帅的？”“江师母当年是怎么和江老师在一起的？”之类的，还有问“四十年前是什么样子的啊？”“穿越是什么样的，会觉得晕眩吗？有没有穿过宇宙的感觉？”这样的问题的。

俞遥都回答不过来了。

泡在流动的加热山泉水里，她选了几个问题回答。

“四十年前啊，你们不是能在历史书上看到吗？基本上就是那样了，很多东西没有现在的方便，老一代人都知道。

“穿越就是一瞬间的事，眨眨眼就过去了。

“江仲林年轻的时候确实很好看。

“我怎么和他在一起的，最开始是相亲遇上的……”

几个年轻的女孩哇了一声，对这种古老的男女相识模式感到惊讶，强烈要求她多说点儿。

其实这事儿，有点儿复杂。俞遥认识江仲林好久后还以为那次相亲是他们第一次见，直到婚后江仲林说了初中的事儿，才知道原来她二十六岁那年的相亲并不是他们的初见。江仲林说，因为对她的第一印象太深刻，所以他一下子就认出她来了。

那次相亲，本来是俞遥的好朋友杨筠的相亲，相的是江仲林的表哥。但杨筠没时间，又对相亲对象不感兴趣，俞遥替了她，算是江湖救急。巧的是，江仲林的表哥是个工作狂，刚好紧急加班没时间，为了不失礼，就让表弟江仲林代替了。

于是本来该相亲的一对男女没来，各自的亲朋好友反而莫名其妙地成了一对。

04

应付完了太过热情的年轻姑娘们，又和几位老太太寒暄几句，俞遥赶紧起身离开了浴池。江仲林说得没错，她果然会被围观，还是和江仲林待在一起比较清静。

她走出山泉疗养馆，在馆前一座临水的小桥上坐着吹风。那里的长椅上坐着一个白头发的老太太。老太太的气质很好，显然年轻的时候饱读诗书，有种很优雅沉稳的感觉。

老太太看看俞遥，微笑起来："能和我一起到附近走走吗？"

俞遥开始还以为老太太是协会里的人，可仔细看看又觉得陌生，好像没见过。

"你是？"俞遥疑惑地问。

老太太笑得很友好："我叫曹清泠。"

此人疑似情敌，但怎么是个老太太呢？为什么她们还要一起在这微风徐徐的良夜漫步湖边呢？俞遥在心里猜这老太太会说什么，心情非常平静。

曹奶奶斟酌了好一会儿，才终于开口，第一句话是："我很爱我的丈夫，虽然他已经死了几十年了，但直到现在，我依然爱他、想念他。在这一点上，江仲林和我是一样的。"她转头，抱歉地朝俞遥笑了笑，"我晚上才到，听说聂老头儿那家伙说了些不着调的话，担心那会影响你们夫妻，你们本来就很不容易，我不想再给你们平添阻碍，所以冒昧过来跟你说话。其实，我很久之前就想见见你。"

俞遥问："你认识我？"刚才，曹奶奶是一见到她就认出来了。江仲林给曹奶奶看过自己的照片？

曹奶奶缓缓道："是啊，我见过你的照片，江仲林跟我们夫妻说起过你。"

"我和我的丈夫都是江仲林的校友，很多年前，我们还年轻的时候，曾在同一个地方支教，我们三个是因此才熟悉起来的。

"那时候，我和丈夫刚结婚不久，我们有一样的理想，一样的爱好，在云贵高原遇到了江仲林。他独自一人，和我们都不一样。我们刚认识江仲林的时候，江仲林的情况不是很好，整个人很瘦，心事重重的，因为我们夫妻俩很照顾他，所以他管我们叫哥和姐。"

江仲林年轻时去支教，俞遥听杨筠说过，但详细的，杨筠也不太清楚，所以只是简单说了两句。看曹奶奶这准备详细述说的架势，俞遥也认真聆听起来。曹奶奶看到俞遥的神情，眸光柔和。

"最开始我们不太熟悉，所以也不知道江仲林的具体情况，后来熟悉了些，就想开解一下他。江仲林平时好说话，但对这件事，却绝口不提。他太执着了。执着有时候不是件好事儿，人要是太在意什么了，就会过得很痛苦。"曹奶奶神情邈远幽微，"那年，我们支教的地方发生了一场地震。连日的暴雨又导致了山体滑坡和泥石流，几乎整个村子都没了，我的丈夫正是死在那一场灾难里。"

"我们三个被困在石缝里不知道多少天。我的丈夫因为被石块砸了一下，受了伤，都没能坚持过三天，很快就……死在了那个黑暗的洞穴里。我几乎要疯了，差点儿跟着他一起走了。我的丈夫死前跟我说，要我好好活着出去，因为我怀着孩子，我的丈夫希望我们的孩子能出生看看这个世界。因为这个，我坚持了下去。

"我们三个人中，只有江仲林最冷静——与其说冷静，不如说没有我们那么在乎生死。在等待救援的几天里，他终于在我的丈夫的询问下，第一次跟我们说起了你。

"他跟我们说第一次见你的情形；说他后来转学了，还时常想起那个突然出现的女孩子；说后来再次见到你时，他是去替表哥见相亲对象；说他认出你的时候非常高兴，要了你的电话但一直不敢打；说你们的第一次约会；说你们的每一次约会；说你们见他的父母，结婚；说你们婚后的很多事儿，你说的话，做过的事儿，他都说了，说了很多很多。

“说到你有一天忽然消失，再也找不到了，我和丈夫都听到他哭了。我认识江仲林这么多年，只看他哭过两次，一次是说起你，还有一次是他举办父母的葬礼。早年他发表的作品被抄袭他却败诉的时候，他带学生外出为了保护学生摔断了腿的时候，都没红过眼睛……真是应了那句‘男儿有泪不轻弹，只因未到伤心处’。

“那次，我要多谢他，是他坚持到最后，把我丈夫的尸体和奄奄一息的我背了出去，我们一家都感谢他。”曹奶奶说到这儿，眼中已是泪光闪烁。

她擦了擦从眼眶里溢出来的眼泪，对俞遥说：“江仲林深爱且只爱你一人，这一点毋庸置疑，你要相信。”

“我知道。”俞遥感觉脸上一片冰凉，曹奶奶轻轻叹息一声，用手绢给俞遥擦了擦脸上的泪痕。

一老一少两个女人在湖边驻足，为各自的爱人心痛。

“这些年江仲林对我们很照顾，可能就是因为这样才被人误会了，他又不爱多解释这些。多少年了，他忙于学业、忙于研究，认识他的人都很少有知道你的，因为他不爱与人说，但我知道，放在心上的人是怎么都忘不了的，就像我忘不了我的爱人那样。”

俞遥忽然说：“我问过他，等待这么多年会不会很难过，他当时笑着摇了摇头，我一直不知道他到底是怎么想的，您能告诉我吗？”

曹奶奶沉默片刻。

“你没有等待几十年，所以不明白，那种感受是用千言万语都无法描述出来的，因为太复杂了。你能想象吗？一个人度过无数个日夜，每天都会突然有那么一瞬间想起另一个人，不管是思念还是愁苦，不管是高兴还是悲伤，各种感情都混杂在一起，什么滋味儿都有，一层一层地堵在心里，怎么轻易说得出口呢？”

俞遥感觉此时自己的心口也像堵着什么，沉甸甸的。

曹奶奶和俞遥告别的时候，曹奶奶的女儿来接曹奶奶了，扶着曹奶奶在湖边走远。俞遥远远望着这对母女，母女俩相互依偎着，一高一矮的影子在路灯下被拉长，俞遥一瞬间想到了不知在哪里看到过的一句话——那一朵花，最终凋零在爱人不会途经的黑夜。

江仲林从几个朋友那边脱身，回到房间，发现俞遥已经躺在床上了。被子盖着脸，她似乎睡着了，只露出后脑的那一点儿黑发。江仲林不由得放轻了声音。他关了灯，坐在自己的那张床上，望着俞遥侧躺的背影。

在黑暗中静静地看了一会儿，他才抬手脱了外套，掀开被子睡下。

没过多久，俞遥把被子一掀，披头散发地从床上坐起来，走到江仲林的床边，拉开他的被子，躺进了他的被窝里。还没完全睡着的江老师吓了一跳，立刻清醒了，半撑着起身开了一盏壁灯。

在温暖朦胧的橘黄色灯光下，他看到妻子的脑袋扎在自己的胸前，一声不吭地抱着他的脖子。

江老师看着她的头顶，有点儿哭笑不得，还有点儿窘迫，可他不知道俞遥怎么了，只得轻声问她：“怎么了？”

俞遥不理他，一副准备就这样睡过去的样子。可这样的话江老师就睡不着了，他被抱着，抬起一只手，半天才放在俞遥背上，哄孩子一样拍了拍：“是不是身体不舒服，嗯？”

江仲林很快感觉到自己胸口处的衣服有点儿湿了，这下子他更惊讶了，费力地探了探俞遥的额头，紧张得连声问她：“怎么哭了？遇到什么了？是不是有人说你了？”

俞遥不答，哭声越来越大。

江仲林的记忆里，她总是笑呵呵的样子，可她失踪回来后已经哭过好几次，而且这次还毫无预兆，她抱着他这样哭，真是哭得他心惊肉跳。

老先生手足无措，挨了半晌。他一动，俞遥就哭得更大声，他没办法，只能拍拍妻子的背安慰："好了好了，没事儿了。"

也许是因为哭声太大，旁边房间的人听到了，没一会儿就有人来敲门，俞遥默默地缩进了被子里，江老师赶紧去开门，门外的朋友含蓄地对他说："有什么事你们夫妻好好说，可别吵架，老江你让着点儿你老婆啊。"

江老师十分冤枉，可也没有要申冤的意思，点头答应了下来。门被关上，他坐在床边拿了纸巾，想掀开被子。

俞遥拉着被子不让他掀开。

江老师说："唉，别用被子擦啊。"

俞遥唰的一下拉开被子，声音有点儿沙哑："谁说我用被子擦了。"

江老师笑吟吟的，趁这个机会赶紧给她擦了擦脸。端详了她片刻，江仲林问："你是不是听人说了什么？"

俞遥："嗯。"

江仲林："是在生我的气？"

俞遥："要是生你的气，我就会让你哭，而不是自己抱着你哭了。"

江仲林听到她这么说，有点儿想笑，又怕自己笑出来俞遥就真生气了，只好忍着，好声好气地问："那现在还想哭吗？"

俞遥："……"

江仲林明白了："不哭了，那睡觉？"

俞遥看着江老师走向另一张床，觉得这场婚姻快完了，老头儿也快完了。

她坐在江老师的床上，捏得手指关节噼啪一声响，江老师把她原来那张床上的被子抱了过来。

对上俞遥的目光，他说：“一床被子太小了，怕盖不了。”

俞遥松开手指，很好，还没完，还能拯救。

俞遥躺下，看着江老师把被子打理好，睡到她的身边。

“我关灯了？”

“嗯。”

灯光没了，俞遥将脑袋靠在江仲林的肩侧，觉得从听到曹奶奶的话后就抽动个不停的心终于安定下来。可就在这时候，她感觉到江仲林的身子颤了颤，然后又颤了颤，她觉得奇怪，问道：“你怎么了？”

她听到了江老师的笑声。

俞遥：“你在笑什么？”

江老师刚才看到自己的妻子哭成那样，只顾着着急心疼了，现在突然想到被子一掀开，妻子那难得一见的表情，越想越忍不住笑。

俞遥：“我说你差不多了吧，你究竟在笑什么，是不是在笑我？”

江老师勉强平复笑意，很有求生欲地回答：“不是笑你。”

俞遥和久别重逢的丈夫再次睡到一张床上，年长的丈夫却不知道为何闷笑了很久。俞遥被他笑得心头的悲伤都淡了很多，最后只想捶他一顿。

第六章

预料之外的孩子

01

第二天早上，江仲林先醒了。老先生醒得很早，眨了眨眼睛，感觉自己肩膀边上抵着什么东西，一低头，看到了一颗黑乎乎的脑袋。

他这才想起来，昨天晚上，妻子和自己是睡在一张床上的。虽然时隔很久，但江仲林还记得，妻子睡觉的习惯很霸道。如果一个人睡，她就要占据整张床，不停动来动去。他们两个一起睡，如果天气热，她是拒绝他凑近的，一个人占据大半张床；如果天冷，他想睡到一边她都不答应，非得他贴在旁边，而她就会像这样，把脑袋贴到他的身上，一动不动。

这种时候，他动一下她就会醒，那样子就好像是突然做了个从高空摔下的梦，她会下意识地挥一下手或踢一下腿。他们刚结婚那会儿，他发现了她这个习惯，觉得非常可爱且有趣，每天都要比她早醒，故意突然移开，看她挥一下手然后迷迷糊糊地掀开一点儿眼皮再伸手把他扯回来的样子。

夏天开空调，他还会在睡前偷偷摸摸地把温度调低一点儿，这样俞遥睡着睡着就会跑到他的身边挨着他一起睡了，而不是嫌弃他体温高，让他自己睡一边。

年轻时的那一点儿调皮，现在是没有了，江仲林安静地躺着，听着身边人浅浅的呼吸声，有些恍惚。俞遥刚消失的那段时间，他总是睡不着，艰难地入睡后也会突然惊醒，那时他会下意识地往身边看，觉得她好像还躺在那儿，他的肩膀好像仍然被人抵着。

这一点儿触碰的重量，仿若久违的梦境。江仲林看向透进了晨光的窗，轻轻叹息了一声，又闭上眼睛。

俞遥终于醒了，移开脑袋，一转身，又缩进了被子里。江仲林以为她还不太清醒，就先起身了。他换衣服洗漱回来，看到她还蒙着脑袋，就走过来说："醒了吗？我们要出去吃早餐了。"

"不吃。"俞遥从被子里露出脑袋，整个人缩在床上，有点儿难受地皱眉。她精神不太好，脑袋一抽一抽地疼，胸闷恶心，胃口一点儿都没有。

可能是昨天晚上刚洗完澡就在湖边吹风，吹太久了着凉了，俞遥想到这儿，伸手摸了摸额头。江仲林看她摸额头，立刻也伸手摸了摸："怎么了，头晕？发烧了吗？"

额头并不太烫，但江仲林担心手感觉不出来，站起身说："等一下，我去找个温度计。"

他拿了温度计回来，发现俞遥并不在床上，卫生间里传来一阵呕吐的声响，他连忙走过去。俞遥站起身在洗手台边漱口，江仲林担忧地说："怎么吐了，真的发烧了？来，先测测温度。"

他说着拿着小小的温度计对着她嘀了一下，俞遥皱着眉说："可能是昨晚在湖边吹了风，我感觉没发烧，就是不知道为什么有点儿恶心。"

江仲林取下温度计读数，俞遥确实没发烧。

"那你还是再休息一下，先盖好被子，我去给你拿点儿吃的回来，你吃一点儿再睡一觉。"

俞遥吐过后，觉得精神好了些，但还是懒得出门，于是点头答应了。江仲林拿了简单的早餐回来，俞遥没有胃口，喝了半碗粥，吃了个小包子，就倒头继续睡了。

江仲林担心她，坐在旁边陪着她，免得她待会儿不舒服，要喝点儿水什么的。

俞遥安静地睡了两个小时，感觉精神好多了，爬起来又是生龙活虎的样子。江仲林还很担心，又给她试了试温度。

“好了，我没事儿。”俞遥一点儿都不在乎这种小问题，“走，我们去看果园，昨天还没看过附近的果园呢。”

没办法，江仲林只好和她去看果园。果园里有橘子树，他们看到有协会成员带着家属在那儿摘橘子，俞遥走在这些低垂的树下，看着那被橘子压弯的枝条，跳起来摘了个枝头上最大的。

橘子看上去还未完全成熟，虽然外皮大部分是黄色，但仍有一小片是绿色，青色与黄色渐变的颜色特别好看。俞遥随手剥开，吃了一瓣，又递到江仲林眼前。

江仲林也吃了一瓣，摇头说：“这橘子没熟，有点儿酸。”

俞遥闷笑：“还好吧，我觉得不酸。”她又吃了一瓣，那边摘橘子的两个年轻姑娘看到她了，朝她招手，喊她师娘。这两个姑娘就是昨晚泡澡的时候问题问得最多的两个，对俞遥好奇得很。

“江师娘，我刚才听园里的老伯说，里面那片橘子已经成熟了，更大更甜，要不要和我们一起去摘啊？”

“好啊。”俞遥也感兴趣，二话不说就跟着一起去了。

那边的一片橘子林果然成熟得更早，橘子几乎都是黄色的，还有灯笼一样的红色的。俞遥好奇，摘了一个红的，尝了尝味道，觉得太甜了，吃了两瓣就塞给江仲林：“这个甜，你吃这个。”

江仲林拿着吃了。

俞遥一转眼，看到那两个小姑娘盯着他们夫妻，神情激动地窃窃私语。

“你们说什么呢？”俞遥觉得好笑。

两个女孩子嘻嘻哈哈，笑着回答：“我们在说真甜啊，哦，是说橘子真甜！”她们的表情可不是这么说的。

在果园里逛了一阵儿，众人看着时间差不多，就回去吃午餐。农庄里给他们准备的饭菜很丰盛，餐桌上还有山上放养的兔子，现在这种时候，几乎所有的食物都是人造的或机器养殖的，任何带上“原生态”标签的东西好像都很难得。

俞遥在果园里吃了好几个橘子，本来都觉得有点儿饿了，可一走进厅里，闻到那股肉香混合鱼腥的油味，胃里顿时一阵翻腾。她绷紧脸走出饭厅，在外面深吸了几口气，把那股冲到胸口的感觉压下去。

她脸色一变，江仲林也快步跟出来问：“还是难受？不行，要找医生看看。”

饭厅里等着吃饭的人也看到了俞遥的异状，有个年轻的学生张望了一下：“江师母怎么了，是不是不舒服啊？”

一位老先生说：“早上老江还找温度计呢，不会发烧了吧。”

刚好，有位老教授的家属是中医，见状就起身说去看看。

江仲林说要回海市去医院看病，俞遥觉得他小题大做，两人正在讨论到底要不要回去。门口有人招呼他们：“江老师，师母不舒服，你先带她过来让凌钰师母看下。”

凌钰师母五十多岁，长得很和善，过来和他们打了招呼，又给俞遥把脉。

俞遥本来不觉得有什么，可这位凌钰师母把着脉忽然咦了一声，又细细地按着俞遥的手腕，好一会儿没说话，俞遥也不由得觉得奇怪。

江仲林看着，眼里浮现出忧色，等人好不容易放开俞遥的手，他问：“怎么样，是病了吗？”

凌钰看了看俞遥，又看了看江老师，咳嗽一声，笑道：“不是，她应该是……怀孕了。”

几个因为担心而凑过来看的人都愣了，当事人俞遥更是目瞪口呆，而六十多岁、波澜不惊、德艺双馨的江老师，此刻是真真切切地被惊到了。

“怀孕？”他茫然地重复了一遍，又茫然地推了推眼镜，再茫然地低头和同样茫然的俞遥对视了一眼，然后好像才找回了一点儿理智。

“真的是怀孕？”他不得不再次向凌钰确认。

凌钰医生很肯定地点头：“是，差不多两个月了。”

两个月，俞遥穿越也就不到两个月，而他们这两个月根本没有睡在一起，所以，她是穿越前就怀孕了？而且是刚怀上？

想到这儿，江老先生显露出难得的木讷，愣怔了好半天才又去看俞遥，心里乱得很。

“你们最好去医院做个全面检查，毕竟俞遥和普通人不太一样，她的穿越经历……总之你们还是去医院吧，不管怎么样，先恭喜二位。”

因为这一场突发事件，俞遥和江仲林不得不中断了这段旅行，回到海市去。

海市第一医院里有江仲林以前教过的学生，之前他生病时就是在这里治疗的，现在给俞遥检查身体还是来的这里。

两个人没等多久就得到了详细的检查结果，俞遥的身体很健康，胎儿也长得很好，刚刚满九周。

俞遥算了算时间，应该是在她穿越前的一两天里有的。竟然卡在那个时间点上了，她穿越过来，也不知道算不算是那会儿怀上的了。

她的经期一直不太规律，一两个月不来是很正常的事。而她突然遭受这么大的变故，这两个月没来月经，她还以为是被心情影响的，根本没有在意。再加上她穿越是一瞬间，可总是被提醒过了四十年，就下意识地忘记了怀孕的可能。说起来，他们结婚一年都没有做过避孕措施，先前没怀孕，却在这种时候怀孕，真不得不说是机缘巧合。

连俞遥都没想到，江仲林就更没想过了。他打了四十年光棍，老婆突然回来了，他又更突然地有了个孩子。拿着检查结果，这位青年丧妻、老年得子的江老师彻彻底底地傻了。

02

他们回了家，路上两人都很沉默。这种沉默一直延续到俞遥在沙发上坐下，江仲林倒了两杯热水过来。

两人面对面坐着，俞遥抱着胳膊，盯着自己的肚子，江仲林望着杯子上方袅袅的水汽。

“我们谈一谈吧。”江仲林终于开了口，他的叹息很沉重，但眼神是很轻的，仿佛无处着落。他望着俞遥，说：“你要这个孩子吗？”

俞遥没看他，仍旧看着自己的肚子，简单地说了一个字：“要。”

江仲林沉默下来，看向她的肚子，有点儿出神。他交握的双手紧了紧，声音平静：“我希望，你能再慎重地思考一下。”

听到这话，俞遥猛地抬头看他：“思考？思考什么，你的意思是不要这个孩子？”

江仲林对她的目光不闪不避：“我知道我这么说，你可能不会高兴，但我仍然希望你能好好思考几天。这个孩子……他会让你今后的生活更加辛苦。”

俞遥没说话。

“俞遥。”他轻轻地叫俞遥的名字，神情平静，“我已经老了，是一棵快枯朽的树木，不知道还能在这世上停留多久。

“曾经，我这辈子最大的遗憾就是你，但你回来了，我的遗憾就没了。我想过是不是该和你离婚，但我没有提，因为我知道你不会同意。我活不了多少年，等我死了，你还年轻，还能有新的生活。而这个孩子，如果你要留下他，你会很辛苦，我不能照顾你们很久，不能陪他长大成人。

“你能接受我，我很高兴，但我知道这只是因为你是个年轻人，年轻人心里还有热血，会因为感动而冲动，而冲动之下做出的决定，最后往往是会后悔的……”

俞遥的胸膛剧烈起伏，她忽然抓起身边的抱枕砸向江仲林，打断了他的话，也将他的眼镜砸落了。眼镜落在地上，发出叮的一声。

江仲林睁开眼，没有去捡地上掉的眼镜，也没动。

“你什么都是为了我好，为了我着想，是不是觉得自己很伟大？自我奉献、自我牺牲、默默付出，很感动是不是？”俞遥扯了扯嘴角，冲到脑门上的火气和涌向心里的苦涩让她又疼又焦灼，不知道该怎么宣泄。

“你觉得自己年纪大了，和我不相配了，怕我后悔了，所以天天把自己装得像我的长辈一样，不敢碰我，又不敢喜欢我，我看着都替你觉得累。老了又怎么样，老了就不能和年轻人一样喜欢什么了吗？

“是，你比我大很多岁了，经历的事情比我多了，所以你现在就能坐在这里告诉我怎么做是对的，怎么做是错的了吗？你知道我最讨厌这种人吗？你凭什么觉得你比我大，就能告诉我对错？就算我想选择错的，那也是我自己选的，你又凭什么要我按照你的方式去选？自以为对别人好，这种毛病是年纪大的人的通病吗？”

俞遥努力克制着自己，让自己不要口出恶言，可怎么都忍不住，说完这一段话，好不容易才咬牙把其他更伤人的话吞了回去。

江仲林的眼镜没了，那双眼睛也不知道能不能看得清她的神情。他端正地坐在那儿，一动不动，因为没有了眼镜，那双眼睛里的一点儿水光格外明显。

他缓慢地眨了眨眼，却没有在俞遥的愤怒下改变想法，仍旧语气平稳地说：“养育一个孩子不是简单的事，这也同样是我的责任，可我不能负责到底，我这份责任最后恐怕也只能压在你的身上，我能给你的很少。这个孩子以后可能会让你失去自由，失去更多的可能和选择新生活的机会，你选择他就是选择牺牲，我希望你想明白。

“至于我……俞遥，你看过人老了的样子吗？不是像我现在这样还能说话走路的神志清醒的老人，而是年纪更大的、不能走路了的、不能自己吃饭了的，甚至神志不清了的那种。照顾老人，即使你和这个老人有感情，这份感情也会被日渐消磨掉，时间越久，你就越会觉得厌烦。哪怕你爱他，日渐腐朽的东西也难免让人厌烦而恐惧。

“我已经决定让你忍受一个即将走向暮年的老人，怎么能再让你忍受一个懵懂难养的孩子。太辛苦了，你一夕之间失去了熟悉的一切，已经足够辛苦，追求轻松自由的生活没有错，你不用有心理负担。”

俞遥感觉自己心里疼得厉害，却想不清到底是因为什么。

她强忍住泪，走到江仲林的面前，一把拉住他的手，按在自己肚子上，说：“那好，你告诉我，你心里是想要他的吗？”

江仲林的手一颤，他说不出话，好像刚才已经一下子把能说的话都说完了，只能仓促地摇了摇头，又轻缓地摇了摇头。

大概每一对夫妻结婚，决定牵着对方的手共度余生的时候，都想象过自己以后的孩子。

江仲林也想象过，想过很多次。他从前每次和俞遥在一起后，都会抱着她，摸摸她的肚子。虽然俞遥怕痒，并不喜欢他摸自己的肚子，还会毫不客气地拍掉他的手，但他还是每次都忍不住要碰一碰。

“你喜欢男孩还是女孩？”他抱着比自己大三岁的妻子，用这样充满热切而又小心的语气问她。

俞遥每次都会随口说：“生什么生？不生！生孩子太麻烦了。”她坐起来谴责他，“怀孕你知道多辛苦吗小江同志？你知道生孩子的时候多疼吗？你看到前阵子那个新闻了没，那个孕妇分娩前，她的丈夫迟迟不肯签字动手术，她痛得直接跳楼了！还有那个被婆婆逼着非要生二胎的，大出血死了！”

他就连忙说：“我肯定立刻签字的，你最重要，还有，我爸妈比起我这个儿子更喜欢你，也不会让你生二胎的，不然……我们就生一个？”

俞遥一脚踢开他：“不生不生，别撒娇啊，我警告你，再撒娇让你肾亏。”

他有点儿委屈地偷瞄她：“可是我好想要一个女儿。”

这个时候，俞遥又有话说了：“我可不敢生女儿，你看看新闻，被前男友捅了十二刀死了的，还有那个被丈夫切成几块藏在家里几个月都没被发现的，那个打车被司机奸杀的，你不怕女儿以后遇到这种事？”

江仲林果然害怕起来，明明女儿还没有影子，他却忍不住幻想自己可爱的女儿的各种可怕遭遇，把自己吓得心惊肉跳，沉浸在后怕里不能自拔，甚至已经想到万一生了女儿，一定要把女儿送去练一练，最好女儿能徒手打败三个大男人。

可想了好几天，他仍旧觉得太危险，下一次做完事儿后就抱着俞遥商量：“不然还是生儿子吧，我们好好教他，让他做一个尊重女性的人，这世上少一个坏人就能让其他人的女儿多一分安全，那以后说不定我们的儿子就能放心生女儿了。”

俞遥被他逗笑，但还是不客气地拍开他的手，坚决道：“不生。”

江仲林没办法，孩子是在俞遥肚子里长的，俞遥说不要，那肯定就不要了。他只能委屈地答应：“噢，那就不生了。”其实他心里很失望，还是希望有个可爱的小女儿，小女儿能陪着他和俞遥，喊着他和俞遥爸爸妈妈，把他们两个联系得更加紧密。

在俞遥失踪后，他以为这个愿望永远不会实现了。

得知俞遥怀孕的时候，江仲林有那么一瞬间很高兴。他想象出了一个小孩子的形象，长得很像俞遥，一定是他没见过的俞遥小时候的样子。可是几乎立刻的，他把这种想象粉碎在了心里。

还是不要了，他这么告诉自己，也这么告诉俞遥。

“我想要他！”可俞遥抓着他的手，还是这样坚定地说，“我要生下他，你听到了没？”

俞遥用力地捏着江仲林的手，瞪着他的表情很凶：“他跟我一起穿越了四十年，是一个奇迹，我会生下他，你要看着他出生，看着他上学，你必须活得久一点儿。我要你陪我久一点儿……我们在一起才两年，结婚才一年，真的太短了……”

滚烫的眼泪砸在江仲林手上。俞遥坐在地上，用他的手捂住自己的脸。

江仲林感觉到手心的湿意，有泪水从他的指缝溢出来。他看到桌子上放着的检查照片。那一小团阴影在照片正中间，是他们还没成形的孩子，那个来迟了许久的孩子。

他心里那么难过，可怀里的俞遥似乎比他更难过。

“你陪我们久一点儿，等他长大了，能记得你了，到那时候你才能离开我们，知道吗？你听到没有！”俞遥的声音哽咽。

江仲林终于还是伸出手抱着她，将额头靠在她的肩上，说不出话，说不出“好”，也说不出“不好”。

可俞遥固执极了，没听到他的回答，就不停地对他说：“你答不答应我？”

“江仲林，你说你答不答应我？”

“你答不答应？”她已经气急了，声音里带着怒意和一点儿……害怕。

江仲林满心酸涩，侧了侧头，深深吸气，最后摸着俞遥的头发，声音颤抖地说：“对不起……我们留下他，留下他。”

俞遥全身的劲儿都松了，她把他推开，看着他的眼睛哭着骂他：“混账东西，你就是仗着自己年纪大我不敢打你。”

可是——江仲林想，就算你不打我，我最后还是要向你妥协。

“我记得你以前不喜欢哭。”江仲林给她擦眼泪。

我很少为自己哭，这几次我都是为你哭的，俞遥想。她抓着老头儿的手，用力地咬了一口。

03

“所以……你是真的……怀孕了？”杨筠在视频那一边，露出了痴呆一般的神情。

“是啊。”俞遥盘着腿，一手放在自己平坦的腹部上，一手托着下巴，等着老朋友回神。

杨筠哎呀一声，忽然说：“那你的孩子不是比我的孙子孙女还要小了！”

俞遥："那有什么，你儿子年纪都比我大。"

杨筠："……"

杨筠和俞遥开了两句玩笑，然后又露出了一个复杂的神情，叹了口气："其实你们家老江的顾虑也有道理，你真的要这种时候生孩子？"

俞遥笑了声："我从小到大做过的决定，哪一个后悔过？"

还真是，杨筠认识俞遥差不多二十年，小到和谁做朋友、每天吃什么用什么，大到选择学校、职业、结婚对象，什么都是俞遥自己选的。只要俞遥下定决心了，谁都没法让俞遥改主意。最让杨筠印象深刻的就是俞遥放弃了一中，选择了那个垃圾十六中。俞遥当时是直接拿刀劈坏家门，坐着轮椅去学校报名的——脾气实在太倔了。

"我知道自己怀孕的时候，你猜我第一时间想到的是什么问题？"俞遥问。

杨筠试探着说："是江仲林高不高兴？"

俞遥大笑着摆手："不是不是，我那时候算了算怀孕的时间，发现就是穿越前一两天怀上的，然后我就在想，这到底该算是穿越前怀上的还是该算是穿越后怀上的呢，要是算是穿越前怀上的，那这孩子一出生就是四十岁了。"

杨筠被逗笑了："你怎么还有心思想这个。"

俞遥自己也笑："怎么就不能想这个了，这问题不是很有意思吗？如果他是在我怀上之后和我一起来到这个世界的，那他就陪我一起穿越了四十年；如果他是我来到这个世界后才怀上的，那他的孕育不是很奇妙吗？"

"我对你们来说是一个奇迹，这个孩子对我来说也是一个奇迹，所以我一定会生下他。"俞遥的语气忽然一变，又说，"还有就是，为了让江仲林认清事实，我也非要这个孩子不可！"

"又怎么了，你家老江对你不好？"杨筠讶异地问。

俞遥露出个牙疼的表情："他啊，心思不知道多重，现在还觉得我们只做长辈和晚辈最合适呢，天天想着他以后死了我怎么办，觉得我没人照顾，周围也没有熟人，我今天就要让他这个臭老头儿清醒清醒！”

杨筠很了解自己朋友的性格，立刻说：“哎，哎，遥遥你可千万冷静，可不能动手打人！他都六十多的人了，不经打的！”

俞遥扯了扯嘴角，想起自己怒极之时砸出去的那个抱枕。抱枕砸出去后，她看到他那副表情，心里又开始心疼，简直憋屈得不行。

“晚了，我已经动手了。”

杨筠：“……”

过了一会儿，杨筠咳嗽了一声，说：“既然已经动手了，那就算了，下次不能这样了啊，来，我给你介绍一个APP（智能手机的应用程序）。”说着她点出自己的终端，拉出一个显示着小花图标的APP。

“你看这个，里面有各种东西，比如枕头、杯子、臭鱼、狗屎，还有菜刀，反正很多东西都有，全息投影，砸到身上的效果非常逼真。你要真生气想砸东西，用这个，只管往他身上砸，反正也不痛，你看这个狗，我常用这个狗砸我家老头子，砸出去之后还会汪汪叫呢，很好玩的。”杨筠兴致勃勃地介绍，看她这熟练的样子，显然她的丈夫经常遭此虐待。

“解了气，把这个APP关了，那些掉在地上身上的投影就没了。还有，投影只在五米内有效，人到了你五米外，这种投影也会消失，非常方便，你下次用这个，别用真东西。”

俞遥被这种发明惊呆了，然后直接接收了杨筠发过来的安装包，给自己的终端也安装了一个。咳，也不一定非要用嘛，看着挺有趣的。

“遥遥，你不会再和老江吵架了吧？”

俞遥扒拉着那个APP的界面，头也不抬：“我哪里跟他吵架了，那叫谈判策略。我不管他之前在想什么，反正他答应要这个孩子之后，就只能把我当老婆。他这个人我很清楚，责任心重得很，看他先前好像都没打算活多久，一副要成仙的样子，现在我要生孩子，以他的性格，就是病死了都不会咽气的，非得照顾到孩子长大不可。”说到这，俞遥无意识地笑了笑。

杨筠不由得感叹：“江仲林年轻的时候就被你拿捏得死死的，现在可好，还是斗不过你。”

俞遥却摇头，认真地说：“婚姻中无输赢，哪来的斗？两个人要长久，除了感情也需要理智，了解对方的性格，选择正确的相处方式，是很有必要的。

“我有时候想，可能我穿越了四十年也不全都是坏事，要是我没穿越，说不定我们两个早就像很多感情消散而离婚的夫妻一样了，虽然江仲林很喜欢我，可我以前并不相信这种感情能长久，不然，为什么那么多‘七年之痒’？

“在我们感情最好的时候我突然消失，所以江仲林一直想着我，怎么都忘不了。记了四十年，在他心里我已经是这世界上谁都比不了的女人，他一辈子都忘不了了。他可能还没来得及发现我的不好，就已经把我变成‘最好’，所以失而复得以后，他也不可能变心，只会留在我的身边，到死都会只喜欢我，而且还会更喜欢我。这样一来，我们的婚姻里就不会存在感情问题，不是也挺好吗？”

杨筠被俞遥这一番话惊呆了，想说什么，又闭上了嘴。算了，什么都不说了，为江仲林默哀吧，谁叫老先生当年就是看上了俞遥呢。

房门响了一声，杨筠转头，发现是三岁的小孙子。她霎时间换上了慈祥的笑容：“宝宝快来。到奶奶这里来。”

小男孩嗒嗒嗒地跑到杨筠的面前，被杨筠一把搂进怀里。杨筠给俞遥展示自己的小孙子：“你看，我孙孙今天穿这件小鸭子的衣服可不可爱？”

俞遥看着这个眼睛大大的混血小男孩：“可爱啊，哎，你这个衣服哪儿买的？”

杨筠立刻笑了：“我给孙孙买的，你要啊，我给你的孩子也买几件，还有小兔子的衣服呢！”

俞遥：“还有好几个月才出生，也不用急。”俞遥看着杨筠怀里的小男孩想，自己的孩子估计会更可爱，不管像自己还是像江仲林，都不会难看。要是像江仲林就最好了，让他来教，肯定会是个又有礼貌又有学问的乖孩子——千万别像她自己，一身反骨，光是想想她都嫌弃。

俞遥正想着，她这边的房门也被敲响了，是江仲林。因为降温了，有点儿冷，他穿着一件长袖衬衫，套着薄薄的米白色针织衫，戴着眼镜看过来的样子满是温文尔雅的书卷气。

“我帮你把东西搬下去吧。”他说。

俞遥要搬到一楼，和江仲林住一间房。老先生担心她身子重了以后上楼不方便。俞遥对他的决定毫不意外，正等着他来说呢。

料事如神的江师母干脆地抱起了自己的枕头和被子，说：“好啊。”

江仲林的卧房在一楼，能直接通向书房。通向书房的那扇推拉门他一般半掩着，所以走到卧房就能看到他书房那边几排的书架，书桌和几个柜子上都堆着书，桌子上有书稿、几支钢笔、墨水、镇纸等零碎的东西，看上去有点儿凌乱。

他的卧房则干净很多，深蓝色的床垫和同色的被子、枕头，旁边的小柜子上有一盏台灯，底下放着一本书，大概是他睡前看过的。

另一边的小阳台放着一个藤椅，对着窗外。藤椅看上去已经有些年头，扶手的颜色磨损了些，显然，江仲林常常坐在这里。

这个房间里还有几个关着的柜子，墙上没有什么装饰，更没有活泼的花纹，整个屋子显得沉静又冷清。

俞遥转了一圈，将手上的枕头和薄被扔到床上。她的被子带着浅紫色的花纹，丢在那片深蓝色里，像是开了一片花。被子在床上散开，她也没管，打开衣柜看了看。独身男人的衣柜，十个有九个都不会太整洁，哪怕这个男人是个文质彬彬的老头儿。

她把江仲林的衣服收拾收拾，腾出位置，把自己的衣服放进去。

江仲林把她随手扔到床上的被子叠好，看她蹲在衣柜前面整理，就过去说：“我来吧。”

俞遥故意板起脸：“走开走开。”

江仲林：“……”

虽然两人在孩子的事上达成共识，但俞遥现在这个样子，显然还在生气，所以不太想理他。江老师心想，自己还是不应该说那些话的，俞遥听了肯定不高兴，难怪到现在心情还不好。

夫妻之间闹矛盾在所难免，偶尔口角几句也没什么，可俞遥生气，江老师看着也不好过。他想了想，走出了门。

俞遥没听到江仲林说话，只听到他走出去了，就往后瞄了眼，暗道，年纪越大越别扭！还说她心理负担重，其实心思最重的就是他自己。

可能是老师当久了，他比年轻的时候固执多了。端着为人师表的架子，也不知道该怎么和她相处，要是她不逼他，他还得憋着满脑子的“为她好”，然后搞什么“两地分居”。不把他逼出牛角尖，日子真是没法过。

好在，虽然“老狗”比“小狗”难搞，但毕竟是自家的，真要解决起来其实也不是很难。

——先前那一场哭，有六分是真情实感的难过，其余四分全靠演技。男人，不管多大年纪，看到自己喜欢的人那样难过还能无动于衷？不存在的。特别是江仲林，俞遥本来就很了解他，这两个月的观察也不是白费的，要是她哭一场，他还能坚持，那么她哭两场，他就绝对会心软。

太喜欢一个人，本来就是会吃亏的。

不过，哪怕她知道江仲林是为她着想，气也是真的气。

俞遥发现自己穿越后情绪容易起伏，大概是因为怀孕了，以前她的脾气好像也没这么大。

04

俞遥走出了卧房，准备去楼上把剩下的东西拿下来，忽然听到门响，江仲林从大门外走进来，手里拿着……一束花。

那是一束浅粉色的蔷薇花，用浅紫色的绸带包扎好，颜色粉嫩，格外好看。

老先生有些不好意思，但还是把花拿过来，送给了她，轻言细语地哄她："不要生气了。"

俞遥没想到他会送自己花。她接过花，那股清甜的香味一下子弥漫在鼻端。

"生气对身体不好。"江仲林说。

俞遥抱着花，忽然伸长手，用一根手指抵住江老先生的脑袋，把他的脑袋往后推，然后上前在他的下巴上啄了一口，满脸笑容地抱着花跑上楼："行了，我不生气了！"

江仲林一愣，连忙喊："慢点儿，不要在楼梯上跑。"

俞遥停下来，靠在楼梯扶手上，说："孕妇不是易碎品，不需要这么紧张，我自己有分寸，江老师，我好歹也二十八了，是快三十岁的人了。"

江仲林："不管怎么样，还是注意一点儿，怀着孩子不比以前。"

俞遥笑起来："哟，您老先前不还说不要这孩子吗，怎么现在反而紧张起来了。"

江仲林无奈地看向她手里的那束花："你说不生气了。"

俞遥："我不生气，我只是在挖苦你而已。"

江仲林只能苦笑。好在俞遥也没多说，自己去收拾东西了。等江仲林把饭菜端出来，去房里叫俞遥，就看到自己的卧房里多出了很多东西。

那束粉色蔷薇插在花瓶里，放置在小柜子上，整个房间里都有一股清香。俞遥买的游戏堆在他放了几本书的小圆桌上；她的牙刷、毛巾和几个瓶瓶罐罐放在卫生间的洗漱台边；他的衣柜里多了很多俞遥的衣服；还有另一边的书桌，新摆了一张照片。

那上面是年轻的时候的俞遥和江仲林，是他们的婚纱照。穿着西装的年轻江仲林挺拔清俊，眉目清朗，脸上带着青涩而幸福的笑，眼里都盈满了喜悦。俞遥盘起长发，露出光洁的额头，雪白的婚纱上落了许多花瓣，手里握着的那一束玫瑰花也是粉色的，花上扎着浅紫色的丝带，脸上的笑容同样明媚。

俞遥看江仲林望着那张婚纱照，出声道："是杨筠给我发来的。"当初他们结婚，杨筠作为伴娘，拍了不少的照片，这么多年一直珍藏着。这段时间杨筠时常和俞遥聊天，把手里关于俞遥的照片都给俞遥发了一份。

“说起来，江老师，家里一张我的照片都没摆，你不会是把我的照片全都删掉扔掉了吧？”俞遥开着玩笑。其实这家里也没有摆多少照片，只有书柜旁边放了几张江仲林教过的几届学生的毕业照。

江仲林将追忆的目光从那张久远的照片上移开，默默地走到书桌前，打开一个抽屉，从里面拿出一个小盒子，又从小盒子里拿出一张储存卡。这种小卡片只需要在终端上刷一刷就能读取数据。

“照片和视频都存在这里。”江仲林将卡片给她。

俞遥一怔，接过卡片就想刷开看看，但江仲林阻止了她："饭菜准备好了，先吃饭吧，这个有时间再看也可以。"

俞遥就先把这张小小的卡收了起来。这张卡表面光滑，一点儿灰都没有，显然时常被人拿出来。

江仲林没有在家里放任何他们的照片，也不和别人说起她，这么多年来，好像已经放下她了，可他仍然每年更新寻人信息，还将这张存着她的照片和视频的卡片藏得这么好。

这样复杂挣扎的心思，俞遥在这张小小的卡片上感受得很鲜明。

不过俞遥很快就没了这些复杂的心思，因为她正处于孕吐期，对于现在的她来说，吃饭真是一件太折磨人的事。

孕吐和孕妇的心情有很大关系，先前两个月，俞遥没有孕吐，突然间孕吐，可能是因为时间到了，也可能是因为前一天晚上的心情起伏太大。而这该死的孕吐一旦开始，就好像变成习惯一样，一闻到饭菜的油烟味，那股反胃的感觉就会冒出来，压都压不下去。

俞遥皱着眉坐在桌边："你先吃吧，我现在吃不下去，待会儿再吃。"

看她一副强忍着恶心的表情，江仲林怎么可能吃得下去？这一天下来，她都没吃什么东西，这样怎么行。

"你想吃什么，我现在给你做？"江仲林说。

俞遥摇头，过了一会儿，她有点儿犹豫地说："想吃酸辣粉。"她顿了顿，又添了句，"那种加了酸豆角，还有很多辣酱，浇了酱汁的。"

江仲林不会做，只能打开点餐软件准备叫外卖。这个时候当然也是有外卖的，只是老人家比较习惯自己买菜做饭。俞遥凑过去，自己动手找，现在的点餐软件果然方便得多，各种各样的食物都有，整个海市范围内的店都能点。

俞遥试了试就知道怎么点了，飞快地选好了一家好评超多，看上去也格外好吃的店，选了招牌酸辣粉，并告诉店家要超辣，这才心满意足地放下终端，等着自己的酸辣粉送到。

俞遥一转眼，看江仲林还没吃，朝他摆摆手：“你去吃啊，饭菜都要凉了。”

江仲林：“我把饭菜保温了，等你的到了一起吃。”

他在这方面有一种很重的家庭仪式感。

十五分钟后，俞遥点的餐准时送达。店家服务周到，给她的酸辣粉里放了超多的辣椒，俞遥闻到这股酸辣交杂的香味，一下子就有了胃口。酸豆角十分爽口，就是汤里的醋似乎放得不多。

俞遥吃了两口，到厨房拿了一瓶醋回来，咕嘟咕嘟地往碗里倒，把端着碗的江老先生看得回不过神。

“这样不会太酸吗？”虽然怀孕的人似乎都爱吃酸的，但这也有点儿太夸张了，江老先生觉得自己碗里的饭仿佛也灌满了辣椒和醋。

然而孕妇并不在意，面对加了重料的酸辣粉，胃口大开，十分钟不到就吃完了。

江老师忧心地吃完了自己的饭，想着以后怎么办，总不能让俞遥每顿都吃这种看着异常可怕的酸辣粉。

“不用担心，解决一顿算一顿，那么多孕吐的孕妇，总不可能只饿死我这一个。”俞遥一抬头就看到对面的老先生的表情，一擦嘴，非常淡定地说。

收拾过厨房，俞遥洗过澡，拿起江仲林给她的那张小卡片，刷出储存在里面的数据。

俞遥是喜欢拍照的，杨筠比她更喜欢拍照，两人以前一起去哪儿玩都会拍很多照片，杨筠拍到好看的就会发给她，所以现在俞遥手里这些大多是和杨筠一起拍的照片。另一部分是俞遥和江仲林拍的，不少是在古镇游玩时拍的，婚礼上拍的也有，视频记录了婚礼的全过程，还有一个俞遥和江仲林去看烟花时录下的视频，她只出现在最后三秒，前面只有她的声音，说着“看那一朵好看！”“哇！好大！”之类的话。

还有一些照片也不知道是从哪里弄来的，连她小时候和学生时代的照片都有，这些照片她自己都没印象了，江仲林是怎么拿到的？

她还坐在江仲林的藤椅上看照片，江仲林洗完澡穿着睡衣出来了，走过来关上了阳台门。

“这里对着阳台，不要坐在这吹风了。”

俞遥抬头看他，非常正经地说：“这个烟花视频，是我们在湖市录的吧，录了四十分钟。”

江仲林一愣：“只有三十分钟。”

俞遥噗的一声笑出来：“哦，你记得挺清楚的。”这个烟花视频确实只有三十分钟。

她抱着终端钻进被子里，继续看那些照片，江仲林也躺到床上，就在她的身边。

俞遥问他：“你记得这里面有多少张照片吗？”

江仲林说：“一千多张。”

俞遥捂着终端瞅他：“一千多张具体是多少张？”

江仲林躺在床上，眼睛看着天花板：“……一千四百二十张。”

嗯，果然记得很清楚。俞遥滑着照片，忽然发现后面有一些古镇的照片，只有建筑和场景，画面里没有她也没有江仲林。她觉得眼熟，可是自己好像并没有拍过这些照片。他们回来后，照片她都看过的，江仲林那时候也没有拍这些。

那么……“这些是你后来自己又去拍的？”俞遥拉了拉江仲林的衣

服，让他看照片。

江仲林看了两眼，很简单地说："是，后来自己一个人又去了一次，拍了几张照片。"

俞遥沉默了下，没再说这个，反而直接把终端关了，也像江仲林一样平躺在床上，问他："这些年你是不是去过很多地方？去过哪里，能跟我说一说吗？"

去的地方太多了，江仲林一时不知道该从哪里说起。

05

"我很多年前第一次去藏区。"在这个安静的夜里，江仲林忽然静静述说起了漫长时光中一个普通的片段，"海拔很高的地方有一片天湖，那里的天很高很广，没有边际，绵延的雪山倒映在天湖里。我看到一群鸟在天湖里栖息，人走过去它们也不会飞走。我在那里待了一天，看着它们飞走，后来在湖水上捡到了一根很长的白色羽毛。"

藏区的老人说，那是天鸟的羽毛，捡到这种羽毛的人是幸运的，终会和自己久别的爱人重逢。

只听这一段，似乎是一次很平常的旅游，俞遥问："然后呢？"

江仲林："然后我就回来了。"

俞遥默然，最先说的总该有什么特殊意义吧，结果什么都没发生？那他怎么会首先想起这一段？

她并不知道，那一根轻飘飘的白色羽毛和那陌生老人的一番话几乎拯救了那个满面憔悴的年轻人，年轻的江仲林在雪山下的天湖边握着那根白色羽毛，像抓住了什么希望。

因为一句"终会重逢"，江仲林一直妥善地保存着那根羽毛，甚至直到现在，那根羽毛还在。

俞遥突然福至心灵，问："那根羽毛现在还在吗？"她心里却同时想到，这事儿似乎过去很久了，应该是不在了。

谁知道江仲林却回答她说：“在。”说完，他起身打开灯，在书房那边翻找了一阵儿，接着拿回来了那根长长的白色羽毛。

俞遥举着那根羽毛对着灯光照了照，有点儿哭笑不得，还有点儿惊异：“你不是吧，这根羽毛你保存了多久啊，怎么还在？”她心里想，也许江仲林真的是一个长情的人，这样普通的一根羽毛也留了这么久。

江仲林看着她转着羽毛的手指，说：“这根羽毛给你。”

俞遥：“给我了？”

她也爬起来，把这根羽毛放在床边的柜子上，用自己扎头发的发圈压住。然后她打开个人终端，点开今天杨筠介绍的那个APP。

“等着，我也有东西要送你。”她说着，打开APP的界面，找到了物品栏，拖出来大堆的鲜花。

这个APP能扔杯盘碟碗西瓜刀，当然也能扔鲜花，一个APP，吵架和示爱两种用法。于是俞遥劈头盖脸地给江老先生扔了一大堆的鲜花，那逼真的全息投影导致他们的床上落了满床的花，江老先生更是被花淹没。

没有见识过这个APP的江老师，头上顶着花瓣，回不过神。

俞遥看他一脸蒙，顿时笑倒在床上。

江仲林望着笑得那么开怀的妻子，也微微露出了一个笑。他突然发现，其实触碰年轻的妻子，并没有他之前想象的那么困难。睡同一张床，也没有太多不适应。也许是因为，在她的眼里，他并不是一个需要被小心对待的老者，也不是一个应该被人尊重的老学者，只是她的丈夫江仲林，年轻的与苍老的都是他。

“你还去了哪儿？”俞遥侧着身子，撑着脑袋看他。

“去过贵省一个很偏僻的山村，那村子在层峦叠嶂的三千大山深处，几乎与世隔绝，村里的人住在高高的陡峭的山峰上。那里的山路十分危险，他们想去县城，需要徒步五个小时下山，再坐两个小时的车。那里的孩子上学也十分困难，我在那里待过一些时间，只有我和另一个老师给那里的孩子教语文和数学……”

俞遥静静地听着，想象着那些画面。年轻的江仲林在那陡峭的山路上攀爬、行走，在偏僻的山村里给那些孩子讲述山外的世界。或许他在那种辛苦却简单的生活里体会到了平静，在静谧的山林和孩子们的读书声里找到了其他的意义。

他看过各色各样的人，知道了这个世界上那么多人不同的人生，大家都有各自的喜怒哀乐，每一个人的痛苦在这个广大的层面上变得渺小，不值一提。

“川省我也去过，几位在川省的朋友很热情地邀请我去，不过我在那里住得不久。那边的景色很好看，常年都有各色的鲜花。人多，很热闹，大家早上起得很早，不管认不认识，都会坐在一起吃东西、闲谈……”

可惜他吃不惯那边的饭菜，住了一段时间，胃就有些受不了，他想，俞遥大概会喜欢那边。

“有一年，因为一个学生，我去了一趟疆区，那个学生家里的情况不好，可他学习很好，人也很热情。他因为母亲生病突然辍学回家，我听说后，就去探望了他。我在大片的牧场上寻找他们的帐篷和羊群，那个孩子年纪不大，却要承担一个成年人的责任，非常辛苦，我在他们那里住了一周，每天凌晨就要起来，帮他带着羊群在两个牧场间迁徙……”

凛冽的寒风刺骨冰冷，永远短缺的物资，贫乏而一成不变的生活，唯一的亮色似乎就是在难得的空闲时间里的歌声。那孩子抱着他小小的妹妹，兄妹两个对着初升的朝阳放声歌唱，带着辽阔无垠的寂寥。

“港市那边我也住了三年，我的一位老师在港市大学任教，他让我过去帮忙。有一段时间，我的生活很清贫，是这位老师帮助了我，他教了我很多学问，同时也教了我很多做人的道理。之前我去过的许多偏僻的地方，生活节奏都很慢，但港市却是个很繁华的地方，我适应了很久……”

他那时蜗居在如同收纳格子一样小小的房间里，偶尔会有一点儿庆幸——好在这个时候俞遥不在身边，不然就要和他一起吃苦了。

“还有山省和陕省交界的一个县，那边有一处年代久远的古村……”

俞遥在这如流水一样平缓的诉说中慢慢地陷入睡梦中，迷迷糊糊间，她想，江仲林是不是已经走遍了这个国家？她脑海中原本的如同一瞬间的四十年在这些述说下慢慢拉长，变成很遥远的距离。

江仲林走过那么多的地方，在他的这些旅程中，他或是孤身一人，或是和他的朋友，或是和他的同事、老师、学生，遇到的那么多人和事，都是她所不知道的，真是遗憾。

第七章

妻子的苦恼

01

新的一天，从孕吐开始。

早上刚起来，俞遥好好地刷着牙，就忍不住想要干呕。江仲林在门口看着，眼里都是担忧。他对这方面不是很了解，只好用做学问的认真态度研究起了网络上那一大堆的孕期资料。

俞遥没什么胃口地喝着白粥，又听到江仲林在阳台打电话，他在询问的大概是医生，问的是她的孕吐问题。

电话那边的是当了医生的他的学生，很耐心地为自己的老师解答疑惑，可惜那学生并不是专攻妇产科的医生，只能向他们介绍了一个足够靠谱的妇产科的医生朋友。

那位妇产科医生是一位四十多岁的中年男人，长得很胖，脸盘圆圆的，一双小眼睛在脸上笑得弯成两个月牙，看着有种说不出的亲切感。

“是这样的啊，孕吐呢，是正常的妊娠反应，虽然我这边可以开点儿药，药物能缓解一下这个孕吐，让孕妇好受一点儿，但最好还是不要多吃。关键还是保持心情开朗，不要太紧张焦虑，适当地补充维生素，哦，我这边也能开点儿孕妇专用维生素，不过孕妇平时还是要多吃点儿水果。”

医生仔细地唠叨了好一阵儿，又和江仲林交谈了一会儿其他相关的问题。医生看上去很好奇江仲林和俞遥的关系，但并没有问。俞遥觉得这胖乎乎的医生看了自己好几眼，那眼神有点儿奇怪，像是欲言又止。

快要离开的时候，俞遥忍不住问他："陈医生，你是有什么问题想问吗？"

陈医生不太好意思，笑呵呵地说："我也不知道怎么回事儿，觉得看着你很面善，好像在哪里见过，但就是死活想不起来。"

俞遥心想，陈医生不太可能认识她，她都消失四十年了，身边根本没几个熟人，而且这个医生才四十多岁，她消失的时候，这医生怕不是才几岁吧。

等一下，俞遥突然灵光一闪，不由得仔细去看陈医生的脸，越看越觉得这圆圆的脸确实有两分眼熟，特别是他憨憨地笑起来的样子。

她没说什么，神色如常地和陈医生告别，和江仲林离开医院。在回家的路上，她盯着那张扫描出来的陈医生的名片看个不停。那上面显示着陈医生的名字，叫陈闻睿。

可能是因为她的表情太奇怪了，江仲林问她："怎么了？"

俞遥扯了扯嘴角，哭笑不得地给他看陈医生的电子名片："我消失前带的那个班，班上有个小胖子就叫陈闻睿，我记得我还跟你说过他的。"

她当时在幼儿园带的那个班，班上三十个孩子，就数陈闻睿小朋友长得最胖，是个谁都能欺负的软绵绵的包子，老是哭唧唧地要几个老师来哄。

"你记得吧，我跟你说过，班上有个小胖子，他妈妈工作忙。那次他有点儿小感冒，他妈妈买了药，他不肯吃，他妈妈就拜托我们几个老师，让他在幼儿园里的时候好好吃药。然后我就买了样子差不多的糖，班上的小朋友一人一粒，给小胖子的就是药，他看其他小朋友都吃了，就乖乖地把那个药也给当成糖吃了，一骗一个准。"

江仲林记起了这回事儿，俞遥在幼儿园当老师，每次那些小孩儿发生了什么有趣的事或者闹出了糗事，她都会回来跟他说一说。

“要真是小胖子，这世界未免也太小了。”俞遥点着电子名片上陈医生的圆脸。

两个月前才到她膝盖的小胖孩子，现在成了一个年纪比她大的中年大胖子，啧。

陈医生拿着今天的单子翻了翻，看到俞遥的名字，忍不住皱起了眉，想着自己到底在哪里见过这个人。其实这也不是什么很严重的问题，不过那种隐隐约约隔着一层什么，好像马上就能想起来，却又怎么都想不起来的感觉实在是太令人难受了。

他到底在哪里，又是在什么时候见过这年轻姑娘呢？陈医生下班的时候还在思考这个问题。人有时候就是会这样，突然被一件小事给难住。

带着思考的表情回到家，陈医生的老婆从厨房走出来看了他一眼，好奇地问：“干什么？今天在医院碰到难题了？”

陈医生笑起来，说：“不是，是今天看到个病人，觉得很眼熟，就是想不起来在哪里见过。”

穿着围裙的女人笑着问：“是个年轻女人？”

陈医生一愣：“你怎么知道？”

老婆瞬间变脸：“陈闻睿，你胆子肥了，上班的时候看年轻姑娘！”

陈医生连连摆手：“不是不是，我哪敢啊，我就是真觉得奇怪，人家是个孕妇啊，跟我有什么关系。”他呵呵笑着走到老婆的身边，把她推到客厅坐下，“肯定是我感觉错了，我是真不认识她。”

他老婆笑起来，在他的脸上掐了一把：“谅你也不敢。”

夫妻两个从幼儿园就认识，小学初中高中大学都在同一所学校，是真正的青梅竹马。开了个玩笑后，他们上初中的孩子也放学回来了，一家人在餐厅里说说笑笑地吃饭。不知道怎么的，谈到父母的事，陈医生的女儿叹息："我同桌因为父母离婚了，说很羡慕我们家，你们感情那么好。"

陈医生的老婆慈爱地给女儿舀了汤，嘴里说："我跟你爸从几岁就认识了，幼儿园还是同桌，吵吵闹闹地一起长大，感情当然好了。"

陈医生听着，脑子里醍醐灌顶般地出现了一幕画面。他差点儿把嘴里的饭呛出来，赶紧扯了张纸捂住嘴。

他的老婆被他吓了一跳："你这突然的，怎么了？"

陈医生咳嗽了一下，说："我想起来了！"

他的老婆摸不着头脑地问："你想起来什么了？"

陈医生有点儿激动地说："那个我今天看到的年轻孕妇啊，我想起来为什么眼熟了。"在老婆的脸色变得难看起来之前，陈医生飞快地说，"她长得像我们幼儿园的一个老师啊，我记得我们那时候是喊她'鱼老师'的，她教了我们一年多，后来不是突然辞职了吗，我还哭了好久的。"

这么一说，陈医生的老婆也想起来了，瞪大了眼睛："啊，是鱼老师啊。"

陈医生一边说，还一边打开自己的终端翻找，可惜他没有找到那时候的老照片，最后还是他的老婆问了爸妈，翻出了四十年前的一张和鱼老师拍过的合照。照片是幼儿园的一个孩子生日时拍的，老师和同学们都戴着小帽子吃蛋糕，大家手里还都捧着红苹果。

陈医生指着照片里的俞遥，小眼睛都瞪大了，连声说："就是这个，就是这个啊！简直一模一样，完全没有变化的！"

陈医生的老婆看着这张多年前拍的照片，非常感慨："我那时候很喜欢鱼老师的，哎，陈闻睿，你还记不记得？你小时候跟我吵架，我们都想嫁给鱼老师，我不让你嫁，说我才要嫁给鱼老师，你还哭呢，后来我只好答应我们一起嫁给鱼老师，哈哈哈。"

陈医生尴尬地看了一眼旁边偷笑的女儿，心想，和老婆从小就认识的坏处就是，她会知道自己所有的黑历史，高兴或者不高兴都要拿出来翻一翻。

一家人看过照片，陈医生感叹：“说不定是鱼老师的女儿或者其他什么亲戚，长得这么像。”

他老婆说：“是啊，说不定呢。说起来，当初鱼老师突然就辞职了，再也没看到她，这些年也不知道她去哪里了。”

谈论了一会儿后，夫妻两人又说起了其他的话题。这个长得很像记忆里的一个老师的人，对于他们来说，只不过是平静生活中的一个小小插曲而已。他们当然不知道，当年让小小的孩子们思念了很久的鱼老师，正是今日遇到的这个陌生的病人。

俞遥躺在床上，也在对江仲林感叹：“当年我班上那么多孩子，现在都四十多岁了，全都比我大了，也不知道都变成什么样了，现在我们走在路上擦肩而过都认不出来了。小胖子也是，这么多年了，肯定也不记得我了。”记得她而她也记得的故人会越来越少。

她忍不住把手从自己的被窝里伸出去，钻到江仲林的被子里，抓到他的手，握住他的手指，瞪大眼看他。

江仲林对于这个巧合也很惊讶，见俞遥这样看着自己，侧过身子摸了摸她的脑袋：“你以前的一些朋友，除了杨筠，其他人我都没有联系了。要不要去给你问问，找找看他们现在都在哪儿，你想见他们吗？”

俞遥摇了摇头。要是想，她早就找了。她以前是有很多朋友的，不过那些都是一起吃吃喝喝到处玩的普通朋友。她最好的朋友只有杨筠这一个，其余的大多是因为工作和学习认识的，相识不算太久，很多都是一段时间不联系就渐渐疏远的普通关系。四十年过去了，恐怕没几个会记得她，更何况，大家年纪都大了，实在没必要再突然搞这么一出。不是好到和杨筠这样，俞遥可以想象得到再见面会有多尴尬。

因为是两床被子，两人的手握在一起，就会有一部分露在外面。过了一会儿，俞遥悄没声息地钻进了江仲林的被子里。

江老师：“……”

他稍微动了一下，从被子里伸出一只手。

俞遥窝在他的被子里说："哎哎哎，警告你啊，这种时候可不能做出错误的选择，否则会被打的。"

江老师："我把你的被子拉过来搭着，怕你待会儿觉得热了滚出去又盖不到被子。"

"哦，好吧。"

江仲林把她的那床紫花被子盖在上面，两人挤在一个被窝里，只占了半张床。俞遥往旁边的空位蹭了蹭，又拉拉江仲林，他只好跟着移了些位置，两人这才睡到了床中间。

老先生气质凛然，不可侵犯，俞遥突然想，要不是这样，她就直接动手把人拽到一个被窝里了，哪里会这样慢腾腾地挪来挪去。

"江仲林？"

"嗯，怎么了？"

"老公？"

"……"

"问你个事儿。"

"什么事儿？"

"这些年有没有人追你？"

江老师不敢说话，仿佛看到说了实话之后的无眠之夜。

"说话啊。"俞遥捏捏老先生的手指，催促他。

江老师想了想，用自己的人生经验推敲了一下现在应该有的反应："没有。"

俞遥听到他谨慎的语气，心里快要笑死了，可脸上依然很严肃："骗人吧江老师，你年轻的时候就长得俊，肯定有不少喜欢你的。"

江老师沉吟片刻，说："其实我从偏远的地方支教回来，又瘦又黑，一点儿都不好看，所以没人喜欢。"

俞遥："所以你不是不想找第二春，是因为没人喜欢你？"

江老师："……"原来她用的是这么迂回的问话方式吗？大意了。

俞遥再也忍不住，笑出声来。她挨着江仲林，他感觉到她的身体一颤一颤的，心里忍不住想，年轻人啊。

他伸出手在俞遥的背后拍了拍："睡吧。"

俞遥安静下来，埋在他怀里闭上了眼睛："嗯。"

02

每天的锻炼还在继续，每天的孕吐也在继续。只有吐得难受了，俞遥才会吃一点儿药，可惜的是，即便不吐了，她也没什么胃口。江仲林经常炖汤，但即使是撇去油花儿的清汤，只要有一点儿味道，她就喝不下。

没办法，只能每天换着口味比较重的酸辣的菜吃，没吃几天，俞遥嘴里就长了泡泡。

俞遥张大嘴，江仲林仔细地给她嘴里那个越长越大的泡泡喷药："不能再吃那么辣的菜了。"他一锤定音。

这事儿可就太令俞遥为难了，吃吧，嘴里疼，不吃吧，吃不下饭。

"我怀孕的时候喜欢吃那种酸杨梅和酸李子，没成熟的那种，你也试试。"杨筠给了她这样的建议。

然而鲜果超市里的水果全都是成熟的甜果，根本没有没成熟的。江仲林想到自己一个老朋友家的院子里种了李树，特地去了一趟，准备摘些回来让俞遥试试。

那朋友最开始得知江仲林要来摘李子还觉得很奇怪，也没听说过江仲林爱吃李子啊，而且还是没成熟的酸李子。后来江仲林解释了一下，得知是他怀孕的妻子想吃，那朋友露出了一个"老兄弟你可真行啊"的笑容。哪怕江老师实在看不下去那表情，解释了下孩子是当年怀的，老朋友仍旧一脸暧昧的笑容。

"行啊，你来摘，一树全摘去都行！我家那位每年都摘李子做李子干，你再拿点儿李子干带回去。"

虽然朋友很豪爽，可那表情实在让江老师太不好意思了。

“真的是穿越前怀上的……”

“我知道我知道，以前怀的嘛。”老朋友悄悄地用胳膊肘捅他，“兄弟，你这么老当益壮，是不是有什么方法啊，也教教我？”

江老师无言以对，良久，推了推眼镜，平静地说：“不抽烟，不喝酒。”

酒鬼大烟枪老朋友瞬间拉下脸：“你赶紧走，别再来了。”

“这李子酸成这样，怎么吃啊。”这么说着，俞遥抱着果盘连续吃了十几个青皮李子。江老师稍微试了试，感觉自己这口牙可能真的是老了，酸得都要掉了。

俞遥吃了一肚子的酸李子。吃饭的时候，她捂着腮帮子：“我的牙齿要酸掉了。”吃一口饭，她动了动腮帮子，“我的牙齿好像变软了，连饭都咬不动。”

江仲林把她的李子收了起来：“算了，不要再吃李子了。”

没过两天，他们的邻居聂文卿夫妻过来看望他们。聂文卿的妻子是个爽朗大气的性子，看到俞遥孕吐吃不下饭，就回家拿来了一坛自己酿的酸萝卜。

“这是我自己做的，很开胃的。我以前怀孕，我妈就做这种酸萝卜给我吃，据说我妈以前怀孕，我外婆也是做这个给她吃的，很管用。”

这个特制酸萝卜果然很开胃下饭，俞遥就着这个吃了两碗饭，把江老师高兴得也多吃了一碗。

俞遥的孕吐没有持续太久，一个多月后基本上就没再孕吐了。与此同时，她的饭量也在逐渐增长，江老师在短短的时间内从担心俞遥吃不下变成担心她吃太多。

吃完午饭，又吃了饭后水果，再吃了些甜点，俞遥摸摸自己的脸：“不能再吃了，再吃下去要变成胖子了。”她去量了量体重，发现增加了八斤，于是再度对江仲林强调了一句，“我确实不能再这么吃下去了。”

然而没过多久，她的手又摸到了邻居聂嫂子送来的蓝莓饼干。她拿了一块塞到嘴里，对上江老师看过来的目光，含糊地说：“我有点儿饿。”

就因为“有点儿饿”，晚饭前她又吃光了那一大盘的蓝莓饼干和一盘子葡萄。

当天晚上，俞遥又看到江老师在线咨询妇产科医生，他想知道孕妇这么吃会不会有什么问题。

俞遥撩开自己的针织毛线衫，不知道是不是错觉，她觉得肚子好像变大了，有点儿鼓出来了。于是她一把拉过旁边的江老师的手，让他摸摸看：“你看，我这肚子是不是显怀了？”

江老师仔细地端详了下，谨慎地说：“一般来说，四个月后才会开始显怀。”

俞遥：“所以我这肚子凸出来是因为？”

江老师：“可能是晚上吃得太多了。”

俞遥：“行吧，那我们睡前先消食，去外面走走？”

江老师当然答应。两人穿了外套出门逛，小区里的树开始掉叶子了，他们出了小区，往旁边一个小广场晃悠过去。

虽然已经过了四十年，但广场舞依旧兴盛不衰，不仅兴盛，而且“百花齐放、百家争鸣”：年纪大的老奶奶们组团跳怀旧舞；中年妇女们也拿一年前的流行歌曲跳舞；另一边，音乐一放，大家瞎跳交际舞。广场上，大家“三分天下”，井水不犯河水。

俞遥看到不少老头儿老太太在跳交际舞，问江仲林：“你跳过吗？”

江仲林摇头：“没有。”

以他的性格，让他坐在树下跟人说说话下下棋还可以，让他到这么多人的广场上和陌生老太太跳舞，确实不太可能。

俞遥饶有兴致地看大家高高兴兴地跳舞，在三个方阵里看到了眼熟的邻居们。其实大家能这么开心地在一起跳舞，哪怕喜好不同，也很好。

小广场上有人在卖烤肠，非常香。

眼看着俞遥径直往小摊那边走，江仲林看了眼她的肚子。也许是察觉到江老师的视线，俞遥回头讪讪地说："我就看看现在的烤肠和以前的有什么不一样。"

她说是看看，眼神里都写着"好香""好想吃"。江老师看不下去她这个馋猫的样子，主动买了一根给她。俞遥一边吃还一边说："其实我根本没准备吃东西的，本来就是出来消食，再吃，回家就不好睡觉了。果然还是不能出来走，好歹家里没烤肠。"

江仲林看着她鼓起的腮帮子，觉得好笑，牵着她的手回家："算了，你想吃就吃吧。"

03

四个月过后，俞遥的肚子果然开始慢慢变大。

俞遥以前没有午睡的习惯，但怀孕之后，慢慢地，中午就多了午睡的环节。天气热的时候还好，中午睡一个多小时，下午更有精神，但天气凉了之后，江仲林总是担心她会不小心感冒，于是一直很注意调控屋子里的温度。

俞遥从一场沉沉的午睡里醒过来，把手伸出了被子，外面也很温暖。她坐起身抓了抓有点儿凌乱的长发，低头摸了摸肚子。可能是有点儿渴，她往常要睡两个小时，今天一个小时就醒了。

她抬起头，刚想起身去倒水喝，忽然有点儿惊讶地发现卧室通往书房的那扇门被关上了。这扇门一直以来都没关上过，现在怎么关上了？

俞遥穿着睡衣下了床，随手拿发圈扎了头发，走到那扇门前，隐约听到了书房里江仲林的声音。

他在跟人说话，有客人？

俞遥推开门，推拉门轻巧地往右滑开。书房里，江仲林背对着她，站在一块好像是教学用的白板前，正在上面写着什么。书房里除了他并没有别人，他也没在说话。

江仲林没有发现俞遥。俞遥想了想，轻手轻脚地走过去，站在江仲林的身后，看他在写什么。

江仲林一转身，被凑近的俞遥吓了一跳，手里的笔都差点儿掉了。

俞遥看他的字，觉得他的字特别好看——毕竟是多年写钢笔字练出来的。她忍不住笑着调戏了句："老公，你的字比我的好看多了。"

江仲林被她这句话呛得咳嗽了一声，然后低头看了看手表上显示的时间，说："不好意思，时间也差不多了，我们休息十五分钟再继续。"

俞遥觉得他这句话不太像是对自己说的，莫名其妙之余，有种不太好的预感。她往房间四周看了看："你跟谁说话？"

房间里没有任何异样，江仲林默默地按了一下自己终端上的关闭按钮，俞遥看到了投影出来的一个坐满了学生的大教室，学生们都正目瞪口呆地看向她。

投影消失后，俞遥："……"

"你醒了，今天怎么醒得这么早？"江老师毫无异样，温和地询问道。

可是俞遥的脸都僵住了，她指指刚才消失在另一个墙面上的教室投影："那是什么？"

江老师说："海大那边希望我临时加一次课，师兄来拜托我，我不好推辞，又不放心你一个人在家，就选了线上教学。"

线上教学？俞遥一下子明白了，吸了一口气："所以刚才，你是在上课，那一教室的学生都能看到你，也能看到我？"

江老师默默地点了点头。

"我只开了显示我这边的投影，没有开教室那边的投影，所以你刚才没看到学生们。"按照以往的习惯，俞遥起码还会再睡一个小时，那时候课都上完了，但没想到今天俞遥会突然提早醒过来，正好撞上。

俞遥捂了一下脸，扭头往门外走。走到一半，她转身看江仲林，有点儿尴尬："刚才……我直接叫了你老公。"

江老师听懂了她的意思，安慰她，说："没关系，你本来就是我的妻子，没有叫错。"

俞遥一副事情超出预期的表情："可你的一世英名……你晚节不保啦！"

江老师笑出声，摇摇头："我没什么英名，我只是个教书的而已。"江老师跟着她一起往外走，"你今天醒得这么早，是饿了还是没睡好？"

俞遥看他这么坦坦荡荡，也就把刚才的事儿暂时忘了："我是渴了，你不是还要上课吗？赶紧去，我自己倒水喝。"

江老师笑笑："没事儿，还有十分钟休息时间，我给你洗点儿草莓。"

此时此刻，海大的某个教室里，所有的学生都傻了。他们面面相觑，然后一个女生尖叫一声："啊啊啊刚才那个是谁啊！她叫男神什么？！"

一个戴着眼镜的斯文男生呆呆地吐出一句脏话，还没回过神来。

抓着自己终端的男生愣愣地看着已经黑下去的讲台位置，还有点儿茫然："发生了什么刚才？我就低头刷了刷微博而已，就听到个妹子的声音，江教授家里有妹子？"

"关键是这个吗？！"他的同桌一声大喊，"那个妹子穿着睡衣拖鞋，管我们江教授叫老公啊你没听到吗？"

"啊啊啊老公被抢走了我也要叫男神老公！"

"这话你敢对江老师当面说吗？"

"我不敢啊！呜呜呜……但是刚才那是谁啊，她怎么叫江老师老公啊，她是不是师母啊，师母看上去未免太年轻了吧？我不相信！啊！这是怎么回事？一定是我上课做梦了！"

"其实我之前看到过这个漂亮姐姐，先前她来过学校的，江老师还亲自给她买麻辣香锅……"一个女生弱弱地说。

接着又有一个男生，用和江仲林一模一样的姿势推了推自己的眼镜，很冷静地说："其实，我先前听说过一个关于老师的传闻。"

所有人都用渴求秘闻的眼神看向这个男生。

男生翻了一页书，露出神秘的微笑："但我不敢说，大家还是自己去看吧，地址发群里了。"

海大论坛里有个神奇的版块，这个神奇的版块充满了各种校内恩怨情仇和校外八卦传闻。上到国际热点新闻，下到经常流窜在女生宿舍的那只野猫，都会在这里被讨论——一路飘红还被标注"爆"的那种，由此可见，这一届的海大学生的日常生活是多么的空虚无聊。

就在这一日的下午，闲着无聊打开校内论坛的学生们都发现，里面多了很多条毫无内容或主题，让人看着满头雾水的帖子，这些帖子的主楼都是"我要疯了，我真的要疯了，你们看到没有？""我不相信，这到底是怎么回事儿？""那个突然出现的姐姐到底是哪个？"之类的话，表现出了发帖人思绪的混乱，大片"啊啊啊"组成的结束语更让围观路人看得不明所以。

"姐妹，兄弟，发生了什么大事，不能说清楚吗？这么吊人胃口？"有人忍不住跟帖询问，还有很多同样以"啊啊啊我也看到了我不敢相信"这一类句子回复的人，这些激动之情溢于言表的楼主和层主仿佛接头一般说着只有他们才能懂的信息，更是让一众围观人群好奇得抓心挠肝，越来越多的人跟帖询问发生了什么。接着，有技术流的学生追溯ID（身份识别号码）和地址，发现了一件事——所有"症状"一致的发帖人和层主都来自文学系。

"文学系怎么了，集体疯了吗？"

"我室友是文学系的，今天上完课回来后就神思不属，一脸恍惚，我们跟她说话她都好像听不见。我还以为她跟男朋友分手了，结果发现隔壁宿舍的一个文学系的妹子也是这个样子。"

"我们隔壁宿舍全都是文学系女生，刚才我听到隔壁爆发出一阵尖叫，现在那边好像传出了什么东西摇晃床架的声音，哐哐的！吓死人了！”

“楼上的，你们文学系女生集体中邪？”

“楼上的兄弟，这你就错了，我们男生宿舍也有人好像疯掉了。我们宿舍那个大佬，高贵冷艳，说话出口成章，一柜子的文学典籍。就刚才，他下课回来，一声不吭，把我们的桌子拼到一起，铺开白纸，用毛笔在白纸上写了一个大大的‘佛’字，还把它挂到我们宿舍的墙壁上了。现在，我们一边擦桌子，一边讨论他老人家是不是终于看破红尘要出家了。”

“嗯，我们宿舍的两个文学系兄弟虽然没有夸张到写‘佛’字，但他们两个一直在默不作声地刷论坛，不是这个海大总论坛，是他们文学系内部的私密论坛，不是文学系的进不去，他们一边刷还一边抽气，用一种很微妙的目光看着彼此。我觉得这个场面非常暧昧，让我看不下去了。”

“我被你们说得越来越好奇了，究竟发生了什么啊，就没有文学系的来爆料一下吗？到底是什么惊天大秘密，不能转出来给大家看？我真的快要好奇死了！快，等一个好心人爆料！”

“我不是文学系的，但我室友跟我说了点儿，现在我也有点儿恍惚，觉得不敢相信……”

“揪住楼上的，你不能跑，快给大家分享一下！”

“不要等爆料了，文学系妹子表示，现在文学系的私密论坛也是一团乱，大家都快疯了……”

越来越多的人注意到了文学系的异常，在八卦的学生们的努力挖掘下，有人追本溯源，发现一切混乱都是从今天下午一堂线上教学课开始的。又有知情人士透露，这一切都跟江老教授的秘密有关，而且那还是一个很微妙的秘密。

江老教授？江仲林教授？哪怕在海大，也不是所有学生都认识这位江老教授，毕竟不同系别有时候简直是不同的世界。只是江老教授在海大任教多年，是历任文学系学子们公认的男神，还有人曾扒出江老教授年轻时的照片，让江老教授帅出了系，才让不少系外的学生记住了。他那张穿着白衬衫微笑的照片，至今还挂在学生们私建的校内老师颜值榜单上，每年评选校草时，还会有人发出那张照片供新学子瞻仰，引得无数学生赞叹，老男神年轻的时候也是真男神。

“啊？江老男神怎么了？爆料怎么不干脆说清楚啊？江老男神能爆出什么料啊？虽然我不是文学系的，但经常去教师楼那边，每次看到江老男神，都觉得他温和正直，就是个谦谦君子，他还能有什么料？别吓我，要是他的人设都能崩，我就再也不敢相信爱情了！”

“嗯……我刚才听到两个文学系的女生说话，好像有什么‘江老师’‘家里’‘年轻妹子’和‘老公’之类的关键词，所以我现在有个大胆的猜测……”

“楼上的猜测就是那个江仲林教授跟哪个年轻姑娘有一腿？我刚看了校内资料，他六十五了吧。这么大年纪还找小姑娘我也是服了，该不会还是他的学生吧？要是真的那可就是丑闻了。”

“我觉得不可能吧，江老教授看上去不是这种人……”

“有什么不可能的？知人知面不知心嘛，不是说看上去越衣冠楚楚的心里就越变态吗？现在这年头老色鬼一点儿都不少见。”

因为捕风捉影胡乱猜测的人越来越多，很快校内总坛也变得乱七八糟。各种“求内幕”的帖子占领了首页，更不乏一些恶毒的猜测，几乎是片刻间就引起了一场论坛厮杀。

所有嘲笑的、恶毒的、语气嘲讽的都没能蹦跶多久，突然就被拥进来的一大堆人围攻了，后者无一不出自文学系。文学系的学子一窝蜂地踏上战场，有遣词造句讲究、不带一句脏话的，有洋洋洒洒地教育不要传播风言风语的，有打字飞快、骂战娴熟，简直像压路机的，把所有涉嫌诋毁江老教授的外系学生全都堵得不敢出声。

路人津津有味地围观，还有人非常有闲情逸致地把这些骂战截图精选出来，供大家欣赏，引来一片“不愧是文学系，骂人都这么风雅！”“服了这个言辞犀利的学妹了，简直想雇她帮我上微博吵架，感觉有她在手，微博上的对家再也赢不了我了！”的感叹。

“啧啧，太可怜了吧，要被这样围攻，其实这位兄弟也没说什么啊，随便猜测一下而已，不至于闹成这样吧。”

“楼上的你不懂，江老教授是他们文学系之光，是他们文学系一宝，他教出了多少学生你知道吗？文学系的教授里都有他的学生，编派他老人家，那不就是捅了文学系的马蜂窝吗？还想全身而退？不可能的，只在论坛骂一骂，那都是轻的。”

“是的，江老教授确实是他们文学系的老男神。我朋友，一个文弱的文学少女，平时从不跟人吵架，就在刚才，她满面杀气地跑到论坛跟人吵架了，我都不知道她爆发起来这么可怕。”

“所以说闹了这么久，还是不知道究竟是什么大秘密引来了飓风海啸啊，围观好久了，真的好奇疯了，想跑到教师楼去围观那位传说中的江老教授。”

“楼上不用想了，江老师他去年辞了文学系主任一职，现在挂了个名，隔一段时间才回来学校上一次课，其余时间都在家，想围观他，很难。而且我保证，你要是真看到他了，肯定不敢围观，只能乖乖叫老师，像小学一年级的时候看到班主任一样乖巧。”

“这么夸张吗？讲真，我在海大两年，还真没见过这位江老教授几次，他老人家也太低调了吧，要不是这次，我都不知道咱们学校还有这样一位大佬啊。”

“是的，江老就是很低调的，他又从来不上论坛，是一心搞学问的高级学者，不哗众取宠，有山一样的沉稳和海一样的胸襟，包容又善良……”

“楼上是‘江吹’文学系学生无疑。”

“哇，围观了一下，感觉你们文学系是不是在搞什么邪教啊，狂热粉好吓人！”

“不是狂热粉，维护江老师是我们文学系徒子徒孙的责任。”

“没错，保护我方老男神！”

总论坛里的混乱发酵了一天，还是没有人爆出具体发生了什么，让人不得不感叹这些文学系的家伙的嘴怎么这么严。

在好奇心的驱使下，许多学生摸进了海大教师主页，寻找江老先生的资料。海大的各位教授和讲师都在校内网建有主页，上面有各种关于老师的基本资料，老师们能在上面发布各种消息，学生们也能在上面给老师留言互动。年轻的老师里比较活泼的还会在上面发出自己的生活照，甚至还有本职是教德语的老师在上面教大家做法国菜，本职是教数学的老师在上面教大家摄影，还有的老师会在上面写段子、发可爱的宠物的照片。

在这一片活泼生动的教师主页里，江仲林，江老教授的主页，真是十分严谨且简洁。上面只有那些没有一个字是废话的各种文学资料、他历年教学资源总结以及一大堆头衔，光扫一眼就能知道这是个认真到有点儿无聊的老头子。

“逛了一下江老师的主页，我现在觉得自己不该怀疑这种根正苗红的老先生，我还是静静等一个最终结果吧。”

“我也是，看了一圈江老师的主页，不敢拿这种……这种老教师开玩笑了，有种羞愧感。”

“看过老男神年轻的时候的帅照，男神年轻的时候好看到我想嫁，然后我发现现在的江老男神也好好看哪，气质超群，比年轻小男生有味道多了，呜呜呜！”

乱哄哄的一天过后，文学系的论坛终于平静下来。与此同时，校内总论坛，十几位早已毕业的文学系学长学姐们真身上阵，联名在总论坛上发了个辟谣帖。

04

关于江老师的课上突然出现的神秘年轻女子，在江老师宣布下课休息后的十几分钟内，迅速刷爆了海大文学系的内部论坛。一众学生疯狂呐喊后，一位早已毕业多年，正在跟随导师做学问的学姐幽幽地出现，确认了神秘女子的真实身份——那是师母，江老师的妻子，结婚四十多年的那种。

这一句话让学生们都傻了。啊，所以师母其实已经六十多岁了吗？但……但她看上去超年轻！

不等他们继续发疯，又一位学姐转发了一条前阵子引起过轰动的新闻到这个帖子里，新闻标题是《第五位穿越者——一名穿越四十年的二十八岁女子》。

虽然她什么多余的话都没说，但一切已经尽在不言中。大家都知道，江老师是结过婚的，据说妻子四十年前就死了，或者说失踪了。

两相对照，再加上不断有知道内情的学姐学长们出现并确认，文学系众学生这才相信了。这种罕见的穿越事件竟然就出现在自己的身边，而之前竟然毫无消息，江老师也瞒得太紧了！要不是突然出现了这种意外，他们恐怕还不知道这事儿呢。

“大家不要刻意去传播，最重要的是不要发任何江师母的信息和照片。江老师申请过信息保护，任何泄露了江师母具体信息的内容，包括照片、视频等等，只要提到了名字、住址之类的信息都会被删。为蹭热度而恶意发布的，江老师有权起诉。我是因为去了今年的文协旅行，所以才会看到过江师母，当时江老师就跟我们说过，尽量不要曝光师母的身份，希望她能有安静的生活，不被人打扰。”

有感性的文学系妹子看到学姐这番话，脑补出了男神失而复得，但又要面对昔日爱人容颜不变这一现实的复杂心情，顿时忍不住哭出声：“这也太惨了，男神一定很难受！”

“嗷嗷对啊我换成自己一想都难受得受不了！我觉得江老师肯定很爱他的妻子，他四十年都没再娶啊，而且刚才你们注意到没有，妹子，不是，师母出现的时候，江老师看着她时的表情多温柔啊，我现在想想真的要哭了！”

“为别人的绝美爱情而哭泣！”

师姐再次回复："这个没错，江老师确实对师母很好。我们农庄旅行那次，师母跟我们一起摘橘子，她转身的时候，江老师就拿着她给他的橘子静静地站在原地看着她的背影微笑，是那种不自知的笑。后来师母爬到树上去摘，老师也担心得要命，在树下不停地抬头往上看，一副想叫她下来又怕她不高兴的表情。"

这些爆炸性的消息导致江仲林江老师的第二节线上课上，完全没有学生能静下心来认真听讲，很多学生偷偷刷论坛，更多的妹子看着江老师就忍不住擦眼泪，完全没听清他讲了什么内容。只有此次事件的主角江老师非常淡定，仿佛什么都没发生过一样继续给他们讲课。

在这节课的最后，江老师推推眼镜，打开教室那边的投影，看见这些年轻学生立刻坐直身体假装认真听课的样子，温和地开口说："大家课后写一篇今天这堂课的总结。"

完全没听课的学生们心中一颤，随后冷静下来，感恩地想：还好上课有录屏。

但江老师又接着说了一句："这节课没有录屏。"

众学生："……"什么？等等，不是啊，江老师不是这样会"斩草除根"的老师啊！他怎么不给我们这些可爱的孩子留活路了？！

等江老师笑着向大家点了点头，关掉了课程链接，学生们还回不过神来。

良久，一个学生举起自己的终端，愣愣地说："总论坛上有人骂江老师。"

所有人一瞬间看向那个学生，接着杀气腾腾地拿出终端刷论坛，作业什么的还是待会儿再说。

海大论坛因为江老师的事闹得翻天覆地的时候，江仲林坐到俞遥旁边的沙发上。

俞遥将目光从电视屏上转到他的身上，问他："这节课肯定没有学生听讲吧？"

江仲林点头："嗯，都不太认真，所以给他们留了作业，让他们写这节课的内容总结。”

“哇，我以前最讨厌这种老师了，太坏了吧！特意挑这种时候让写相关作业！”俞遥这么说着，眼里笑意浓郁。

江老先生笑着摇摇头，叹息道：“这些小孩子，说聪明吧，都很聪明，就是太坐不住，注意力很难集中。”

俞遥为他口中那些聪明的小孩子担心起来：“那他们完不成作业怎么办？”

老先生有些难得的调皮，眨了眨眼睛，显得十分无辜：“我只是给他们上几堂额外的扩展课，本来就是没作业的，就算完不成，也没关系。”但他知道，那些孩子都很尊重他，所以“咬着笔杆努力回想课堂内容”这种环节是不可避免的。下次上课他们就会明白，要好好听老师讲课，其他事留到课后再说不迟。

海大论坛里骂战纷飞流言四起的时候，完全不会上论坛的江老师正在和妻子一起吃晚饭。江老师的胃不太好，早年太折腾了，医生让他吃饭要细嚼慢咽，江老师现在就慢吞吞地吃饭。眼看着对面的俞遥开始吃第三碗，可能是因为和胃口好的人在一起吃饭，他感觉面前的寻常饭菜也变得很香。

以前他一个人在这里吃饭，每天都觉得没什么滋味。

“不行哪，你这个手艺没怎么进步。”俞遥啃着一颗紫花菜，批评他的手艺。吃了几个月，她终于忍不住了。

虽然当初江老师和俞遥结婚，被母亲告知“当个好男人就必须和媳妇儿一起做饭”，于是看了好长一段时间的菜谱，磨炼手艺，但后来俞遥不在了，他大多时候都很凑合，有一段时间在食堂吃，有一段时间吃外卖，有一段时间随便吃，还有一段时间什么都不想吃，所以真正稳定下来开始每天做菜也是近些年的事儿。

他一个人生活，做菜手艺过得去饭菜能吃就行，不太在意这个。不过现在，他不在意好像不行了，因为俞遥说不好吃。

好吧，落下了多年的厨艺，总归还是要重新练起来，还是没法偷懒，江老师想。

夫妻俩洗洗上床准备睡觉，江老师打开终端找菜谱。

那会儿，海大总论坛上的多人联名辟谣帖子刚刚被发出来。辟谣帖子的发起人是文学系已毕业的一些优秀学生，他们简单地描述了此次事件的前因后果，把事情解释清楚了，后面全都是大写加粗的警告：不允许泄露江师母的信息，不允许围观，不允许造谣传谣，等等。

在这帖子下面，没猜到事情会是这个发展的围观学生们纷纷表示目瞪口呆，慢慢地帖子底下出现了越来越多的老师，甚至各系主任，最后校长也出现了。

“江老教授作为我校知名教授，人品高尚，在全国范围内也是知名学者，我希望大家尊重他的私人生活，不要违背他的意愿去打扰。我希望大家都能理智地对待这件事，多一分理解和宽容。”以养猫为爱好，多年来差点儿让猫占领学校的校长，这一次难得十分严肃地发表了声明。

这个声明帖子最后引出无数层“留名打卡”，显然，事件已经快尘埃落定。这时，翻看着菜谱，还没睡着的一对老少夫妻已经从床上爬了起来——因为俞遥看着那些菜谱，看着看着就感觉饿了，要爬起来煮面当夜宵，江老师也就跟着她一起起来了。俞遥赶他去睡觉，无果，只能把自己煮的面分给了他小半碗。

俞遥吃自己煮的面，一边吃一边摇头，说不好吃。她的手艺其实和江仲林的差不多，两人半斤八两。随着肚子和胃口一起变大，俞遥的口味也挑剔起来。

他们两个决定，从明天开始，一起研究菜谱，共同提升一下做饭手艺。

“鉴于你之前没有丝毫进步，现在我们一起学，还是站在同一条起跑线上的。”俞遥拿着菜谱对江仲林申明，“所以等孩子出生的时候，我的厨艺可能会比你好一大截。”

江老师掐着小白菜，认真地赞同她：“你说得对。”

俞遥觉得身上的围裙系带有点儿紧，松了松，同时谴责身边的老先生：“你怎么一点儿斗志都没有呢？”

江老师：“……”好像莫名其妙就比起来了，然而他好像根本就没说过要比，年轻人就是喜欢这种比拼啊。

他迎上妻子的目光，终于拿出了一点儿斗志：“好吧，我努力不输。”

俞遥看着他，觉得他是个会微笑着说“我认输”的认命型选手，毫无斗志。看来，想改善伙食只能自己动手了，这个喜欢清炒小白菜和清水蒸南瓜的老江靠不上。

结果，他们晚上出去散步时，江仲林竟然特意向各位邻居大姐询问了做菜技巧，俞遥甚至在洗完澡出来时看到这人在书房里面手抄菜谱。

“你在干吗，菜谱不是有电子版的吗，为什么要再手抄一遍？”俞遥无法理解。

江老师抬头跟她说：“加强记忆，这个电子菜谱上的做菜过程太复杂，我精简一下，摘抄重点。”他用好看的字体摘抄，时不时还停下来思索一下，那架势好像在记录什么了不起的资料。

俞遥觉得自己输了。不就是做菜吗，为什么要拿出你搞学术的派头来？！他们家这老头儿根本不是毫无斗志，简直斗志昂扬！

第八章

学生拜访

01

俞遥来到这个世界，住进这个家里已经几个月了。她很少见到拜访者，就是邻居们都很少上门，清净得让她有时候觉得自己和寻常人根本没区别，并不是个穿越了四十年的神奇怪胎。

但她看到江老先生的时候又会很清楚，自己之所以有这么清静的生活环境，都是因为面前的这位先生。因为他知道她心底那些穿越带来的不安，所以努力地为她融入这个新世界创造条件，尽量不让人打扰她熟悉新世界的过程。

不过，在她突然出现在老江课堂上而意外暴露身份后的第三天，家里来了客人。

这是五个似乎约好了同来的人，四男一女，看样子年纪在三十岁到六十岁之间，身份是……江老师的学生。嗯，都比她大。

俞遥打开门，看向门外这几个衣着打扮得体、手里提满了礼物的陌生人，还没问他们是谁，就听到他们喊她师母。

俞遥："……"

于是她只能朝他们笑笑，然后召唤江老师："老江，你的学生来了！"

在书房里找东西的江仲林很快就出来了，看着陆续进门的学生们，露出诧异的神色，然后就用带了点儿不赞同的目光望着几人，好像在看自作主张的孩子。

为首那个年纪大的男人立刻笑起来：“师娘回来这么久了，我们还不过来看看，实在太不礼貌了。”

江仲林只好无奈地说：“都进来坐吧。”

几个一看就事业有成的男女这才放下礼物，各自坐下。俞遥很自觉地去厨房给他们倒茶，江仲林也进了厨房，接过了她手上的活计，跟她说：“他们很快就会走。”

俞遥又拿出水果来洗，笑嘻嘻地看他：“你的学生过来看你，多留会儿不好吗？当人老师的怎么能赶人走，太不礼貌了，江老先生。”

她从水里拿出自己的手，把一点儿水花准确地弹到老江先生那皱起的眉上：“放松点儿，我让人看一看又不会死，你这么紧张干什么。”她有时候觉得，老江先生把她当成了一个古董瓷碗，还是有裂缝的那种，再稍稍磕碰一下就会彻底碎了。

他们端着茶和水果出去，几人连忙站起来接过他们手里的东西，嘴里纷纷说：“老师，师母，不用这么客气的，我们一会儿就走了，就是好久没来了，过来看看老师身体怎么样。”

欲盖弥彰，俞遥想，你们明明就是来看年轻师母的。

被江仲林带着坐到自己平常坐的沙发上，俞遥毫不意外地发现这几位都在有意无意地偷瞄她微微凸起的肚子。因为天气太冷，虽然室内有地暖，她还是穿着宽大的毛衣，所以肚子的凸起格外明显。

看得出来，这几位年纪比她大的学生都正压抑着各自心里的惊奇和激动，在江仲林一一看过他们的时候，他们都表现得正直而冷静。俞遥看着他们坐成一排的姿势，莫名想笑，只好端起水杯压了压笑意。

江仲林向俞遥介绍这五人：“都是我的学生，这是徐兴明。”

年纪最大的徐兴明对俞遥和气地笑，神情大方和善，看着是个擅长交际的人：“哈哈，我实在是让老师失望了，虽然老师尽力栽培，但我呀，‘孺子不可教’，现在就是在教育局任职，做点儿微末的事而已。”

俞遥看到徐兴明旁边那个四十多岁的男人露出嘲讽的眼神：“师兄不用这么谦虚，如果你做的都是小事，那我们这几个根本就什么都不算了。”说完，他看向俞遥，自我介绍说：“我叫成谦，是个作家。”

接下来也不需要江仲林说，剩下几个一一自我介绍。唯一的女士叫罗蓉，四十多，也是个大学教授，只不过不是海大的，是隔壁省的。坐在罗蓉身侧的男人叫郭童，和罗蓉是夫妻，他们是同一届的，郭童的职业是摄影师。最后那个最年轻的男人叫刘瀚然，也是个作家。

“你们自己平时都很忙，不用特地过来。”江仲林语气温和地对几个学生说。

“不忙不忙，刚好最近有时间，就和几个有空的师弟师妹约好一起过来了。”年纪最大的徐兴明一张笑脸。

而罗蓉女士好像有点儿忍不住，问道：“老师，师母什么时候生啊？肚子看着有点儿大了，准备在哪里生？我有个妹妹在省医院当医师，要不我给她打个招呼吧。”

她旁边的郭童用手轻轻撞了她一下，表示她的话题跳得太快了，然后自己赶紧说：“还没恭喜老师呢，师母回来了，又有了孩子，老师真是苦尽甘来。”

江仲林看着他们互相做小动作用眼神交流的样子，说：“你们不是都发消息恭喜过了吗？”

郭童顿时露出个“老师这么堵我让我怎么接话”的表情，尽力给自己挽回尊严：“我是说还没有当面恭喜过老师。”

俞遥忍不住笑出了声，又垂下眼轻轻咳嗽了声，权作掩饰。

江仲林也笑了一下，对那年纪最轻却黑眼圈严重的学生说：“瀚然，我听方顷说你这段时间在修书，忙得不可开交，怎么也过来了？”

被点名的刘瀚然放下手里的茶杯说：“老师，我那书整理得差不多了，方师兄还帮我看过，说不错，等我修改好第三版了，再给您看看。”

江仲林点头，温声道：“你能耐得住性子了，很好，比以前有进步了，这一本我给几个老友看过一部分，他们都说不错，你要好好打磨。”

“老师果然偏心师弟，我们这几个年纪大的就不管了。”看上去有点儿高傲的成谦突然说，虽然话像是玩笑话，可俞遥听着，觉得他话里似乎有点儿怨气。

江仲林定定地看了成谦一眼，脸上的笑容淡去，眼神里有种少见的锐利之气：“你那篇文章，我不给你推荐是因为确实不合适，就算我厚着老脸替你推上去了，也会被打下来的。成谦，你该去看看自己十年前写的那些，再看看现在的，看看你丢失了些什么。”他缓缓说道。

成谦脸上立刻露出了尴尬还带点儿不甘的神情。

俞遥不知道这师生两个因什么事闹了矛盾，但看看神色严肃的江仲林，和不敢开口的其他人，就觉得气氛沉闷，便伸手从果盘里拿出个大草莓塞到江仲林手里。

江仲林看她一眼，没再说什么，神色又恢复了温和，只对成谦说：“你再回去好好想想吧。”

成谦显然不高兴，可又不敢再说什么，只能站起来憋着怒火告辞，口气生硬地说：“不好意思，老师，我还有事儿，就先走了。”

等他离开，罗蓉女士翻了个白眼，毫不掩饰自己的厌烦：“咱们这位成谦师兄，心高气傲，从来不肯听老师的，要我说，老师你就该狠狠骂他一顿。这回非要跟我们一起来，我还以为他改过了呢，没想到还是那个德行，都不想理他。”

江仲林摇头，眼里有些失望的倦色：“我和他谈过两次，他执迷不悟，我也没有办法。”

俞遥在一边静静地听着，能猜出些什么，不过没插话，就这么看着江仲林。这样的江仲林她还没见过呢，有些……新奇。

注意到她的视线，江仲林转头看她，声音更加柔和了：“是不是累了，你去房里休息？”

俞遥摇头：“我什么都没做，有什么好累的。”

“老师太紧张师母了吧，我们就是特地来看师母的，多看两眼，也免得以后在外面见到了不认识师母啊。”郭童打趣。

江仲林觉得好笑：“你们之前不是说特地来看我这个老师的？”

郭童：“老师你为什么总是堵我一个人的话！”

他的妻子罗蓉幸灾乐祸：“你活该，老师是这么多年堵你的话堵习惯了，谁叫你当年最皮。”

一时气氛好了许多。

没过多久，几个人果然都告辞了，没有久留。

江仲林收拾茶几上的茶杯，俞遥伸手把他扯回来坐下，迅速抬腿架在他的双腿上不让他起身，撑着下巴看他。

“江老师，没想到你还会训斥学生呢。”

江老师手里拿着两个空茶杯，起不来，只好说：“我好歹是当老师的，他做得不对我当然该告诉他，他早些年不这样，诱惑太多，他守不住本心，和以前不能比了。”

俞遥哦了一声，接过他手上的空杯子：“老师，我觉得你凶起来真帅，你再凶一个我看看？”

江老师：“……”

江老师这些年带过的学生并不少，学生们之间也都有联系，平时最活跃的那个联络群里，罗蓉发出了今天拜访老师、师母的事，引来了众人的围观。

“罗师姐真厉害，明知道老师不喜欢人去围观师母还敢去，我是不敢去。”

徐兴明难得在群里发言：“她哪有那个胆子，他们夫妻两个是拉着我一起才敢去的。”

“徐大佬！不许走！你也去了，老师应该没生气吧？师母怎么样，怀孕的消息是真的吗？”

郭童也出现了，语气欢快："哈哈哈我今天看到老师在师母的面前烬了，他差点儿对成谦发火，师母给他塞了个草莓就让他闭嘴了哈哈哈！别人金屋藏娇，咱们老师这是书屋藏娇，大家不相信可以自己去看，反正有师母在，老师不会生气的。"

突然，郭童的消息下面出现了一个名为"江仲林"的ID，这个ID说："都不用过来探望，你们师母怀孕了，容易累，见太多人不合适。"

这个名字一出现，方才欢快的各种刷屏瞬间停滞，一时间有种诡异的安静，仿佛大家全都掉线了。

只有郭童犹犹豫豫："不是老师吧？我记得老师不在这个群里的，你是谁？竟敢乱改ID吓唬师兄！"

然而他很快看到师弟刘瀚然发了个乖巧的表情，小师弟捅了师兄一刀："就是江老师，我刚才把他加进来的。"

[系统提示：郭童撤回了一条消息]

江仲林："我已经看到了。"

02

俞遥看到江仲林拿着个人终端发消息，瞄了一眼，发现似乎是他的学生群，不由得把被子一拉，凑过去看。她伸出手指，往上滑了一下，看到之前其他人说的，乐不可支，把终端从江仲林手上拿下来："我来我来，让我来。"

江仲林松手，让她把终端取了过去，俞遥一边看着他们起哄，一边对江仲林说："你的学生们都挺活泼的嘛，这个郭童，被你吓得都直接退群了哈哈哈！"

江仲林肯定地说："他现在一定在私聊他的师弟，质问为什么要把我加进群里。"

显然，做老师的很了解自己的这些学生，俞遥好奇地问他："我看你挺喜欢这个郭童的，怎么老故意逗他？"

江仲林想起了些什么，很是无奈地摇头："这孩子年轻的时候很不着调，爱闯祸也爱捉弄人。"

俞遥对于自己没有参与过的有关老先生的往事都很感兴趣，追问道："怎么了？他做过什么事让你记忆犹新？"

江仲林："这孩子当年撬开过我的门，在我这里抱走了几本书。"

俞遥眨了眨眼："撬你的门锁？"

江仲林："当时我住在学校的宿舍楼里，距离学生宿舍不太远。"

其实俞遥觉得还好，毕竟她自己是个更出格的，但面对江老先生，她露出个谴责的表情，接着问："那他后来还回来了吗？"

江仲林："他炫耀完就还回来了，还顺便给我换了把新锁，跟我说这个宿舍自带的锁非常简陋，随便就弄开了，很不安全。"

"除此之外，他还在教师节的时候送了我一盒草莓，非常殷切地让我吃，结果我咬了一口，没咬动，这小子当时大笑着就跑了。那盒子草莓是他用黏土还是什么其他材料做的，我不太清楚，不过那小子真是太调皮了。"

俞遥："……"你没有当场打死这个学生一定是因为你脾气好。

江仲林自己想起这些事都忍不住笑："他毕业的时候在学校广播里诵读了一篇《谢恩师》——是他自己写的诗，写得非常糟糕，又臭又长。他整整读了三遍，其他同事因为这事儿嘲笑了我三个月。"

俞遥想象着自己家老江当老师的这些年的经历，知道了他有这么一群或调皮捣蛋或聪明感性的学生陪伴，心里忽然涌现出一种莫名的感动和欣慰。还好，还好一个人在世上并非只有爱情一种关系，而是还有许多由其他感情联系的关系，他不是时刻都只有一个人。俞遥此刻非常感谢那些陪伴过江仲林的学生。

俞遥的笑容很温柔："这种好玩的学生你有很多吗？"

江仲林抬手给她掖了掖后背的被子："听话懂事的孩子更多。我教过很多学生，现在大多不知去向了。他们一届一届地来，又一届一届地走。很多人其实我也记不清了，偶尔出门在外，遇到人叫我老师，我都想不起来他们是谁，回来了仔细想一想，才能隐约想起他们年轻的时候更加青涩的样子。他们都和从前在学校的时候不一样了。”

江老师寻常的语气里带着点儿淡淡的惆怅，不明显，就好像是看到夏季过去，花园里的花开完了，哪怕你知道下一个夏天它还会开，但花谢了就是让人难过、不舍，因为明年的花不是今年的花。

“现在还有这么多学生惦记着你呢。”俞遥敲了敲他的终端屏幕。群里这会儿又热闹起来了，学生们正在讨论她肚子里的孩子什么时候出生，江老师会给孩子取什么名字。

江老师笑笑：“我更希望他们能过好自己的日子，我不用他们惦记着。”

俞遥用他的终端发信息，在重新热闹起来的群里发了条回复：“孩子大概明年四月份出生，孩子叫什么名字，你们江老师还没考虑好。”最后还加了个活泼的表情。

群里又是一静，然后有人迟疑地问：“这个语气，是师娘吗？”

“我敢肯定是师娘拿着老师的终端在跟咱们聊天！老师一般没正事才不会聊天呢！”

于是一下子群里更加欢快了。面对面时可能会因为陌生而表现得客气些，但在这种虚拟世界里，好像所有人都分外热情，俞遥很快被一大群年龄各异的“小辈”淹没了。

俞遥语气随和，还会跟大家开玩笑，聊了一会儿，学生们就更加放得开了，有学生感叹：“师母，老师真的很在意你啊，不许我们去看你，还申请了那个保密协议，连新闻里都没有你的任何信息，我们的辟谣帖也只在校内流传。”

“我记得在师母之前的那个穿越者，双腿残疾的那位，他就没申请保密协议，还主动给大家直播，接受了很多网站的采访，变成了网红，红了好一阵儿呢。几年前网上几乎都是他的照片和采访，他出个门和明星似的。”

“是啊，他自己很享受被人围观，但他曝光太多，这两年也没什么消息了，再稀奇的东西，看久了也不觉得有意思了。”

“师母要是直播，一定比那个男人更受欢迎，咱们师母这么漂亮。”

“师妹小心，撺掇师母直播露脸，护妻江老师要上线来打你了！”

众人开着玩笑，静静地在一边看着的江仲林忽然说：“那个双腿残疾的男人两年前就自杀了，不过死亡消息没有公布，我是从其他渠道知道的。”

俞遥诧异地抬头看他，很快明白过来了：“你去打听过那几个穿越者的消息？”

江仲林点头，慢慢地说：“那是个很普通的男人，刚穿越的时候，因为群众的猎奇心理，他过了一段很风光的日子，后来慢慢地没人关注他了，他也没有学会什么立身的本事，亲人又都不在，后来有一天忽然就自杀了。”

他看着俞遥的眼睛，手指动了动，接着说道：“还有在他前面的那个穿越者，本来是肺癌晚期，没几天寿命了，穿越后用了不少新型药物，延长了寿命。可他后来还是死了，因为治疗过程很痛苦，他的儿女的年纪都变得和他的差不多大，彼此感情似乎也不太好。他靠着国家补助治病，一直孤单地躺在病床上，所以他最后自杀了。”

在俞遥回到这个家的那天，江仲林就向一些人询问了其他四个穿越者的具体消息。所以那段时间，他时常感到忧虑，害怕俞遥会有和他们相似的下场。他晚上睡不着，半夜醒来就会不自觉地走到楼梯口，看一看她紧闭的房门，又慢慢地走下来回房睡觉。

而俞遥毫无所觉，因为他并不把这种焦虑的心情表露出来，他不想让俞遥也体验这种不安与忧虑，想尽量让俞遥的日子过得和普通人的一样平凡。这种普通的生活能让她更加顺利地习惯这个不同的世界，减少心理上的不适感。

俞遥沉默，那么根据她知道的，在她之前的四个穿越者都死了。她突然明白过来，扔下手里的终端，抓住江仲林的手：“所以你很紧张，怕我出现什么心理问题，怕我不适应想不开？”

江仲林没有正面回答，用那种放不下的眼神凝视她的脸：“你是个坚强的人，我觉得你比我坚强，我不担心。”

俞遥笑起来：“说谎，你肯定担心得不得了，说不定还半夜睡不着觉跑上楼去看我有没有事儿。”

江仲林：“……”

俞遥只是随口一说，并不知道自己真的说中了。她脸上的笑意沉下去，紧紧地握住江仲林的手，眼神很认真：“我会活下去的，其他人的结果是其他人的，我不会被这些影响。我向你保证，我会活得比你更长久。”

江仲林没有露出什么放松的神情，他的眼神像静默的湖水，里面藏着什么脉脉的情绪。他说：“活得长久不一定好，我更希望你能过得开心，能享受生活。”

俞遥忽然一掌按在他的脸上：“本来脸上就皱纹多，不许皱眉了！”

江老师被巴掌糊了一脸，侧了侧头：“人老了就是有皱纹的。”

俞遥突然从床上坐起来，带着不怀好意的笑容按住江仲林的肩膀：“你等一下，躺着不要动。”说完她爬起来穿着拖鞋走到卫生间，没一会儿拿着自己的面膜回来了，给江老师贴了一张，笑嘻嘻道，“来来来，给你一点儿滋润。”

她贴完，立刻拿出终端对着江仲林拍了一张，然后对着照片笑个不停，又顺手发到了江仲林的学生群里去吓唬学生们：“分享一个贴面膜的江老师。”

群里所有看到这张照片的学生都差点儿把眼珠子掉出来，有人猝不及防地摔了水杯和文件，有人差点儿下楼跌倒，有抱孩子的差点儿把孩子都摔了，有遛狗的吓得松开了狗绳又连忙跑上去追狗。

“哈哈哈这是什么鬼？这是江老师吗？不可能吧，师母你怎么这么折腾老师啊？好可怜哦，哈哈哈哈！老师为什么不挣扎啊？哈哈哈！”

看看这个穿着老头儿睡衣躺在床上侧过脸朝镜头看过来的江老师，再看看他满含无奈的宽容眼神，这也太难以形容了！端庄的老教授形象全没了哈哈哈！

有点儿可爱，让人忍不住想看老先生更窘的样子。

俞遥第二天就收到了不少从各地寄来的礼物，都是被江仲林告知不要来的学生寄来的，人不到，礼物还是到了。这些大多是老年保健品和孕妇营养品，另外竟然还有很多盒面膜。

俞遥拿着那几盒面膜哭笑不得，不是吧，你们还真准备让江老师每天贴面膜啊？这些个可爱的小熊小兔子面膜是怎么回事？

“老江你看，这是你的学生们送给你的面膜。”俞遥举着面膜对江老师说。

江老师人生中头一回收到这样有特色的礼物，半晌都没说出话来。

03

“哎呀，你这肚子可不小了，天冷，下了雨，外面地滑，怎么还出来走呢？”

俞遥迎面遇上邻居家的奶奶，邻居家的奶奶和江仲林同辈，按理说也是俞遥的同辈，可奶奶总把俞遥当孙女看，上回买菜回来见到俞遥，还特地从袋子里拿了个苹果给俞遥吃，态度非常慈爱。

“我就是爱出来走动，不习惯老是待在家里，您老这又是去买菜回来了？”俞遥熟络地和这个奶奶聊了几句，就分开了，然后一个人接着往前走。她身上裹着一件宽大的羽绒衣——很保暖的新型材质大衣，听说它里面也是某种羽绒，姑且还是叫它羽绒衣吧。

因为这衣服强大的保暖功能，俞遥根本不觉得冷，脸上都是健康的红润。因为最近吃得比较多，她整张脸庞都显得比以前圆润。

也不知道孩子出生后我还能不能瘦回去，俞遥想着，低头看到了自己的肚子，觉得像是怀里揣了个大西瓜。

今天江仲林出门有事儿，她一个人待在家玩了会儿游戏，感觉眼睛酸，干脆换了衣服出来走走。江老师对待孕妇很小心，为了避免吓到他，不便让他知道她一个人出去乱跑，于是俞遥就没走远，只在小区旁边的小广场转悠。

天气冷，广场上没多少人，路边走动的行人大多穿着大衣缩着脑袋快步行走，俞遥双手插在口袋里，随意地观察着路上的每一个人。以四十岁为界限，她分辨着行人中哪些是从她有记忆的时间走过来的，哪些是出生自完全陌生的那些时间里的，对她来说，那个时间点像是一条分明的线。

她看到十一二岁的年轻女孩子穿着裙子和看上去单薄的袜子，她们似乎完全不怕冷。难道说四十年后的衣服材质已经有了这么大的改变，看上去那么薄的袜子保暖功能也异常出色？

俞遥想起来，自己还是小姑娘的时候也爱在冬天穿这种看着很冷的衣服，毕竟年轻人漂亮帅气就足够了，冷这种事忍忍就是了。哪怕后来不再是十几岁的小姑娘了，二十几岁了，工作几年了，她也仍然喜欢穿各种漂亮的衣服。不仅有漂亮的衣服，她还有各种化妆品，出门前换衣服做头发化淡妆，晚上回家贴面膜……她是什么时候开始慢慢不在乎这些事的？

似乎是和江仲林结婚之后不久。

刚结婚的时候，他对于她一切的事都感到好奇，她早上起床化妆，他也要迷迷糊糊地爬起来，坐在她的身后好奇地看着，看着她拿起一样一样的东西往脸上扑，然后露出面对陌生领域时的谨慎而敬畏的神情。

“太难了，你怎么知道这么多东西的用法的，不会互相搞混吗？这些看起来好像都差不多。”年轻的小男生问她。

她翻着白眼描眼线，对头发乱糟糟的年轻丈夫说：“说实话我也觉得每天都化妆挺累的，但你看看，”她转过头给了他一个飞吻，“化妆会更好看。”

他侧侧头，用肩膀蹭了蹭红红的脸颊，避开她故意的飞吻，低声说：“其实我觉得你不化妆也很好看，每天晚上洗完澡后更好看。”

俞遥无情地打破他的天真：“其实每天洗完澡后出来，我都用吹风机吹出了好看的发型，你以为凌乱不失妩媚的发型是那么好呈现的吗？还有啊，为了保持肌肤的水嫩光滑，当然还要擦各种护肤水和乳液。”

年轻的丈夫发出了呆傻的一声：“啊……”

她擦擦手，走过去捏捏丈夫的脸：“傻乎乎的。”

然后晚上她洗完澡，他就打开门，要看她吹头发，看完一次，他说：“看上去很累，而且睡一觉就没了。”

俞遥拿着吹风机叹气：“我也觉得好累。”

小江先生自告奋勇：“我给你吹头发。”

俞遥答应了他，被他吹出了一个效果惊悚的爆炸头，整个头发都乱糟糟的还打结，用梳子梳了好一会儿才算完。小江先生给她梳头发，重申自己的意见：“我还是觉得你这样也好看。”

是啊，他觉得她化妆好看，不化妆也好看；她微笑着用刀叉吃西餐好看，在路边摊用手抓小龙虾吃得满脸油光也好看；穿漂亮的花裙子好看，穿那件穿了好几年的丑衬衫和大裤衩子也好看；毫无形象地在沙发上架着腿好看，大半夜冲到阳台和楼下敲电子鼓的家伙对骂也好看，连抠耳朵的姿势都比别人好看。

不论何时，她问“这样好看吗？”的时候，江仲林都毫不迟疑地点头说好看，满眼不容别人怀疑的真挚。

在两人结婚前，俞遥一度怀疑自己在江仲林眼里是带光圈的，本以为结婚后他看到她也会吃饭睡觉上厕所，总该正常点儿了，结果他可好，看她的滤镜更严重了。

所以慢慢地，俞遥就觉得，化什么妆啊，在这家伙眼里根本没有任何区别，这种白用功的感觉让她渐渐变懒了。最开始只是去掉了描眼线涂口红等繁杂步骤，后来她周末在家连脸都懒得洗了，和以前一个人生活的时候完全没区别。

不过，一个人过和两个人过也有不同，当她懒劲儿发作，她会提高声音喊一声江仲林，江仲林就会咬着牙刷跑过来。

“怎么了？”

她像条咸鱼一样躺在床上，问他：“我脸上有眼屎吗？”

江仲林默默点头，折回去打湿了毛巾又过来，把毛巾蒙在她脸上搓一搓。俞遥被他搓得整张脸都变形了，忽然抬手把自己的鼻子往上一顶做了个猪鼻子逗他，让江仲林笑得嘴里的牙膏沫子都喷出来了，还溅到了她的脸上。

“好哇！小子，你用牙膏沫子喷我的脸！”她爬起来，张牙舞爪地作势要揍他，江仲林就一边笑一边捡起牙刷往卫生间退，嘴里说着：“我不是故意的，噗，你是故意的。”

他躲在卫生间里怎么都不肯出来，非常幼稚。

也不知道为什么年轻的江仲林笑点那么低，她一逗就笑，怎么着他都会笑，做一个猪鼻子的样子，他也能笑到差点儿断气。晚上他帮她吹头发，突然就笑得说不出话。俞遥莫名其妙，揪着半湿的头发扭头去看他：“你在笑什么啊？”

江仲林很诚实，笑到气喘，回答她：“我们家以前养了一条狗，刚才我突然想起来我也这样给它吹过毛的。”

俞遥一跃而起：“呔，你骂我是狗，过来受死！”

江仲林抱着吹风机连滚带爬地缩到墙角，笑着不停地摆手：“不是不是，哈哈，不是，我不是骂你，我是想起来，觉得你和它一样都很可爱，毛茸茸的。”

俞遥给他讲，自己幼儿园里一个小男生被一个小女生打哭了，但第二天还是把自己做的手工花送给小女生。江仲林说："那个小男生肯定喜欢那个小女生。"

俞遥："为什么，因为喜欢被打？"

江仲林看着她，看着看着又憋不住笑："就是喜欢。"

俞遥突然明白过来，举起手看他："你是不是也想被打，来，过来姐姐满足你。"

那时候的笑意仿佛一直延续到如今，俞遥站在广场的常青树下，察觉到自己的脸上露出了和从前一样不自觉的笑。

"阿姨，你笑什么啊？"一个穿着裙子的十几岁的小姑娘踩着一块悬浮滑板滑了过来，奇怪地看着她，又探头去看她身前的大树，"树上有什么吗？有鸟窝？"

俞遥："没有啊，唉，小朋友，你穿这么薄的丝袜不冷吗？怎么不多穿点儿衣服？"

"什么小朋友，我都十二岁了。"少女像蝴蝶一样转了一圈，"不冷啊，年轻人不怕冷，只有你们这种老人家才会总是觉得我们冷。"

俞遥好笑地想：我还是第一次被人叫老人家。可是想想也没错啊，她对于这个十二岁的小姑娘来说确实是老人了，至少这个孩子在这个年纪就没法想象自己三十岁的样子，就像……俞遥也想象不到自己变成六十多的样子。

她最近常以一种研究的眼神看附近那些更年轻的孩子，试图去理解现在这个江仲林的想法。他看她的时候，感觉是不是和她看这些小孩子时的感觉一样？

俞遥在脑子里随意地想着这些问题，和面前在寒风中颤抖的小女孩聊天："你这个袜子是特殊材质，能发热？"

"不能啊。"小女孩以为她在开玩笑，一下子笑开了。

俞遥于是感慨地想：怎么过了四十年还没研究出冬天穿了不会冷的薄丝袜呢？

俞遥在这儿和陌生的小女孩聊了好一会儿天，小女孩不知道俞遥来自四十年前，总觉得俞遥说话有趣，被逗得笑个不停，像只小黄鹂。

俞遥突然醍醐灌顶，啊，原来不是江仲林年轻的时候笑点低，而是年轻人就是更容易笑出来的。人越大，就越不觉得很多事好笑了。

她告别那个滑板小少女，走回家去，在小区门口遇到了匆匆找出来的江仲林。他穿着大衣，脖子上还围着围巾，脸上有焦急之色，直到见到她的身影，那一点儿显露出的焦急才隐没下去。

“怎么这么快就回来了？”俞遥诧异地问，他出门前明明说下午回来，所以她才这么大大咧咧地出门散步。

江仲林走到她的身边：“提前回来了。你冷不冷？外面风大，怎么不多穿点儿衣服？”

俞遥觉得这句话很耳熟，自己仿佛刚和一个小女孩说过类似的话。

她突然觉得好笑，抓着江仲林有点儿凉的手，问他：“你觉得我像只小黄鹂吗？”

江仲林并不知道她这突然的问话是怎么回事，愣了一下，最后摇了摇头。

她不是小黄鹂，是一朵不谢的花。

04

临近年关，天气越来越寒冷。虽然是四十年后，但春节仍旧是和从前一样重要的节日，俞遥发觉送礼的人似乎多了起来，最近学校放寒假，他们这个小区里的年轻人也多了。

“我们要这么早就买年货吗？”俞遥随口问道，“聂嫂子和余奶奶她们都提前一个月就准备起来了，我们家呢，你往年是一个人在这里过年还是怎么？”

江老师，你觉得我是什么？
……不谢的花。
你说我是塑料花!!
真的。

因为室内温暖，江仲林穿着件套头毛衣，正在慢腾腾地看一本书，听到俞遥的问题，停顿了一下才抬起头来，说：“大多时候是我一个人，过年期间会有一些学生来拜年。我那个表哥也还在，会喊我去过年，不过他那边孩子多，我不常去。”

俞遥听他慢吞吞地说完了，哦了一声：“那我们今年还是在家过年吧，好像也没什么需要准备的，存好菜，多买点儿水果糖果点心之类的，万一有小孩子上门……现在应该还要贴春联的吧，我看到聂嫂子买的两盆小金橘挺好看的，我们要买吗？放在客厅里。”

又过了一会儿江仲林才回答：“你喜欢吗？那我们也买几盆。”他往年没注意过这些，贴一副对联应应景也就差不多了，不过现在俞遥有这个兴趣，他当然也很高兴。

俞遥觉得有点儿不对，放下手里的电子书，看向对面安静看书的江仲林。

“你怎么了，今天从早上起来就有点儿没精神。”俞遥仔细打量他，“是不是生病了？”

江仲林好久才翻过一页书，有些迷茫地回答：“没有啊。”

俞遥皱起眉，起身走到他的面前，碰了碰他的额头，眉毛顿时皱得更加厉害了。她二话不说，拿了温度计，给江仲林测了体温。

显示的是三十八点七摄氏度，俞遥啧了一声，坐到江仲林的面前，扶了扶他的眼镜，把温度计凑上去：“来，江先生，您看看这个温度，还坚持说没有吗？”

江仲林看了看，却没什么太大反应，合上书说：“我只是觉得有点儿没精神，没想到是发烧了，家里有药，我去吃两片。”

说完他站起来，拿着水杯去倒水吃药，那样子和平时去给她洗水果差不多，对于自己生病的事实，老先生仿佛毫无自觉。

俞遥嘿了一声，回过神来，把温度计随手抛到沙发上，一把揪住江老先生的衣服：“吃完药了没？吃完了？好，过来。”

她直接把人拉到房间，把被子一掀，把人往床上一摁，然后一边调室内温度一边说："鞋子衣服脱了上床休息，要是下午没退烧我就送你去医院。"

江仲林也没挣扎，坐在床边脱了鞋子和外衣，又好好地取下眼镜，就和平时晚上睡觉一样自然地躺到了床上，还安慰俞遥说："我吃了药睡一觉就好了，你放心。我中午不起来吃饭了，你自己做点儿吃的，叫外卖也行，上次那家炖汤你不是说味道还可以吗？"

俞遥简直要被这老先生气笑了，一屁股坐在床边，抱着胸说："你有点儿病人的自觉吧，好好休息你的，还有心思担心我中午吃什么。我可是在哪里都能把自己照顾好的，你呢，怎么连自己生病了都没发现，烧到三十八摄氏度多你没感觉的吗？"

也许是看出俞遥皮笑肉不笑的表情底下暗涌的火山岩浆，江老先生没敢再说话了，就躺在那儿看着她，有点儿可怜的样子。

俞遥受不了，嘴角往下拉，替他掖了掖被子："快休息，好好休息！"

江老先生闭上了眼。

俞遥在床边静静地坐了一会儿，见他没再有什么反应，起身去厨房倒了热水，装在江仲林的保温杯里，提到房间。她自己就拿着看到一半的电子书坐在床边的椅子上，准备在这儿守着老先生睡觉。

可是她发现自己看不下去手里的电子书了，翻了两页后半点儿没记住自己刚才看了什么，忍不住去看床上的江仲林。他很安静。俞遥低头关闭电子书，找出自己常玩的游戏，玩了一会儿，她又觉得无聊，游戏也退出了，再次抬头去看江仲林。

这回他竟然是睁着眼睛的。

俞遥立刻就变凶了："怎么还没睡着？"

江仲林说："你不用守着，我就是有点儿发烧而已。"

俞遥拿起一边的热水："你要不要喝点儿热水再睡？"

江仲林："你放在那儿，我渴了会自己拿着喝的，你不用管我。"

俞遥倒了杯热水出来："我怎么觉得你生病了一点儿都不乖？"

江仲林却突然笑起来："你生病的时候才是真的不乖。"

他这一句话勾起了俞遥的回忆。

两人结婚前，她是病过一次的，那会儿两人还在谈恋爱，江仲林还会客客气气地喊她的全名，送她回家，被她邀请上楼坐坐都会满脸通红地拒绝，好像她会对他做什么似的。

其实俞遥从小到大都很少生病，但那年冬天实在太冷，她跟这小笨蛋约会，臭屁地穿了件漂亮裙子，结果浪过头了，回家直接病倒了。她一般有事儿都找好朋友杨筠，那次发烧本来也是打算找杨筠，谁知道头昏脑涨地发消息发错了，发给了江仲林。等她迷迷糊糊地听到铃声从床上爬起来，江仲林已经提着药满脸焦急地赶到了她家门口，大冷的天，也不知道他来得多急，竟然满头大汗。

那是两人交往后，江仲林第一次“登堂入室”，不仅看到了她乱七八糟的放了昨晚没吃完的外卖盒子以及酒瓶的客厅，还看到了她扔在房间躺椅上的一堆衣服——包括内衣，而她晕乎乎地去开门时，还是一副衣衫不整的样子。

那个形象有多糟糕呢？大概是她认识江仲林后最糟糕的样子吧。可江仲林完全没有注意那些，焦急得上来就摸她的额头——这个人非常绅士，交往期间连牵她的手都不太好意思，这样主动的接触可以说很难得了。

发觉她确实发烧了后，他立刻就从自己带来的袋子里找出药，又在她的小厨房里翻出烧水的壶给她烧热水，让还处在迷糊状态的她吃了药。因为生病，俞遥实在没力气折腾，也就没管那么多，头重脚轻地倒在床上，一个大男人在她的屋子里转悠她都没管。结果她醒过来后，看到江仲林鼻尖冒汗在给她打扫卫生。当然，她房间里扔了内衣的那一堆衣服他没敢动。

作为一个请假跑来照顾女朋友的男朋友，江仲林非常称职，表现优秀，可俞遥却不是个称职的好病人，一点儿都不配合。她不爱吃药，特别是要吞服的那种药，她怎么都吞不下去。烧稍微退了一点儿后，她恢复神智了，怎么都不肯吃药。江仲林端着热水苦口婆心地劝她，劝到热水都变温了她也不肯吞药丸子，把江仲林愁得不行。

“真的，很容易吞下去的，你先喝一点儿水，把丸子放到嘴里，再喝一大口水，很容易就能吞下去了。不然，我给你示范一下？”他说完，差点儿就自己把药吞了。

俞遥觉得他像在哄小孩子，也觉得自己有点儿丢脸，这才不甘不愿地吞了药丸，果然，并不顺利，因为吞咽太急，她把自己呛住了。江仲林抽纸过来给她擦呛出来的水，擦到她的胸前，手都抖了，因为她没穿内衣所以某两个……非常明显。先前没注意直到这会儿才发现的年轻人一脸窘迫地缩回手，那种青涩又心动的尴尬表情，意外地让她记忆深刻。

后来她的病当然是很快就好了。她后来同意他的求婚，很难说有没有那次生病的原因——当你生着病很难受的时候，有这样一个人在你醒来时会坐在你的床边耐心地哄你吃药；会包容你病中的任性；会让你觉得自己身上的难受他都能感同身受甚至更加难过。这种感觉会把孤单的人的心填满，能让一个习惯独身的浪子眷恋起自己曾经不屑的家庭生活。

俞遥伸手盖在江仲林的额头上。掌心炽热得像是当年那个青年的眼神，那是看自己心爱的女人的眼神，是带着迷恋和缱绻的。现在的这个江仲林，看她的眼神和以前的并不一样，没有了年轻人那样炙热的迷恋，然而缱绻和温柔却始终没变，甚至更加醇厚。

“你……”俞遥说了一个字，却又不知道接下去该说什么。她想说：你这么多年还记得我不爱吞药丸子？她还想说：我生了病睡一觉就好不用吃药，但你不行。可最后，她都没说出口。

过了一会儿，江仲林将手从被子里伸出来，握住了她放在他的额头上的手掌。

“我好歹不会拒绝吃药啊。”他试图让气氛轻松一点儿。

俞遥扯了扯嘴角：“我可没有你这么温柔，要是你不肯吃药，我就会捏着你的鼻子把药直接塞进你的喉咙里。”她一脸说到做到的暴躁凶残。

“没事的，你不要担心，只是一点儿发烧，每年冬天都要有这么一遭，我都习惯了，很快就会好。我说了，要长久地照顾你，我说到做到，你也要相信我。”他这么说，语气里有一种很能让人信服的坚定。

俞遥将他的手重新塞回被子里：“那你就给我赶紧休息，好好休息，马上好起来。”

“好，马上好起来。”他笑笑，再次闭上眼睛。

俞遥看着他的面容想：往年冬天生病发烧时，他是不是都像今天这样，一个人坐在那儿看书，甚至察觉不到自己发烧了，等到发现了，他就这么自己吞两片药，然后安安静静地睡一觉，没人照顾他，也没人会坐在床边等他醒来？

05

“啊，老师生病了？需要我们帮忙吗？”

俞遥拿着终端迅速回复：“不用啦，他只是发烧，现在还在休息，我能照顾好他。我找你是想问问，据说他去年生病住了一段时间的院，那段时间都是谁在照顾他？”

这一句发出去后，那边好一会儿没回复。俞遥盯着江仲林的睡脸看了差不多有十分钟，新的信息才发过来。

对方说：“因为我和郭童在另一个城市，距离老师有点儿远，那段时间又都很忙，所以老师住院期间我们只去看过一回。我们去的时候，照顾老师的是个不太熟的学弟，去年还在海大上学，今年应该是毕业了，我没有他的联系方式。我刚才问了下其他人，那个学弟只照顾了老师几天，那段时间是附近有空的学生轮流去照顾的。”

俞遥又和罗蓉女士聊了几句，没问出什么，就结束了聊天。俞遥坐在床边看着江仲林睡觉的时候，忽然不知道为什么想起了江仲林偶然提起过的一件事，他说他去年生过一场病，后来就辞职了。俞遥想知道他那时候究竟是什么情况。

可她在江仲林的学生群里问了几个学生，几个学生都和罗蓉一样，说自己不太清楚，哪怕找到了一个曾照顾过江仲林两天的学生，对方也满口“不清楚”，只说自己是被学长临时叫去帮忙，只替江老师买了几次饭菜，其余的没做什么，也不清楚江老师具体是什么病。

俞遥有点儿怀疑江仲林是不是之前跟这些学生说了些什么，不准他们跟她透露，可想想又觉得没必要，这种事有什么好隐瞒的。

本来只是一个一时兴起想问问的事，结果因为问不到答案，俞遥更在意了。她摸了摸自己的下巴，想，要是真是什么严重的病，或许家里会有留下来的诊断书，还有相关的检查单之类的东西。

这么一想，俞遥就坐不住了，看看江仲林，他还睡得很熟。她轻手轻脚地站起来，走进了隔壁的书房。

江仲林要是存放什么资料，应该就会放在这里。

俞遥对那开放式的书柜只稍稍扫了一眼，重点关注那些关上的柜子和抽屉。江仲林这个人是典型的“君子坦荡荡”，书房里的柜子全都没有锁，俞遥伸手一拉就开了，里面放着的大多是些陈年报告老旧书籍一类的东西，还有俞遥不太认识的旧书稿和一些零碎的纪念品。

俞遥本来是想来找找那想象中的诊断书，结果翻着翻着，她的注意力就被那些明显有些年头的东西给拉走了。她在一个柜子底下找到个盒子，打开来看，发现是一小盒褪色的草莓，俞遥伸手捏了捏，硬的。她一下子想起来江仲林之前跟他说过，郭童学生时期爱搞恶作剧，给江老师送过一盒黏土草莓。

原来江仲林还留着。

俞遥翻到了一本相册，现在的终端储存量都非常大，人们都习惯将这种实体照片变成电子照片存储，没想到江仲林竟然还有这么一本厚厚的相册。

这本相册里几乎都是俞遥不认识的人，看着那些照片上“某某届师生留影”的红字，俞遥才发现，原来江仲林曾教过这么多的学生。还有很多明显是已毕业的学生的单人照，江仲林也收藏在这里，而他自己的身影则很少出现。俞遥发现这些照片里的学校并不一样，这表示江仲林不只在一个学校任教过。

她一个个地去看那些陌生的学生，他们的笑脸在时光里凝固，微微泛黄，而他们身边的景色，那些学校的大楼也在慢慢变化。最让她在意的是照片里的江仲林，他由年轻逐渐变老，被学生们簇拥在中间。一张一张照片翻过去，俞遥发现他的两鬓慢慢变白了，他本来不应该老得这么快。

她把相册放回去，又看到不少荣誉证书，这些证书有学校的优秀教师的奖状，有某些文学类比赛的获奖证书，还有学校书法比赛的奖状，甚至还有一面锦旗，卷在那儿，用绸带系着。

这所有的东西都代表了江仲林流逝的时间，是他在人生长河里捡拾起的一个个鹅卵石。

俞遥看完了这些柜子，最后来到江仲林常坐的那个书桌前。这也是个很旧的书桌了，桌面上有划痕，还有像是被火烫过的小小一片焦黑。上面有一块玻璃，压着几张旧报纸。俞遥以前没注意，这几张报纸上的内容很寻常，都是些当时的事，鸡毛蒜皮，没有一件事是俞遥知道的。

可这回，她突然福至心灵，在这张报纸最底下的折角处看到了小小的广告位上的一个寻人启事——寻她的。

这是很多年前的报纸了。这一张书桌也是用了很久的书桌。

俞遥在椅子上坐了下来，打开书桌底下的抽屉，抽屉里面放了白纸和本子，还有旧钢笔。江仲林写坏了的钢笔，要是已经用了很长一段时间，他就会不忍心扔，只好全都放在这儿。其余的都是联络本电话本地址簿一类的东西，俞遥随手翻了翻就放了回去。

最后，她看到书桌右侧底下那个小柜子，随手一拉，竟然没能拉开。

俞遥一愣，抱着肚子俯身仔细看了看，发现是锁着的。俞遥真没想到，江老师也会有什么锁着的东西。不过这锁也没什么用，这种书桌自带的老式锁只要把上面的簧片压下去就能打开。这种事俞遥从前是做惯了的，高中那会儿，她没少跑到老师办公室撬书桌偷看试卷。

她看着这唯一被锁起来的小柜子，来了兴致，没花多久就顺利地把这小柜子给撬开了。

里面堆着些黑皮笔记本，还有被红色油纸袋装起来的东西。

俞遥先把那个红色油纸袋拿了出来，打开油纸袋，看到里面的东西，她愣了一下。

里面是一个古旧的手机，套着深蓝色的手机壳，是她的手机。那天她出门买菜，忘记带手机了。这个手机现在当然已经开不了机了，但它似乎被人用了许久，整个都灰扑扑的显得特别破旧，要不是有这个手机壳，俞遥还认不出来。

袋子里还有她的身份证、她和江仲林的结婚证、江仲林写给她的一封情书。

和其他人追求爱情时写的情书不一样，这封情书是江仲林在他们结婚之后写的。说是情书，其实更像是解释信，因为有次她和江仲林吵架了，一天没理江仲林。她晚上下班回来后，这封信放在她的拖鞋上，她刚准备换鞋就看到了。

“我这一辈子只希望能和你一起到老，没有别人，我发誓永远只喜欢你一个人，你可能也不会相信，毕竟一生真的太长了，但我也不知道说什么能让你相信……”

这一封信的内容是翻来覆去的解释，带着满满的苦恼。这件事的起因是俞遥看到一个女生向江仲林告白。其实江仲林根本没说什么也没做什么，还很礼貌地拒绝了那个女生，从头到尾只有那个女生很激动，那个女生去拉他的手，江仲林也很快拉开了她，俞遥根本没有理由为此生江仲林的气，可她就是没理由地生气了。

也许是因为那个女孩子年轻且美丽，还带着那么明显的一腔爱意，看着江仲林的时候，就像江仲林看俞遥一样执着，他们两个人站在树下，看着那么般配，所以俞遥气得不行。

她必须承认，自己是吃醋了，不仅吃醋了，而且还为乱发脾气的自己感到丢人。她一天没理江仲林，因此把他吓到了，他特别郑重地给她写了这封信表白心迹，再三向她保证，只喜欢她一个人，喜欢她一辈子。

那时候俞遥看到这封信，虽然很感动，可并不相信世间会有这么长久不变的感情，也不相信这个满腔爱意的年轻人能将这份爱延续到他们老去。这是多不可思议的一件事，人的身体里产生爱情的多巴胺的保质期最多也就只有几年而已，不是吗？不然为什么会有那么多“七年之痒”？

她那时候拿着信想，或许几年后，她和这个人就会像她曾见过的那些夫妻一样失去激情和爱意，每天为了生活的琐事而争吵，对对方的一切感到烦躁。

每个拥有爱人的男女，心底多少都会存有这种悲观的想法。

此刻，俞遥和这封多年前的信重逢。她又看了一遍，一字一句地看完。

写下这封信的男人确实做到了，一辈子只有她一个人，只喜欢她。他用时间向她证明了，世界上确实有这样不会褪色的喜欢，可这个证明的过程是如此酸涩。

俞遥缓了缓，从底下抽出了两张票，那是帝都皇宫的一个展览的网络预订票。那个展览是江仲林想去的，他们准备在7月20日一起去。虽然15日才是结婚周年纪念日，但那天江仲林没时间，所以纪念日的约会定在20号。

最后他们没来得及去，现在这两张票仍然在这儿。

俞遥闭了闭眼，把这些都一样样地装好放回去，又看向那一堆黑皮笔记本。她拿起最上面那本看上去最新的翻开来。这是个记事本，上面记了很多乱七八糟的信息，是个备忘录。

是了，江仲林有这个习惯，随身带个小本子记事，记录日常的信息和一些灵感。俞遥翻开几页，发现这个本子并没有写完，而就在几个月前，这个本子还在使用。她咬了咬唇，翻到最新的那一页，时间是几个月之前，那时候她刚回来不久，上面只有一段话。

“她确确实实地回来了，毫无改变，仍旧是我记忆中的模样，可我看着她却觉得那样难过，因为我给她的，除了年轻时的青涩无知，就只有年老时的衰老羸弱。我的爱人，我却只能给她我最不堪的两段时间，我……”

字迹断在那个“我”字，他并没有接着写下去，好像他那时悲伤得再也落不下笔。

她确确实实地回来了，
毫无改变，仍旧是我记忆中的模样，
可我看着她却觉得那样难过，

因为我给她的，除了年轻时的青涩无知，
就只有年老时的衰老羸弱。
我的爱人，我却只能给她我最不堪的
两段时间，我……

06

江仲林醒来时，看到俞遥坐在床边的一把软椅上，她拿着终端，不知道在看什么。她看得并不太认真，眼神有些飘忽，仿佛注视着其他未知的东西。他凝视了一会儿，俞遥才发觉他醒来了，放下手里的终端给他倒了杯热水。

“来，先喝点儿热水。”她一手在他额头上贴了贴，一手塞给他茶杯。

江仲林喝了两口热水润了润嗓子，这才开口说话：“我感觉好多了。”他发现时间已经到了下午，又关切地问，“你中午吃了吗？”

“吃了，还给你煮了白粥，你现在饿不饿，要不要喝？”俞遥很平静地和他说话，“来，再量下温度。”

烧退了些，但他仍旧发着低烧。她收起温度计，起身去厨房盛粥，又装了一点儿开胃的爽口小菜放到了江仲林的面前。

可江仲林没有动，只迟疑地看了看俞遥的脸色：“你怎么了，好像心情不好？”

俞遥没想到他会这么敏感。她自觉自己已经很正常了，于是挑挑眉：“你生着病，我要是心情好，那才奇怪了。”

江仲林并不是这个意思，而是感觉到现在的俞遥和他睡前见到的那个气呼呼的样子不太一样，可俞遥并不管他还要说什么，已经拿起了粥碗，舀了一勺，作势要喂他。

江老先生只好道：“我自己来就好。”他只是有一点儿小发烧，根本用不着人喂。

俞遥坚持把勺子凑到了他的唇边，老先生和妻子对视一眼，没法儿，只得张开嘴让她喂了。

等俞遥收拾东西去厨房，江仲林打开自己的终端看了看，有几条未读消息，来自他的一位老朋友和几个学生。老朋友问他最近有没有时间参加一个学术探讨会，那只是一个爱好性质的小聚会，江仲林想了想就婉拒了。几个学生则是为他的病问候他，看来是从俞遥那里知道了他生病的事。

他简短地回复了，看到了最后一条。

这个联系人叫杨朦山，也是他的一个学生，不过是江仲林早年在港市教的。当时江仲林不过是一个普通的高中语文老师，这个杨朦山是那批学生中少数几个还和他有联系的人之一。和江仲林后来在海大当教授时教的学生不一样，杨朦山学的是生物学，研究生命科学好些年了，近年在新生命研究院工作。

“老师，许久没有拜访您了，近来研究告一段落，有了新的成果，才在其他人口中听到了老师的近况。我非常为老师感到高兴，想去探望老师和那位您曾提起过的师母，不知道方不方便？另外，去年学生曾和老师您提起过的事，现在老师是否改变了想法？希望能当面和老师详谈。”

江仲林看着他发过来的这段话，没有犹豫多久，就给了肯定的回复。

那边杨朦山刚好也在线，两人很快定下了两天后杨朦山来探望的事。

“过两天有个学生要来探望我。”等俞遥回来，江仲林主动和她说起。

俞遥惊讶，江仲林不是不喜欢学生特地过来探望吗？她这么想，也就直接问了出来。

江仲林：“我刚好有些事要和他说，所以就让他过来了。他叫杨朦山，是我早期教的一个学生。他非常聪明，甚至可以说是个天才，在某一个领域上的天才。”

俞遥很敏锐地听出了老先生的未尽之语：“哦，所以说其他方面一言难尽？你教过的学生那么多，出现什么人我都不奇怪。这些你就先别说了，生病就好好休息，有什么事等病好了再聊，要是两天后你的病还没好，我是不会让你见客的。”

她满含威胁地说完，江仲林失笑："发烧而已，明天就好了。"

俞遥："你不是说睡一觉就会好了，现在怎么又变成明天好？"

江仲林明白，这是俞遥在告诉他"太多话了赶紧闭嘴休息"。两人结婚时，因为年纪差了三岁，很多时候要是他做了什么不对的事，俞遥就会像教育弟弟那样教育他，语气带着姐姐式的强压。

可现在，她怎么都不能算"姐姐"了，还对他这个"爷爷辈"的人用这样的语气。江仲林也很无奈。

不过，当"弟弟"的小江先生能听话，当"爷爷"的老江先生能包容。

就像江仲林说的那样，第二天，他就完全退烧了，不知道是不是现在的新型退烧药比较厉害。不过俞遥还是没有大意，哪怕是在温暖的室内，也让江仲林套了两件毛衣，多穿了一件背心，更没让他出去买东西。江老先生反抗未果，只能捧着热水待在家里。

这一天，俞遥说得最多的一句话就是"再喝点儿热水"。虽然"多喝热水"在四十年前的网络上还是个小笑话，但生病了多喝热水确实是有益的。俞遥"舍命"陪丈夫，江仲林喝热水，她也一起喝，要知道她平时并不是个喜欢喝热水的人。

第三天，那个预约了的客人如期而至。

"师母，久仰大名。"名叫杨朦山的中年男人面色冷淡，但态度非常尊敬，哪怕俞遥看起来年纪比自己还小，他也没露出什么微妙的神情，那种认真和尊敬是发自内心的。

"我从前听老师说起过您，非常高兴您能回到老师的身边，也很感谢您回到了他的身边。"这位穿风衣的挺拔的中年帅哥突然给俞遥鞠了个躬，把俞遥吓了一大跳。

这是什么夸张的见面方式？她之前见到的那么多的江仲林的学生虽然都喊她师母，但基本上对她都没有这种对长辈的尊敬，毕竟年纪摆在那儿。可这位，是不是太……

"朦山，你太客气，吓到你师母了。"江仲林不得不出面打破这略微尴尬的局面。

杨朦山推了一下和江仲林同款的眼镜："抱歉。"

俞遥："啊哈，没事儿，你们聊吧。"她迅速撤退，觉得有点儿受不住这位老江口中的"天才"。

书房里就剩两个人，江仲林让杨朦山坐下，杨朦山就坐在江仲林对面看向他，开门见山地说："老师，您应该是改变主意了吧？我这次来，看到师母，就知道您一定愿意接受我的建议了。"

江仲林也没有再说什么，只微微笑了笑："那就麻烦你了。"

杨朦山闻言，平板的脸上出现了一个欣慰的笑。他抿了抿唇，眼里竟然微微泛着泪光："一点儿都不麻烦，能看到老师重燃生命的希望，我很高兴……我把您当作最尊敬的长辈，您曾帮助我很多，现在能帮到您，我很高兴。您放心，我们研究出的新药比上一次的成品又有了更多的进步，安全性更高了，试验中基本上没有出现过不良反应，您的信用积分足够，马上提出申请，我这边立刻就能给您批下来。"

江仲林点点头："你去年就给我看过资料，那个副作用……"

杨朦山很认真地说："这个副作用在所难免……不过我觉得比起延长生命，缺失一些味觉的敏锐度，完全是值得的。"

江仲林又仔细听杨朦山说了一些关于这种新药的研究成果，虽然去年江仲林在病床上时，杨朦山就曾提起过这种药，并且希望江仲林能接受，但那时候江仲林并不希望自己的生命再这样继续十几年，于是拒绝了。如今决定接受了，江仲林自然要多了解一些，哪怕知道杨朦山绝不会害自己。

谈话的最后，江仲林说："这一件事，你不要和你的师母提起。"

杨朦山一愣："为什么？师母要是知道您能再健康地陪她好些年，她也会高兴的。"

江仲林笑道："我能健康地陪伴她更久，她会知道的，但我要吃的这种药就不要告诉她了。"

杨朦山："好吧，既然是老师的要求，我会保守这个秘密的。"

两人在书房聊了差不多一个上午，俞遥没有去听他们聊了什么。一直到江仲林把学生送走，她才问江仲林："你这个学生对你好像很尊敬，简直把你当亲爹了，为什么啊？"而且江仲林对这个学生肯定也是很看重的，因为他很少和别人说起她，能说起她，那人和江仲林的关系一定不一样，至少比一般交情要好。

江仲林没有要隐瞒的意思，把从前的一些事讲给她听。

那年他在港市的一个高中当老师，教的正好是杨朦山所在的班级，杨朦山是单亲家庭，只有一个喜欢赌博的父亲。因为家庭困难，杨朦山的个人形象总是很糟糕，再加上少年时期孤僻阴沉不合群的性格，杨朦山在学校里被排挤得很厉害，经常被其他学生欺负。

江仲林并非班主任，会发现这事儿也是阴错阳差的。江仲林阻止过两次这种校园欺凌行为，帮助过杨朦山。后来，一个老师放在办公室里的三万元现金失窃，杨朦山被诬陷，学校通报批评，还要让杨朦山退学，那老师更是要告杨朦山。杨朦山百口莫辩，又被父亲打了个半死，一时想不开决定自杀。

是江仲林将杨朦山从死亡边缘拉了回来。江仲林找到了真正的窃贼，让杨朦山沉冤昭雪，还帮忙把那个经常对儿子实施暴力的父亲告了，让杨朦山脱离了苦海，后来也一直资助杨朦山上学……

"难怪他对你这么尊敬。"俞遥听着江仲林这么简单的讲述，都能想象当初为了帮那个孩子，江仲林究竟花了多大的心血。那会儿江仲林也还年轻呢，不知道吃了多少苦头。

俞遥突然扳过江老师的脸，狠狠亲了一口，毫不吝啬地表扬他："老师太厉害了！做得很好！"

她真的为这个男人感到骄傲。

第九章

第一个春节

01

春节前，俞遥买了好几盆挂着红符的盆栽，小小的金橘放在客厅，比较大的蜡梅放在屋外，一盆水仙放在书房，还有一盆草莓。结出的十几个红彤彤的小草莓都只有拇指大，非常可爱，俞遥把这盆放在卧房，就放在自己那边的床头柜上。

当天晚上，她看着这一盆红草莓，忍不住伸手摘了个塞到嘴里。小草莓尝起来出乎意料地甜，于是她又连续摘了两个，一转身发现旁边的江仲林正很无奈地看着她偷吃。俞遥笑起来，随手把手里那个小草莓塞到了他嘴里："还挺甜的，你尝尝。"

江仲林看看那盆快被她薅秃了的草莓盆栽："不是买了大草莓吗，你要想吃，厨房保鲜柜里有，我去洗？"

他说着就要起身，被俞遥一胳膊扯了回来，她一个转身把一条腿搁了上去压着："你不懂，虽然买来的那种大草莓很好吃，但睡觉前看到身边挂着水灵灵的小草莓，就是会忍不住，这不是嘴馋，是手痒。"

江仲林没注意听她的道理，注意到的是俞遥的肚子已经不小了："小心点儿，转身不要这么快，等下不小心腿要抽筋了。"

因为肚子越长越大，俞遥不习惯平躺着睡了，觉得睡不安稳，好像有什么东西压在胸口一样，于是基本上都是侧着睡。但朝一边睡久了，她又不好受，得换个方向，这时候她就要抱着肚子蹭到另一边。她一动，江仲林就醒了，摸摸她的脑袋问她难不难受。

俞遥是个不拘小节的孕妇，肚子里的孩子是个不爱折腾的孩子，所以她怀着孕竟然意外地轻松，除了最开始的孕吐期难受了几天，基本上就没有其他的事儿了，只不过偶尔腿会抽一下筋。

江老师对待她非常细心，在她第一次腿抽筋的时候就发现了，起身给她按了按抽筋的腿，到后来，他每次都会这么做，然而俞遥十分感动地拒绝了他，因为太痒了。她最怕别人捏自己的腿，与其痒得抱着肚子在床上乱爬，还不如痛一下算了。

后来江老师就着重给她补钙，还在每天睡前让她泡泡脚，过了一段时间，果然腿抽筋有所缓解。俞遥泡完脚躺回床上，也不盖被子，晾着两条腿问江老师："你看这像不像两条白萝卜？"

怀孕后水肿的腿确实有两分萝卜的风韵。江老师没有欣赏她的幽默，把被子给她盖上，免得她着凉。

一盖上被子，肚子就更加明显地凸起一块，俞遥又摸着肚子感叹："西瓜越来越大了。"她屈起手指敲了敲，嘴里发出咚咚咚的声音，"这瓜还没熟呢。"

下一刻，她敲过的地方就鼓了一下，俞遥哎哟了一声："又动了，别动别动，瓜瓜赶快睡觉。"

从开始显怀，俞遥就笑称肚子是个瓜，肚子慢慢变大，叫着叫着，孩子的小名就变成了瓜瓜，对此江老师没有异议，他也会管孩子叫瓜瓜。

"好了，胎教时间到，江老师，舞台交给你了。"俞遥舒服地躺着，等江老师做胎教——念课文，从小学一年级的课文开始念。虽然本来江老师是准备念点儿优美的诗歌之类的，但俞遥觉得，提前预习课文很有必要，于是就变成了低年级语文课本。当然这里面也包含了俞遥的一点儿坏心眼。

这位被人崇敬的老教授已经念了好一段时间的“鹅鹅鹅”“离离原上草”“举头望明月”“两只小鸭子”“燕子和春天”之类的了，每次听到他用醇厚温和的嗓音念着“妈妈、妈妈，小鸭子问妈妈”这些话，俞遥就克制不住自己的爆笑，觉得这简直是每天的快乐之源。

江老师没有被孩子他妈不捧场的态度影响，依旧积极认真地和孩子做交流。某些时候，这些课文其实还能当催眠曲用。俞遥二十岁出头那会儿，每晚都在十二点之后睡，和江仲林在一起后，习惯变了不少，一般都能在十二点前睡了，现在更是一天睡得比一天早，真是提前过上了老年养生生活。

床头那盆草莓终于还是被俞遥吃光了。江老师根本没能阻止她睡前手痒，看到她对着一盆只剩绿叶子的草莓叹气，还特地在睡前给她洗了一盘子草莓放着。

“晚上睡觉前就不要吃草莓了，对牙齿不好。”俞遥大言不惭，毫无羞愧，仿佛忘了前两天是谁把旁边那盆小草莓给吃光了。

过年前两天，门前的对联、福字、窗花挂件全都到位，一片喜庆的红彤彤。贴对联的时候，俞遥自告奋勇。见她捂着肚子就往凳子上踩，江老师差点儿被吓出心脏病，好歹把她劝住，他自己踩着凳子贴好了。不过其余的福字和窗花都是俞遥贴的。

两人慢悠悠地把屋子的卫生打扫好了，又把一些零食装盘，等着过年期间的客人。

大年三十，一大早上就来了位拄着拐杖的老爷子。这位老爷子名叫瞿如风，是江仲林的表哥，也是江仲林仅剩的亲戚。江仲林的父亲是独生子，母亲这边，江仲林还有个舅舅。如今长辈们都已逝世，和江仲林在血缘上最亲近的就只剩下这位表哥。表哥七十一，老当益壮，穿着讲究，那根拐杖拿在手上看上去不是用来帮助走路、上楼梯的，更像是一言不合就会用来打人的，气势非常吓人。

江仲林的这位表哥，说起来俞遥也见过好几次，当初她之所以和江仲林认识，就是因为代替好朋友杨筠去相亲，当时杨筠的相亲对象就是江仲林的这位表哥，然后那次江仲林替表哥去了，也因此和她相识，某种意义上，表哥其实算个媒人。

“今年你们两个去我那边过年，往年让你去你不去，今年总该带俞遥过去，让我家那几个孩子见见表婶。”瞿老爷子不苟言笑，眉头皱纹有些明显，显然是个严肃的人。据说他是某公司老总，决策惯了，说起话来都带着几分强硬，对俞遥态度倒是不错。

江仲林对这位表哥也很尊重，这些年表哥给他提供的帮助不少，兄弟两个感情不错。以往表哥亲自来喊，江仲林没事儿也就去表哥家那边一起过年了，可现在，想到俞遥怀着孩子身体不舒服还要和一大家子人应酬，江仲林担心她会嫌烦，就想拒绝。

没等江仲林说出话，俞遥就在茶几下踩了他一脚，自己笑眯眯地答应了表哥的邀请：“表哥亲自来了，我们当然要去，就是怕打扰你们一家人。”

老爷子见她答应了，脸上的神情就缓和了不少，但语气还是很严肃：“打扰什么，你们也是我的家人。”

在老爷子身边的那个中年人是老爷子的大儿子，除了一开始喊过表叔表婶外就没再开口，这会儿也笑道：“表婶不用跟我们客气，你们今年能去，我爸不知道多高兴呢，以后每年都一起过年吧，大家在一起也热闹。”

老爷子很满意自己儿子的话，点头说：“对，俞遥，你现在回来了就好，仲林就是文人气、臭毛病，讲究这个讲究那个，叫他十次有八次不肯去，你回来这么久，几次让他带你去我那边做客，他都推三阻四的，非得我自己亲自来接人，真是不像话。”

江仲林苦笑。

“车都开来了，走吧，去一起过年，再在那边住上两天，房间都给你们收拾好了。”老表哥一锤定音，把两人一车带走。

“你这位表哥还真是一点儿都没变。”俞遥偷偷和江老先生咬耳朵。

江老先生轻咳一声：“表哥年纪大了之后，比以前更不喜欢别人反驳他了。”瞿老爷子就是个封建大家长型的老头儿。

瞿老爷子夫妻和大儿子一家住在裕海区，地段非常不错的一个别墅带前后两个花园。车子停下后，屋里听到动静出来的就有好几个小孩子和几个年纪不同的男女。

瞿老爷子有两个儿子一个女儿，三个孩子又都已经各自成家都生了孩子。现在过年，这一大家子聚在一起，大人小孩一大堆，真是比江仲林那里热闹不知道多少倍，光是几个小孩子闹腾的声音，就能营造出一大群人的效果了。

大家早都知道俞遥这位表婶的事，因此现在全都表现得很寻常，热情地跟她打了招呼。耳边传来好几声“表婶”，喊人的每一个都比俞遥年纪大，但俞遥也已经习惯了这种被年纪比自己大的人当长辈看的情况，也和他们打招呼。

然后就是那些小孩子喊她表叔婆……好吧，这是她穿越后辈分最高的一次。俞遥一下子觉得自己好像已经很老了，可不是嘛，奶奶辈。

最后是表哥的妻子，虽然也七十了，但保养得不错，很有气质。俞遥是见过这表嫂的，在自己消失前不久还参加过他们的婚礼。不过这位四十年不见跟俞遥又不熟的表嫂，肯定不记得俞遥了。

气质绝佳的老表嫂上来牵住俞遥的手，态度温和："是俞遥吧，第一次来这里，不要跟嫂子客气，来，咱们进屋再说，外面冷。你这月份大了，要小心啊，这边有台阶。"

"表婶，你去看过孩子是男是女没有啊？"老爷子唯一的女儿走到俞遥身边，同样态度亲昵地扶住俞遥的一只手。

俞遥对这种人多的大家庭适应良好，看不出一点儿不自在，自然地和她们聊了起来："没看呢，到时候生出来男女都行，反正江仲林不挑，顺其自然吧。"

"要我说，还是去看看比较好，心里有个底，不过我也觉得生男生女都一样，这都什么年代了，现在女孩子才好呢。"

02

屋内非常温暖，巨大的电视屏开着，在放一个少儿动画，内容是七彩小仙女拯救魔法王国之类的。桌上堆满了各种水果零食，俞遥被表嫂母女两个拉到沙发上坐下，脚下是长毛的柔软垫子，身后被塞了个软绵绵的抱枕，俞遥也就舒舒服服地坐着了。

"表婶，你要吃这个吗，这是我家那位特地带回来的，还有这个，这个味道不错。"年纪跟俞遥差不多的表侄女在俞遥面前摆了一大堆零嘴。

俞遥被好好地招待着，江仲林被表哥拽去了书房。虽然江仲林很不放心，但俞遥趁着空隙时间给了江仲林一个"瞎担心什么赶紧去吧"的眼神，江仲林只好在表哥的瞪视下跟着上了楼。

这种场面俞遥就没怕过，小时候，家里过年基本上就是她和爸妈三个人，但从大年初一起，她就会被爸爸背着或抱着，到好多地方去给人拜年，顺便送点儿东西。那大多是生活困难的老人家，小小的俞遥在爸爸的示意下把带去的礼物分给各位爷爷奶奶，一点儿都不怕生。

亲戚那边，她爸只有一个养父，已经去世，妈妈这边有外婆和舅舅一家。虽然外婆很喜欢俞遥，但舅舅一家对俞遥和俞遥妈妈的态度不好，所以俞遥过年会去探望一下外婆，但不会在舅舅那边久留。

他们家那边是个老小区，街坊邻居往来比较多。那时候大家都觉得“远亲不如近邻”，所以有什么事都拜托邻居。过年期间，俞遥和街坊的小孩们在一起的时间最多。在那一片儿，孩子们挨家挨户地拜年，哪个小孩子嘴更甜，长得更可爱，拿到的小零食糖果就更多，俞遥是每年都拿得最多的那一个。因为她小小年纪就和谁都能聊上几句，妈妈一度担心俞遥哪天蹲家门口和陌生人聊天就被拐走了。

才过了一会儿，江仲林和表哥一起从书房里出来，就看到俞遥和表嫂、表侄女以及两位表侄媳妇儿已经打成一片、聊得火热。江仲林还没和俞遥说上话，二表侄子就招呼女眷们：“麻将机给你们摆好了，快来啊。”

于是几个女眷呼啦啦地卷到了麻将机旁边，准备打麻将，俞遥一马当先，挺着肚子占据了一个位置。表侄女和她开玩笑：“我家两位嫂子打麻将都厉害，表婶你可要小心了。”

俞遥笑而不语，看上去狡猾狡猾的。

江仲林一看她这个样子，就忍不住笑。他想起了两人新婚那年，俞遥去他家过年，也和其他人打麻将，那真是厉害极了，她在麻将桌上运筹帷幄，那胸有成竹的样子，活脱脱一个常胜将军。

“表婶，你放心，我和大嫂肯定会手下留情。”

“对啊，咱们一家人，玩玩而已。”

两个表侄媳妇儿笑着说，一派麻将大家的风范。

俞遥露出雪白的牙齿：“那我就放心了，我打麻将的技术也就一般。”

这么说着的俞遥一上场就连赢四局。

事实上，俞遥从小就会打麻将。以前的老小区里的一些老人家，没事儿就爱在一起打打牌和小麻将，他们这些小孩子就凑过去看。俞遥很聪明，学得很快，偶尔还能指点各位爷爷奶奶怎么打。她爸不许她沾这些，于是只有过年时她才会光明正大地搬着凳子坐在各位长辈的身后看他们打。

后来她不服她爸的管教了，技术更是一日千里，不过对她来说，这也就是偶尔的消遣而已，没事儿和亲朋好友一起玩玩打发时间罢了。后来因为大家都知道她厉害，每次玩都不带她，真是无敌的寂寞。

眼看俞遥接二连三地赢，桌上其余几位惊呆了，笑容变成了苦笑，手里数出筹码给她，嘴里说："表婶这还叫不厉害？真是真人不露相。"

"是啊，看来我和弟媳刚才是在关公门前耍大刀了。"

俞遥把堆起来的筹码往旁边一推，笑眯眯地说："运气好而已。"

然后这位自称运气好的家伙又是连赢三局。表侄女的牌技一般，就快被场上几位给虐死了，连忙"退位让贤"，把亲妈老太太推过来代替自己继续。

别看老太太一副优雅稳重的样子，牌场上也是一个厉害角色，几人你来我往，互有输赢，不过总的来说，俞遥还是最大的赢家。几个男人或坐或站在自己媳妇儿旁边看，江仲林不会打麻将，不过这不妨碍他旁观，每次看到俞遥把牌一推说一句和了，他就想笑。因为俞遥这时总会偷瞄他一眼，给他一个"我超厉害对吧"的得意眼神。

最后因为俞遥技术过硬，宛如作弊，被老嫂子和两个表侄媳妇儿一致踢出了麻将局，到一边坐着休息去了。

那边继续热热闹闹地打麻将，江仲林和俞遥在另一边的沙发上喝水。听着那边噼噼啪啪的麻将声，俞遥忽然说："我想咱妈了。"

她口中的"咱妈"，说的是江仲林的妈妈。虽说很多媳妇儿和婆婆的关系都有些微妙，但俞遥和婆婆的关系非常好。或许是因为自己的妈妈走得早，俞遥对那种温柔的女性长辈都很有好感和耐心，而且江仲林的妈妈还是一位很开明温柔的长辈。

俞遥想起自己过年的时候去江家，江妈妈和客人们打麻将，输得一塌糊涂，俞遥看不过去，就上场了，不仅大杀四方，还能一边打一边教江妈妈。江妈妈其实根本不会，技术糟糕透顶，看俞遥打了两局就服了，推开自己的儿子，占据了儿媳身后的最佳位置，还非常给面子地在儿媳赢的时候欣喜鼓掌，比俞遥自己还激动。

“哎呀，遥遥真是厉害！刚才牌那么差都打过来了，还能赢！”

“太厉害了，怎么学的呀？我这么多年了，一点儿长进都没有，次次跟人打都输。”

“遥遥加油，待会儿妈妈给你做好吃的，帮妈妈出一口恶气，把她们往年赢我的都赢回来！”

江妈妈握着手在俞遥的身后看着，就差膜拜了，把江爸爸逗得不行。江爸爸也是个老师，性格开朗。这对夫妻两个人都开明且热忱，善良又温柔，两人感情非常好。或许只有这样的父母，这样气氛温馨充满爱的完整家庭，才能养出江仲林这样毫不阴郁的孩子。

说实话，俞遥因为相亲而认识江仲林后，很长一段时间里对他的印象就是“地主家的傻儿子”。他好像没有一点儿坏心眼，会尊重人，又很有礼貌，世界上怎么会有这么可爱的男人。

其实刚和江仲林结婚那会儿，俞遥也担心过，不知道自己能不能和江妈妈处好关系，但是见了一次之后，俞遥就不再担心了。那次她们相处得很愉快。江爸爸爱开些小玩笑，能一次性逗笑老婆和儿子儿媳妇儿。而江妈妈，俞遥记得，那次江妈妈当着俞遥的面问了儿子一个问题：“儿子，我和你媳妇儿一起掉水里了，你先救谁？”

这样一个千古难题被婆婆问出来，俞遥当时都愣住了，江仲林更是傻眼了，不知道自己的亲妈为什么要捉弄自己，结果江妈妈自己回答了——她一本正经地说：“当然是救你媳妇儿了，妈妈有你爸爸救，不需要你救，谁的媳妇儿谁救，明不明白？”

江仲林：“……”

江妈妈又看向俞遥：“遥遥，你说对不对？”

俞遥也很认真：“江仲林又不会游泳，可我会，相比起来，我觉得我救他比较现实。”

江妈妈闻言开心极了：“其实他爸爸也不会游泳，以前我们家一家三口只有我会，搞得我每次去湖边玩都发愁，要是他们父子两个一起掉水里，我不知道该先救谁。现在好了，咱们一家四口，遥遥你也会游泳，以后去湖边玩咱们就不怕了，刚好一人救一个。”

江妈妈这话一点儿都不像开玩笑，认真到有点儿可怕，旁边的江家父子都一脸的复杂神色。

后来江妈妈还给俞遥看江仲林小时候的照片，小江仲林学游泳的时候拍的，圆滚滚的小身子上套着鸭子游泳圈，两只水灵的眼睛像黑葡萄一样。他乖乖地站在那，可爱得让人想抱在怀里狠狠揉两把再亲两下。

“你看这孩子，当初带他去学游泳，一放进水里就瞎扑腾，整个一旱鸭子。别人家的孩子是去学游泳的，他是去喝水的，喝一肚子水回来，最后连狗刨都没学会。”江妈妈向俞遥揭秘江仲林小时候的糗事，完全不顾新婚的儿子窘迫欲死的大红脸。

“你看，这个是他更小的时候，在盆里洗澡，像个小乌龟一样，脑袋埋在水里喝自己的洗澡水哈哈哈！”

“妈……不要说了吧……”

“捣什么乱，走开。”婆媳两个将他推开，江爸爸在一边看好戏，笑得见牙不见眼。

俞遥真的很喜欢江妈妈，可俞遥穿越过来以后，没听到过江仲林说起父母的事，俞遥就猜到，他们大概不在了，也就没敢问。之后俞遥问了杨筠和其他人，知道了江妈妈和江爸爸两人在前几年先后去世了，俞遥难受了好几天，却还是没有和江仲林提起过两位长辈的事。比起俞遥，更难受的应该是江仲林才对。

直到今天，俞遥才第一次在江仲林的面前提起了江妈妈。俞遥望着江仲林，江仲林的表情很平静。他也许是看出了俞遥的想法，伸手握了握她的手："妈临走前还提起过你，她也很想你。"

俞遥强颜欢笑："她不怪我吗，我让你这么多年都是一个人。"江妈妈也是一个母亲，看到自己的儿子这么多年孤身一人，为了俞遥耿耿于怀的样子，一定会很心疼，难道不会怪俞遥？

江仲林摇摇头："你知道的，妈那么喜欢你，怎么会怪你，她和我一样担心你，而且我一个人是我自己的选择，又不是你的错。"

俞遥眨眨眼睛，驱散眼里的酸涩，低低地说："我真想她。"

江仲林静了一会儿："我也想她……她要是知道你没事儿，一定也会很高兴。"

03

虽然老表哥一家没有江爸爸江妈妈那么让俞遥喜欢，但老表哥一家也没什么毛病，对她这个客人也算热情。他们一起吃了午饭，吃饭的时候俞遥才认全了这一大家子，江仲林的大侄子家里还有一对刚上初中的龙凤胎，先前一直在楼上打游戏，根本没下来。

这个年纪的少男少女，性格都有些叛逆，不爱理人。俞遥吃完饭到楼上的房间去休息，无意间看到这对龙凤胎在玩游戏，很感兴趣，就在一边看了一段时间，不一会儿就加入进去了，和他们一起玩了起来。

俞遥玩游戏上手都很快，这也算是种特殊天赋。她的运气又特别好，从前和朋友们一起玩游戏，只要是抽卡类游戏，大家都会让她帮忙抽卡，还笑称她的手为"神之右手"。所以她在游戏里也有大堆的朋友，可是如今，她当年常玩的游戏都关服了，那些只通过游戏联系的朋友也都再联系不上了。

很多事一开始她没有感觉，时间久了，她便都慢慢想起了，一些小事也能让她突然间怅然若失。好在俞遥并不是个爱钻牛角尖的人，心比较大，所以现在才能继续开心地过着每一天。

两个初中少年很快带着俞遥升了等级，途中俞遥为他们这个三人小队找出了不少好东西，惹得这两个吃饭时还一脸冷淡的小家伙都满脸兴奋地凑到她的身边说说笑笑。

“这边这边，快来，又找到一个，看看是什么。”

“啊！太红了吧！我在这里开了十几次都没开到这个！你怎么一下子就开出来了！”

俞遥满脸得意的笑，盯着那占满半个墙的游戏屏，手里迅速操控角色行动：“敌人摸过来了，注意，到我这边。”她刚说完，就顺手解决了一个敌人。

两个初中生很激动地跟着她深入腹地，头一次感受到了命运的眷顾。

江仲林在楼下和两个侄子聊了很久，见俞遥一直没下楼，有点儿担心地上楼想去看看情况，结果还没走到房门口，就看到了在游戏室和两个小孩玩游戏的俞遥。俞遥俨然一副带头老大的样子，三个人玩得入神，根本没发现他在后面站着，江仲林看了一会儿，没有打扰，又悄悄地下了楼。

等到晚上吃年夜饭，两个中午还不太理人的孩子对着俞遥已经笑得像花儿一样了。他们两个的爸妈吓了一跳，不知道这俩叛逆期小孩怎么突然这么懂事了，竟然会招待客人了。

年夜饭并不是在家吃的，他们订了一个临江的酒楼的夜景厅，在第一百六十六层，能看到底下的江面、大桥和江对面的一栋栋灯光璀璨的高楼。一眼望去，大半个海市都在夜幕中闪耀。虽然天上的星星暗淡，但地上的“星星”繁多，路面上川流的人群与车辆仿佛飞逝的流星，连成了一片流星雨，人在高楼之上，城市的喧嚣好像都变成了遥远的另一个世界传来的私语。

众人入席，厅里播放着春晚。他们吃得热火朝天，俞遥被春晚开头的音乐吸引了，抬头看了眼，入眼就是一片喜庆的红色，节目基调竟然和几十年前的没有多大变化，也是神奇，连开场舞蹈都是一样的活泼又奇特。明明很多地方都有了改变，但春晚还是从前的味道，连那个开场男主持人的播音腔都没变。

俞遥又仔细地看了看，发现那并不是个眼熟的主持人，屏幕里的几位主持人不是她所熟悉的那些主持人。随即她便反应过来，对啊，那几位现在应该也是很大年纪，或者已经逝世了，当然不会再站在这个舞台上。

她忍不住又走了会儿神——终究还是不一样的。

旁边有碗筷碰撞声，俞遥回神，发现江仲林给她舀了一小碗汤圆，白白的几个小汤圆浮在乳白色的汤碗里，甜香扑鼻。

江仲林给她舀了汤圆，也看向那正播着春晚的大屏幕："这几位主持人好像也主持春晚好几年了。"

"好像？"俞遥觉得好笑，"你往年不看春晚吗？"

江仲林笑笑："会看一会儿。"

过年看春晚在大多数人心里是家人间的仪式，而江仲林最亲近的家人都离开了，他只能一个人守在电视屏前。春晚节目有多热闹，他的身边就有多冷清。所以他一般只看一下开头的几个节目就会去睡了，不然要是看着看着坐在沙发上睡着了，就会在半夜被爆竹声吵醒。

因为包间里很热闹，俞遥凑近他说话："我觉得他们的声音都是差不多的，要是不看脸我刚才还没反应过来。"

电视屏上，演员们演了个小品节目，俞遥看了会儿，发现自己看不懂，也不知道有什么好笑的，就撞撞旁边的江仲林："这是什么梗，我怎么看不懂啊？"

江老师和她对视，露出茫然的神情，显然江老师也不是很懂。两个双胞胎倒是看懂了，一脸鄙夷，不屑地吐槽："这都是去年的老梗了。"

俞遥：我知道的梗都是四十年前的，去年的已经算新梗了。

在这种时候，她和老江保持了惊人的一致，反正老人家都看不懂。两个孩子不断地吐槽，俞遥听着听着就也觉得好笑了，吐槽春晚似乎也和春晚本身一起作为新传统保留下来了，也算是一道另类的风景了。

一顿年夜饭吃了很久，一家人又在这儿赏了会儿景，然后才回去。路上俞遥看到街上还有不少行人，广场上更是到处是人，巨大的天幕投影同步播放着各地的春晚节目。广场上还有商家在做促销活动，请了一些小有名气的明星来唱歌跳舞，举办抽奖活动，人多得让人望而生畏。

俞遥虽然有心去凑热闹，可看看自己的肚子，还是理智地打消了这个念头。就她这个样子往人堆里挤，一圈出来，孩子就得提前出生了。

回到家里继续看春晚，不过这会儿春晚变成了背景音，几个男人下棋的下棋，打牌的打牌，几个女眷打麻将，几个小孩子另外开了投影看公主系列动画电影，俞遥则和两个年纪大的孩子一起玩游戏。玩了一会儿，她听到外面噼噼啪啪的爆竹声，发现房间里堆了一堆烟花，一时兴起，带着几个孩子去外面的院子里放烟花。

现在的这种新型的冷烟花不会引起火灾，也不会炸伤人，安全性提高了很多，所以室内闹市都能燃放，不仅如此，连污染和气味都没了，只有声音保留了下来。

俞遥的身后跟了一串大大小小的孩子，他们在院子里摆好烟花，几个小孩子不敢点，两个大点儿的孩子则大着胆子跟她一起点，三人依次点了烟花，退后一些，往天上看。那些炸响的烟花飞蹿上天，一朵朵形状各异的烟花盛开。俞遥叹为观止，这些烟花也太好看了，还能在天上连续炸响三四次，每次都能变化成不同的形状。

最大的一个烟花有两百三十三响，第一朵余韵未消，最后一朵已经上天了，几乎漫天都是往下坠落的烟花，一个烟花筒营造出了几百个烟花筒同时燃放的瑰丽效果。

屋里的其他人也跑出来看烟花。俞遥看着天，往后退了两步，被身后的一个人扶住了，是江仲林。他说："身后有台阶，小心。"

俞遥反手拉住他的手："你看那个，那个好看，比当年我们去看的那个烟花大会好看多了。"

江仲林扶着她："烟花大会现在还有，比从前更好看了，你要是想看，我们可以再去一次。”

俞遥扭头朝他笑：“好，等瓜瓜出生了，我们带着孩子一起去看。”

江仲林看着她，也笑起来，在烟花底下，眼睛里有细碎的温柔亮光。

两人在瞿家住了一晚，大年初一还是回了家。

“我有很多学生要来拜年，我总不好不在家。”因为江仲林这么说了，老表哥虽然不太愿意，但还是让他们回去了。

果然，俞遥两人回家没多久，就陆续有学生上门拜年。先前江仲林不许学生们特地来拜访俞遥，但现在是过年，往年都会来的学生，今年也不好不让他们过来。于是想见俞遥的学生都趁着这个机会过来，今年来给江仲林拜年的学生就多了很多。已经工作多年的、还在海大念书的都组团来了一次，从他们对俞遥的好奇目光来看，显然，他们都是来看师母的。

除此之外，来客还有江仲林的一些老朋友，这小区附近常来往的邻居也都会互相拜年。

俞遥并不怕这种人多的场面，可一天下来还是累瘫了，窝在沙发上动都不想动。晚上，客人都走了，就剩下他们两个。两人这么静静地坐着，电视屏上的节目播着，屋里也不显得冷清，反而有种淡淡的温馨感，有种很令人安心的家的气息。

俞遥望着身边端着茶杯的江仲林，氤氲的热气缓缓升腾，他的目光停在电视屏上，正在认真地看一个年轻人对诗的节目。她蹭过去，把脑袋搁在江仲林的腿上。

江仲林的注意力立刻回到她的身上：“累了？”

俞遥架着腿，懒洋洋地挺着肚子说：“懒了。”

江仲林拿过一旁的大毯子，盖在了她的身上。

屋外传来邻居家小孩的嬉笑声，还有放烟花的炸响声和年轻人的悬浮车发出的丁零的轻响。俞遥闭上眼睛，静静地枕着江仲林的腿。

第十章

瓜熟蒂落

01

热闹的年过去，倏忽间春日就来了，这天早上起来，俞遥在门前的小院子里活动手脚，才注意到这片小院的角落竟然有一株迎春花。嫩黄色的小花一夜之间就开遍了枝头，她走到院子外面，看到迎春花的枝条耷拉在栅栏上。

“迎春花开啦。”邻居聂奶奶笑着站在自家院子里和俞遥搭话，手里有一大把刚剪下的迎春花枝条。聂奶奶的院子里也种了迎春花，和俞遥这边寒碜的一株不同，聂奶奶家的小院的栅栏上几乎是一片迎春花瀑布。之前俞遥看到的时候就想象过开花的样子，现在她发现，上面的花还未全开，这道“瀑布”就已经格外漂亮了。也不知道聂奶奶怎么照顾的，这些小黄花开得非常繁茂。

“早啊，您剪这么多迎春花枝条是要干什么呀？”俞遥好奇地问。

聂奶奶笑道：“这是我老家那边的习惯，春天到了，迎春花一开，就剪一些花枝下来，扎一个花环挂在门上，保佑一家人一年无病无灾。”

俞遥没听过这种习俗，不过觉得怪有意思的，眼睛不由得瞄向自己家院子里那棵可怜的小迎春花。最后，还是聂奶奶给了她一把迎春花枝，她才没对自家那棵动手。

“反正我这边很多，哎，你不知道怎么扎吧，来来，我来教你扎，上面这些花都要露出来的，要小心，不能弄掉。”聂奶奶热心地把俞遥让进了自己家，手把手地教。

过了一会儿，江仲林出来找俞遥，在院子里没见到人，正左右张望着，俞遥隔着一道栅栏喊了他一声，朝他挥了挥手里的花环：“我在这边，马上就回去了。”

虽然俞遥这么说，但江仲林还是过来了。俞遥坐在那儿跟聂奶奶学扎迎春花环，他就在旁边看着。

“哎，对，就是这样。你的手真巧啊，我孙女就不行了，我每年教她，每年她都学不会。”聂奶奶笑呵呵地指点。

俞遥手巧是有原因的，当了几年幼儿园老师，别的不说，做手工的能力是突飞猛进。她甚至能用小木头钉出一个小城堡，涂上各种颜色后一点儿都不比外面卖的那些玩具差。她还会做纸花、蝴蝶剪纸等小手工，在幼儿园里可受小朋友欢迎了。

俞遥拿着一个迎春花环和江仲林一起回了自己的院子，把花环好好地挂在了门上。

“平平安安，健健康康。”俞遥一手揽着江老师的腰，非常满意地说。

预产期临近，江老师有些紧张，他在俞遥的终端上安装了身体情况监控程序，俞遥的身体各项指数有波动，他这边都能收到消息。哪怕他现在没事儿不出门，有事儿也避免出门，一直陪在俞遥的身边，他还是担心。

俞遥自己倒是挺轻松的，自从知道现在的剖宫产真正做到了无痛、便捷、恢复快、零危险后，她就更没什么好顾虑的了。医生让她最近好好放松，她就没再看那些专业书籍了，每天的放松时间都在打游戏。

江老师在厨房里吃了两粒药，把药瓶收好，拿出处理好的食材准备炖汤，忽然发现终端上俞遥的心率过快，他的心也跟着一跳。他放下手里的东西就往外走，生怕俞遥出了什么问题。

他出来后一看，俞遥正戴着体验器玩游戏。现在这样的全息虚拟游戏仿真度已经很高了，俞遥正在玩的飞跃宇宙就是这样一款全息游戏，能开辟新的星球，体验一个人在荒芜星球上寻找各种奇怪的外星生物的感觉。俞遥刚才在游戏里穿戴着飞行器具从巨大的悬崖飞跃而下——是模拟出来的失重感导致的心率波动。

江老师："……"他有点儿担心，怕俞遥一个不小心直接把孩子给吓出来了。

俞遥玩了一会儿，取下体验器，一转头就看到江老师站在那儿，她往终端上一瞅，一下子明白了江老师为什么是这种表情。

"我说你是不是太夸张了，这东西安装了之后，我是没事儿，你反而很有可能会被我吓出事儿。"她走到江老师的面前，把他那边的提醒关掉，"你就放过自己吧，别这么提心吊胆的。"

江老师又把提醒打开了："不看着我更不放心。"

没办法，俞遥只好扔下游戏，跟在江老师的身边，省得他再草木皆兵。她待在江仲林眼睛能看到的地方后，情况果然好些了，至少江仲林能安心地清洗食材炖汤了。

俞遥收到视频提醒，不用看都知道是杨筠，这段时间联系最多的就是这个好朋友了。俞遥随手打开视频，把镜头对准江仲林的背影。

那边的杨筠一看就明白了，露出了然的神情："你家老江又在给你炖汤呢？"

俞遥吐了下舌头，无声做了个忍无可忍的表情。她家这位老江先生，能连续一个月天天都给她炖相同的汤喝，都不带换花样的，她也不知道他到底对猪蹄花生汤有什么执念。

俞遥看江仲林并没有注意到这边，又对着视频那边的好友展示了一下自己圆润的脸颊，表示补得双下巴都快出来了。

杨筠笑得前仰后合。

俞遥叹气，小声说："我天生丽质美貌一世，没想到现在竟然堕落至此。”

杨筠也小声说：“怕什么，反正老江喜欢的又不是你的美貌。”

俞遥：“这你就不懂了，女人的美貌不是给爱人看的，更多时候是为了取悦自己，为了照镜子的时候赏心悦目。”

杨筠：“嗯……你说得对。”

两人说笑了一阵儿，杨筠又说：“你的预产期快到了，我回国去照顾你。”

俞遥：“不用啦，你来来回回地折腾什么，身体都不好。”

杨筠撇撇嘴，没说话，转移话题，告诉了俞遥一些产后有助恢复的健身运动和一些适合的药。

“来尝尝味道。”那边的江仲林招呼俞遥。

俞遥端着终端过去，就着江仲林手里的汤勺喝了一口：“干吗最近老让我尝味道啊？”

江仲林微笑道：“我的口味比较淡，怕你不喜欢，还是问问你……这汤还好吗，要不要再加点儿盐？”

俞遥随口说：“加吧。我怎么觉得江老师你这段时间厨艺不但没进步，还有所下降呢。”

江仲林的动作一顿：“怎么了，是菜的味道太淡了？”

俞遥：“我知道，我知道你肯定要说吃多了盐对身体不好，所以才特地少放盐的。”

江仲林往汤里加了一勺盐：“那我下次还是多放点儿。”

俞遥跟他开玩笑：“江老师，你的那些菜谱白记了，最近我的手艺已经超过你了。”

江仲林对她笑起来：“是我输了，这个年纪的学习能力确实比不过年轻人。”

俞遥没有察觉到什么不对劲儿，江仲林接下来做的菜，盐确实多放了些，就是偶尔咸得有点儿过了。她看着江老师面不改色地吃那道炒青菜，忍不住问他：“你不觉得这青菜太咸了吗？”

江老师停了一下，咽下嘴里的菜："是有点儿，不小心放太多盐了。"

俞遥无奈地给他盛了碗汤，让他压压咸味："你也别老听我说什么就是什么，让你多放盐你就放这么多，我的口味也没这么重啊，下次你还是少放点儿，以你自己的口味为标准，别老迁就我了。"

江老师笑笑，没有说话，低头喝汤。

第二天，俞遥发现江老师买了个小秤，这个小秤能精确地称重，这下好了，他做菜放个调料都像在做实验。俞遥想，江老师是不是患上了孕期综合征，这种孕妇怀孕期间普遍出现在孕妇家属身上的病症，具体表现为行为异常。

俞遥几乎可以肯定这是江老师太紧张导致的结果，很是体谅，对他这个减压方式不仅没过问，还很给面子也去试了试那个秤。最后她嫌弃做菜用秤实在太麻烦，还是恢复了自己"随便流"的做菜风格，"精确称量流"的风格则被江老师保留发扬光大。

预产期越来越近，有一天俞遥醒来，推开房门就看到外面的沙发上坐了个眼熟的人，那人正是杨筠。

俞遥满脸惊喜，大叫一声："筠筠！"

杨筠过来和俞遥拥抱了一下，摸了摸俞遥的大肚子，哈哈笑道："真的好胖哦你现在，以前一起喝奶茶吃零食，你老是炫耀自己不会吃胖，现在可好了，天道好轮回，胖成这样了。"

俞遥："我不是说了让你别来吗，多麻烦啊。"

杨筠："我就要来！都说了我不放心了。"

俞遥知道杨筠为什么不放心。杨筠是知道俞遥妈妈的事的，这件事是俞遥少年时期的心结。那时候杨筠已经是俞遥最好的朋友，曾陪着俞遥从悲伤中走过来。这件事让俞遥产生的心理阴影，没人比杨筠更了解，江仲林也不行。

俞遥觉得眼睛一热，握着好朋友皱巴巴的双手："算啦，来都来了。你过一阵儿就能亲眼看到孩子出生了，等我家瓜瓜出生，让他认你当干妈。”这是早就说好的，几十年前就说好了。

谁知杨筠却一挥手：“那可不行，现在瓜瓜要认我当干奶奶了，年纪差这么大，当干妈像话吗？”

俞遥：“……”

俞遥看着忍笑的朋友，脸色忽然变得狰狞起来，故意怒道：“好哇，你这浑蛋，故意占我便宜！你给瓜瓜当干奶奶，那不是要当我干妈吗？忘了你当年玩游戏求我带你还叫我爸爸的事了？”

杨筠：“哈哈哈哈！”

02

几十年前，当杨筠还是个少女的时候，杨筠最好的朋友俞遥曾在杨筠家住过一段时间，那时俞遥的母亲刚去世。

杨家条件不错，杨筠又是独生女，几乎是被宠爱着长大的，从小没吃过什么苦，人天真得几乎带了些傻气。可俞遥不一样，两人的性格有很大的差别。她们在很小的时候相识，很快就成了朋友，到后来杨筠都不记得两人是因为什么成为朋友的了，好像就是自然而然地聚在了一起，时间一年一年地过去了，她们依旧亲密无间。

那一年，俞遥的母亲去世，一尸两命。俞遥和爸爸闹得很僵，连家也不愿回了。俞遥在外婆家住了几日，被舅妈挤对了出来，没有地方能去，就来到了杨筠家楼下。那天晚上下了雨，俞遥浑身湿淋淋地站在杨筠的窗户底下叫杨筠的名字。杨筠惊醒，打开窗户看到俞遥的狼狈样子，吓了一跳，穿着睡衣跑下去开门，又招待俞遥洗澡，最后两人一起睡在了杨筠的房间里。

她们经常在对方家里借宿，两个人睡一起，常有说不完的话，可那天俞遥很沉默，杨筠也不知道该怎么安慰。

半夜，杨筠听到身边的好朋友在哭，压抑的哭声很轻微，伴随着轻轻的吸气声。她们两个中，杨筠总是被保护的那个，杨筠听俞遥在夜里哭，心里也很难过，忍不住也跟着哭起来。哭着哭着，杨筠的声音越来越大，渐渐盖过了旁边俞遥的哭声。

俞遥被杨筠哭得无语，只好停下来转身安慰杨筠，拿了纸巾让杨筠擦眼泪鼻涕。

“你哭什么？”十几岁的俞遥很无奈地坐在杨筠的身边。

杨筠抽抽搭搭地哭：“我难过，想哭。”

然后她们都不哭了，抱着被子坐在床上说话。俞遥问杨筠：“女人为什么要生孩子呢？不生孩子就不会死了。”

杨筠说：“人不生孩子也会死的，不管是老死、病死、被车撞死还是喝水呛死，都会死的。”

在昏暗的床头灯下，俞遥那张写满了愤恨的脸还很青涩。俞遥磨了磨牙，突然说：“我以后死都不生孩子！不生！”

杨筠靠在她的身边：“哦，那就不生吧，我也觉得生孩子太疼了，我也不生。”安静了一会儿，杨筠又忍不住加了句，“不过要是我最喜欢的明星跟我结婚，我还是愿意给他生孩子的。”

满心激愤的少女俞遥于是又露出了一言难尽的表情：“你不懂，男人没一个好东西！”

杨筠心想，遥遥这个口气好像《倚天屠龙记》里面那个灭绝师太的语气啊，灭绝师太跟周芷若说话就是这样的。但杨筠不敢说，怕被愤怒中的好朋友打。

“那你以后不会结婚了？”杨筠好奇地问她。

十几岁的少女离婚姻还那么遥远，于是俞遥毫不犹豫、斩钉截铁地哼了一声：“这辈子都不结婚！”

后来这个叛逆的少女渐渐长大，少年时的仇恨也慢慢放下了，也明白世界上很多事就是无可奈何的。俞遥开朗仗义，能一起出去玩的朋友很多，杨筠每次和俞遥聚到一起，都会问：“找男朋友了吗？”

二十多岁的俞遥懒散地笑，不太在意地说：“找不到合适的，当朋友还行，过一辈子就算了。”

杨筠托着腮，有点儿苦恼："我妈最近一直张罗着让我相亲，天哪，我才二十多都没到三十，为什么就要相亲了。"

俞遥没有这种苦恼，幸灾乐祸地打趣："看来你要在我前面结婚了，到时候我去给你当伴娘。"

结果这个说要给人当伴娘的家伙很快就找了男朋友，并且决定结婚了。杨筠再约俞遥出来玩的时候，激动地摇晃着好朋友："才谈了一年恋爱你怎么就要结婚了啊啊啊啊！你以前不是说当朋友行，结婚一辈子就算了吗，那个江仲林给你灌了什么迷魂汤？！"

俞遥摸摸鼻子，咳嗽一声："喀，我也不想的，但江仲林跟我求婚，我一个没注意就答应了。"

"什么叫一个没注意就答应了！"杨筠差点儿把自己精致的发型都给甩乱了，也不知道自己心里是高兴多一点儿，还是不高兴多一点儿，只知道自己激动得停不下来。

后来，俞遥如期举行了婚礼，杨筠也如愿当了伴娘。杨筠坐在房间里和穿着婚纱的俞遥说："下次我结婚，你也要给我当伴娘。"

俞遥化了新娘妆，比平时更加好看，微微一笑："我结婚了，还怎么给你当伴娘？"

杨筠看她这个样子，突然间觉得好像失去了什么，眼泪一下子就涌了出来，突然得把杨筠自己都吓到了。杨筠哽咽着说："我不管，我就要你当我的伴娘。"

俞遥也被杨筠吓到，连忙给杨筠擦眼泪，嘴里答应道："好好好，当当当，给你当伴娘，一定当，好吧？"

杨筠却哭得停不下来，脸上的妆都花了。好像直到那一刻，杨筠才后知后觉地发现，陪伴自己长大的好朋友要有更亲密的人了，以后俞遥有了自己的家庭，杨筠再也不能半夜突然跑到俞遥那里把人喊出来吃夜宵，然后再一起睡觉，一聊聊一整晚了。俞遥被人抢走了。

杨筠看到新郎江仲林走进来，顿时哭得更大声了，然后俞遥就把那满脸无辜又茫然的青年新郎给赶了出去。

“没事儿没事儿，我们是一辈子的好朋友，你还是小屁孩的时候我就认识你了，等你变成老太太，咱们两个老太太还能一起出去玩，去蹦极和跳伞怎么样？”

杨筠没忍住，破涕为笑：“那么大年纪了还怎么蹦极跳伞，吓都吓死了，说不定还有心脏病呢。”

心脏病是没有，糖尿病倒是有。看着俞遥抱着肚子在屋里走动，已经变成老奶奶的杨筠忽然想起了很多年前的那个夜晚，俞遥冒雨跑到杨筠家的那个夜晚。那时的俞遥很悲伤，也很害怕，亲眼见到的那些画面给俞遥留下了很重的心理阴影。其他人都以为俞遥并不在意，以为俞遥已经忘记了，可杨筠知道，俞遥一直都害怕，二十多岁的俞遥在路边看到孕妇，都还会下意识地避开一点儿。

哪怕她知道俞遥很喜欢江仲林，可俞遥那时仍然不愿意为自己爱的人生孩子。

“江仲林说想要孩子，我才不生，麻烦死了。”婚后，俞遥曾对杨筠这么说。杨筠明白，俞遥不是怕麻烦，俞遥只是害怕而已，可俞遥绝对不会说自己害怕。杨筠也不会说出来，只回答说：“那就不生吧，反正江仲林事事都依你，你不想生，他也不可能舍得勉强你。”

现在俞遥的孩子快要出生了。杨筠不知道俞遥是不是已经克服了多年来的害怕，杨筠只知道自己一定要来陪俞遥生下这个孩子，亲眼看到俞遥平安地从产房出来。

瓜瓜的预产期就在这两天了，俞遥已经住进了医院，杨筠和江仲林一起过来照顾。杨筠这次回国是大儿子陪着，老伴被她丢在家里看孙子。俞遥刚看见杨筠的大儿子，还被叫了阿姨。杨筠非让儿子这么叫，她儿子真是满脸的无奈，但最后还是喊了。一个这么大年纪的男人管俞遥叫阿姨，过来安排事项的护士听到，表情古怪，不知道想了些什么。

因为医院不让太多人陪房，杨筠和儿子就在医院附近找了个酒店住，晚上过去休息，白天还是在这边陪俞遥。

俞遥很平静，逛了一圈病房，就躺在床上玩游戏了，杨筠坐在旁边一起玩。好半天没看到江仲林回来，杨筠想想，还是决定起身去外面看看。

走到楼下，杨筠看到江仲林坐在楼下的一条长椅上。杨筠走过去，见江仲林手里提着一袋水果，正在发呆。

“水果买好了怎么不上楼？”杨筠问道，坐在江仲林旁边。

江仲林回过神：“刚才去问过俞遥的医生，回来在这边坐了一下，马上就上去了。”

杨筠在心里叹气，笑着问他：“遥遥快生了，你想要男孩还是想要女孩啊？”

江仲林：“想要她平安。”

杨筠看到他的手掌上被那袋水果勒出的红痕，又想叹气了，只能劝道：“没事儿的，你不是每个月都会带遥遥来检查两次吗？医生也说了，孩子很健康，遥遥的身体也很好，现在的剖宫产技术那么先进，一下子就结束了，你还在担心什么呢？”

江仲林点头：“我知道。”

虽然知道，但他还是提心吊胆的。杨筠也明白，不再多劝，站起来说：“行了，先上去吧。”

还是让遥遥来开解这位江老先生吧。

当天晚上，俞遥的肚子就有了动静，被推进手术室的时候，杨筠和江仲林一样，都紧紧地握着俞遥的手。杨筠看着俞遥有点儿发白的脸，一迭声地跟俞遥说：“不怕，不怕，很快就好了，遥遥不要怕。”

俞遥回握杨筠的手，好像明白了杨筠的想法，露出一个笑：“你才是，不要怕，我不是从前的我了。”俞遥不是那个满心阴影的十几岁少女了。

杨筠却想，你分明还是从前的你，我才不是从前的我。

俞遥又看向过分沉默的江仲林，取笑他：“你要不要先去看个医生，我怕你半路晕倒。”

江仲林勉强朝她笑笑：“你要快一点儿回来。”

“行，我生快点儿。”俞遥说的这话把旁边的护士逗笑了。那年轻护士露出个职业笑容，表情却因为憋笑显得有点儿微妙：“家属请放心，这只是个普通手术，最多半个小时。”

03

正如那个年轻护士所说，不到半个小时，手术结束，俞遥和孩子一起被推出来，送回了病房。全程没有意外，非常顺利。

因为打了麻醉药，俞遥感觉不到疼，还挺精神的，就是有点儿迷糊，躺在床上不能起身。俞遥看看身边皱巴巴的孩子，那是个女孩，俞遥松了口气，笑着对江仲林说：“这下你高兴了吧，是个女瓜瓜。”

俞遥知道江仲林一直很想要个女儿。

江仲林坐在俞遥的身边，那双温和的眼睛里泛着柔和的一点儿亮光。他握住俞遥的手，笑着点头：“我很高兴，你快休息吧，我会照顾好孩子的。”

俞遥闭上眼睛，过一会儿又睁开：“打个商量，你不要再炖猪蹄花生汤了行吗？”

江仲林：“行。”

知道自己醒来后不用再面对喝到想吐的猪蹄花生汤，俞遥放心地睡着了。但没睡多久，俞遥就醒了。她刚生下的小崽子正在哇哇大哭，这小丫头一出生就近七斤，是个很健康的孩子，来照看的护士说，这孩子睁眼特别早，显得很灵动，是孕期照顾得好的原因，小丫头显然也是个聪明孩子。

聪不聪明，俞遥是看不出来，只觉得这孩子估计会像自己，挺能闹腾的。亏得江仲林有耐心，抱着小丫头哄，又给小丫头喂医院里调配的婴儿营养液。

现在的孕妇病房里都设置了专门的育儿室，小小的一个。俞遥一睁眼，就看到江仲林把孩子从里面抱出来，而孩子张着大嘴哇哇叫。明明在肚子里那么乖，一出生却脾气不太好的样子，小骗子，估计是先前在妈妈的地盘里不敢造次，现在出来了翅膀硬了就造反了。俞遥心里乱七八糟地想着，喊了一声："孩子抱过来。"

见俞遥醒了，江仲林抱着孩子过来，有些犹豫："被吵醒了？"

俞遥伸手，让他把孩子放到自己的身边。江仲林依言把孩子放到她的身边，俞遥轻轻捏住孩子的小手，像是捏住了什么幼崽的爪子上的软垫。她对刚出生不久的女儿说："不许欺负你爸，听到没？怎么这么吵呢？再吵把你塞回肚子里去了。"

江仲林哭笑不得，孩子又听不懂。

但孩子真的不哭了，睁着一双眼睛捕捉俞遥的身影，嫩红的小嘴动了动，两颊肉肉的。

俞遥低头和她对视，又捏了捏小丫头的小手，屋子里温度适宜，孩子身上也没有太多的束缚，俞遥捏完了孩子的手，又去捏孩子的小脚丫。小脚丫上套了一双鹅黄色的小鸭袜子，那是之前杨筠给买的。

俞遥用手去蹭孩子柔软漆黑的胎毛："这个瓜熟了，该有名字了。"

江老先生静静地看着她们，心里充满了一种无法言说的感情，像是被注入了一腔温水，水波在心中微微荡漾，温暖柔软的感觉通过血管传达到身体里。

他有了一个女儿了，江仲林想着，以后他不仅要好好保护和照顾俞遥，还要照顾这个小小的女儿。他发现自己有了许多新的力量，能更长久地走下去的力量。

俞遥没听到江仲林说话，抬头看去，发现他好像快被新生命感动哭了。她摸着女儿柔滑的小脸，心说，看来江仲林是真的喜欢女儿，高兴得都不会说话了。

于是俞遥笑呵呵地看着江仲林，等他回神。江仲林对上她的笑脸，坐下来，眨了眨眼睛："谢谢，辛苦你了。"

俞遥坦然接受了，怀孩子确实辛苦，然后她对江老先生说："也谢谢你，你也辛苦了。再辛苦你一下，咱们这个瓜瓜该取大名了，你想好了吗？"先前孩子没出生她就让江仲林取名字，但他坚持要等孩子出生后再取名，说这样更郑重。俞遥是不知道之前取和之后取到底有什么区别，不过江老先生是很有仪式感的人，她见怪不怪，都随他了。

江老先生满身文人气息，看了看窗外的花枝，缓缓开口："瓜瓜出生在春日，春日是万物生发之时，她走过严寒，在此时出生，以后肯定是个能健康成长的孩子，坚强而生机勃勃。"

俞遥觉得江老师的滤镜有点儿严重，孩子刚出生就这么肯定？说不定这孩子以后会是个小娇气包呢。

江老先生夸了一阵女儿，最后说："我想给她起名瑞，江瑞，取吉祥吉兆之意。"

俞遥有点儿意外。这么简单的名字？她还以为江老师会引经据典翻找一个寓意特别好、叫起来也特别好听的名字，没想到用了一个这么普通的字。

江老先生似乎察觉到了俞遥的想法，笑了笑，解释说："瑞是个很好的字，我希望她日后吉祥如意，哪怕遇到险阻，也能得到帮助，摆脱困境。我也希望她能普普通通，只要能普通又平安地长大就好。"

都说望子成龙望女成凤，江老师却没有想要孩子出人头地的意思，俞遥发现了他满腔的拳拳父爱，心里也有些说不出的感觉。最后俞遥躺回去，把女儿交回江先生手里："好爸爸，去吧，照顾你的小瓜瓜去。"

然而小瓜瓜根本不给爸爸面子，一被带离母亲身边就哇哇地哭起来，没办法，江仲林只好让瓜瓜睡在俞遥的身边。

俞遥："……"

俞遥盯着孩子陷入沉思。

江仲林说："你放心睡吧，我看着，不会让你压到她的。"

心思被察觉了，俞遥也没什么不好意思的样子："那你可要好好看着，我睡相不好，真不知道会不会把她踢下床。"

杨筠之前就说起过刚生孩子时的一些糗事，譬如晚上睡觉，夫妻两个都太累了，孩子半夜掉下床，夫妻俩也没发现。孩子落在厚厚的毛毯上，没有醒，滚到床底睡了一夜。一对新手爸妈醒来后没发现孩子，吓了个半死，最后还是孩子醒了，在床底发出哭声，才被夫妻两个找到。

俞遥无言以对。

轮到自己了，俞遥也有点儿担心瓜瓜会滚到床底去。

"哎呀，好可爱的小宝宝呀！来，让干奶奶抱抱。"杨筠抱着瓜瓜，满脸慈爱。

正在磕核桃的俞遥闻言，拿起一小片核桃壳砸到了好朋友的脑袋上："不许占我便宜！"

杨筠不理会她，还抱着瓜瓜哄："来，叫干奶奶哟。"

俞遥嚼着核桃，凉凉地道："你要是能让瓜瓜现在就开口叫干奶奶，我就认了你这个干妈。"

这么小的孩子，怎么可能开口叫人，她只会吐泡泡，最多发出啵啵啵的声音。

杨筠抱了瓜瓜一会儿，这孩子又开始哇哇哭，只有到了俞遥手里才会安静下来，可能是俞遥身上的气息比较熟悉，让小丫头更有安全感。俞遥让孩子躺在自己的身边，孩子就自己骨碌碌地转眼睛，挣动手脚，不太消停。不过瓜瓜现在实在太小，再折腾也翻不出花来，俞遥觉得这个动静就像自己旁边裹了只乌龟一样。

杨筠坐在床前，问俞遥："瓜瓜前三天要吃医院调配的营养液，三天后就要你自己喂奶了，你有奶水了吗，要不要用吸奶器？"

俞遥："胸部确实有点儿胀，那玩意儿怎么用啊，江仲林有买吗？"

杨筠却突然笑起来，笑得不小心把头磕到了床沿上，好久没说出话。

俞遥莫名其妙："干什么呢，笑成这样？"

杨筠好不容易止住了笑，擦了擦眼角，悄声说："其实是江仲林让我来问你的，他不太好意思跟你说这事儿，就请我来详细地跟你谈谈经验……我都快笑死了，你不知道你家江老先生多不好意思！"

俞遥愕然失笑，摸摸额头，无语道："他平时照顾我都很自然，看不出什么不好意思啊，还真能装。"

等江仲林提着食盒过来，杨筠就回去吃饭了，俞遥看着江仲林，跟他说："你有买那个吸奶器吗？"

江老先生非常冷静地回答了她："下午我去买，医院这边应该也有。"

俞遥哦了一声，又问："那你会用吗？"

江老先生的语气很严肃："应该有说明书的。"

俞遥看着他强撑的样子，自己也强撑着不笑出来，低头玩了会儿瓜瓜的小手，用同样严肃的语气问："我没说过胀疼，你是怎么知道的，是问了护士还是自己查了资料？"

江老先生听出来了，俞遥是在故意逗他玩，他无奈地推了下眼镜："你不舒服，应该跟我说的。"其实他是在帮老婆洗胸衣的时候发现的。

俞遥挑眉："我好意思跟你说，我怕你不好意思听啊老师。"

瓜瓜哼唧了一声，江爸爸立即说："我抱她去喂营养液。"

俞遥拿过打开了盖子的食盒，一边摆开一边说：“先生，劝你早点儿习惯。”

江爸爸抱着女儿嗯了一声，俞遥拿出筷子勺子，半打趣半不解地问他：“你以前不是很坦荡的吗，我怀孕的时候你还帮我擦肚子按摩腿呢，我还以为你已经视红颜为枯骨了，现在不好意思个什么啊。”

江老师没说话。如果不是俞遥，而是其他人，他反而能坦坦荡荡，因为心里没有那种情意，所以不会在意。可她是俞遥，是他心中珍爱多年，如今依然喜爱着的妻子，所以他才会不好意思——也许还有惭愧吧，他已经是个老人家了。

那边俞遥喊他：“回神了江爸爸，你要把营养液喂到瓜瓜的鼻孔里了。”

瓜瓜愤怒地给分心的江爸爸一个喷鼻，喷了他一手的汁。

另一边的俞遥见此惨状，大笑起来。江老先生看看这一大一小，也发自内心地笑起来。

算啦，不省心的两个孩子。

04

俞遥回了家，杨筠也准备回去了。杨筠的大儿子假期不多，又不放心母亲一个老太太待在这里。杨筠原本还不太想走，最终被俞遥劝走了。

“又不是相隔很远，每天还能视频，有什么不舍得的，你快回去吧。”俞遥知道，杨筠自己心里也惦记着家里的老伴和孩子，既然现在没什么事儿了，还是让杨筠快点儿回去比较好。

杨筠走之前，对俞遥说：“遥遥，我很高兴，真的很高兴。”杨筠这辈子关于俞遥的遗憾有很多，而现在，随着俞遥的归来，这些遗憾正在一点点地消融。这让杨筠觉得心底的压力慢慢减轻了。

“我知道，阿筠，你要好好的，保重身体，我希望你能健健康康的。”

“你也是。”杨筠抱了抱俞遥，和俞遥告别。

天下无不散之筵席，然而筵席还可以一次又一次地开，只要她们还在，总归能再相见，实在不用感到难过。但是离别这个词好像天然地带着一分伤感。

俞遥没能感叹多久，因为瓜瓜又开始欺负爸爸了，正在哇哇叫，魔音穿耳。

“把那个瓜拎过来我收拾！”

这个瓜瓜不知道怎么回事，竟然从小就如此识时务，是个机灵的小俊杰，一到了妈妈手上就立刻乖巧起来。不哭的时候，瓜瓜非常可爱，简直就是个小天使，让人不忍心对这个小姑娘板着脸说一句重话。如今瓜瓜怎么闹腾，江爸爸都温温柔柔地细心照顾这个小小的女儿，那溺爱孩子的模样让俞遥担忧得不行。

江老师有几十年的教学经验，俞遥以为他一定能把孩子教好，现在看来，还得自己这个当妈的来教。俞遥抱着瓜瓜想，也许江老师只会教大孩子，像这种软绵绵的肉虫一样的小娃娃，他是没办法的。

俞遥觉得，如果瓜瓜是个小男孩，让江老师教导，以后肯定会是个和江老师一样的谦谦君子。不过瓜瓜作为女孩子，其实还是像妈妈更好，毕竟性子软就容易被欺负，但如果像妈妈，就能欺负别人。

虽说经过四十年，社会风气好了很多，现在男女都差不多，但俞遥来自四十年前，那会儿社会上还是女孩子弱势些。曾经在新闻上看到过那么多恶性事件，即使到了四十年后，对于女儿的安危，俞遥仍然抱有几分忧虑。

瓜瓜还在熟睡，新手妈妈的教育方针已经初步定下了。俞遥还就此和江老师进行了探讨，单方面决定了孩子的教育方向。

江老师全程倾听，最后点点头：“好啊，听你的。”

俞遥：“你没有什么不同的意见吗？”

江老师说：“术业有专攻，在幼儿教育上，你是我的前辈，我们互相学习互相补充，我先看看你怎么教。”

有那么一瞬间，俞遥觉得自己是在和孩子她爸进行什么严肃认真的学术交流。

俞遥没有养过这么小的孩子，这样一个脆弱又柔软的生命，好像一不小心就会碰碎了，让人不能不紧张。这么小的孩子，什么都表达不出来，不管是渴了、饿了、不高兴了还是不舒服了，瓜瓜都只会哭，而且也不管时间地点，需要全天候的细心照看。瓜瓜经常半夜饿了就吵醒父母要喂食。

俞遥半夜听到孩子的哭声，头昏脑涨地爬起来，刚想下床就被按了回去。江老师已经起身戴上了眼镜："我去给她泡奶粉，你先睡。"

俞遥没听他的，打着哈欠含糊道："你一个人应付不了瓜瓜。"她散着头发走到女儿的小摇篮旁边，捏住女儿乱挥的小手，"祖宗啊，你可真能折腾人。"

江老师回来时，瓜瓜睁着黑葡萄似的两只大眼睛，挣动着两条腿，一只手被俞遥抓着，而俞遥就这么把脑袋靠在摇篮边上睡过去了。

他轻手轻脚地抱起女儿，但这动静还是把俞遥惊醒了。俞遥撑着脑袋，看江仲林在壁灯柔和的光芒下抱着瓜瓜哄，给瓜瓜喂奶。

"你去睡吧，瓜瓜不会再吵了。"江仲林穿着一身睡衣，套了件米白色的外套，细心地喂女儿，还不忘对俞遥说这么一句。

俞遥拍了拍脸颊："说好了要么一人一回，要么就一起的。"

江老师摇摇头："你累了，要多休息。"

俞遥："说得好像你不累一样。"

照顾孩子真的十分累，特别是这一段时间，两人晚上都休息不好，俞遥在怀孕的时候就已经明白有了孩子之后会有多辛苦，但真到了这时候，她才真正知道把一个孩子好好照顾到大是个多大的难题。

就算是她这个当亲妈的，偶尔被瓜瓜折腾烦了，也会忍不住生气，可江老师却从来没有这样。不管多麻烦多琐碎的事，他都会去做，不管瓜瓜多吵闹，他都能细致耐心地对待，每次俞遥看着他，就觉得自己心里的那点儿躁意也跟着消去了。

她偶尔会想，自己有这样的脾气，说不定当不成一个好妈妈，但江仲林却一定是个能让孩子得到最多爱的好父亲。

小孩子这种生物，自带两面性，吵闹的时候让家长头疼欲死，乖巧起来又让人打心底里疼爱，两种状态还能无缝切换。

孩子慢慢长大，更加不安分了，江老师经常能听见俞遥的大喊："祖宗瓜瓜！你亲妈的头发快被你薅光了！快住手！"瓜瓜的亲妈怒气冲冲，声音里又带着无奈。没多久，俞遥就又会抱着乖巧起来的女儿啵啵亲个不停，笑呵呵地说："宝贝儿瓜瓜真可爱，妈妈亲亲。"

她半夜爬起来喂食回来后，会幽幽地说："这个坏瓜真的要把我折腾死了……"

早上起来后，俞遥给瓜瓜换上可爱的衣服，拍照发给杨筠和其他认识的人，又会捧着脸笑："不愧是我的女儿，瓜瓜真好看，以后也一定是个小仙女。"

而瓜瓜是个欺软怕硬的瓜瓜，面对妈妈，大部分时间很乖。也许是察觉到爸爸是个软绵绵的、疼爱自己的、不会生气的爸爸，瓜瓜欺负爸爸比较多。每次俞遥发现了，就要把女儿拎到一边教育，主题就是不能欺负好爸爸。

这种教育没有成效，因为还没满周岁的瓜瓜听不懂。小瓜瓜只会遵循本能，对更疼爱自己的人闹脾气，而对不会纵容自己的人依旧有几分敬畏。

俞遥想起自己很小的时候脾气又倔又坏，想要什么就非得得到不可，同时，谁都不能勉强她做任何事。那一年，俞遥大概是七八岁吧，被爸妈带着出门做客，那家人招待他们吃饭，俞遥胃口不好吃不下，因为先前和那家的孩子一起吃了零食。

回家后，爸爸说她没有礼貌，在别人家吃饭挑三拣四，而俞遥那时也不知道怎么的，被爸爸一训斥，顿时万分委屈，生气得二话不说就在粗糙的地上狠狠地把自己的嘴给磨了个血肉模糊，把爸妈都吓了个结实。

她那时那么小，脾气就倔成那样，只想着：你让我吃，行，那我嘴都不要了，看你还让不让我吃。

从那以后，爸爸就再也不敢轻易训斥俞遥了，妈妈更是不会对俞遥说一句重话，就怕俞遥这个臭脾气再发作。

人都是这样的，有一种懂得怎么去伤害爱自己的人的本能。

瓜瓜不仅长得像俞遥，脾气也有些像，还这么小，性子就已经显露了几分。俞遥看着瓜瓜，偶尔都会忍不住烦忧地想，要是以后瓜瓜长大了真像自己这样，那自己岂不是要天天和瓜瓜吵架了？这么一想，俞遥觉得自己仿佛是在嫌弃自己。

俞遥突然间体会到了几分爸爸的心情，如果瓜瓜长到十几岁的时候也像自己那时候那么叛逆，自己说不定也会像爸爸那样做，最终两人把关系闹僵。说起来也真是好笑，爸妈两个人里，俞遥最喜欢妈妈的温柔，最讨厌爸爸的强硬，可是现在俞遥一回想，自己的性格更像讨厌的爸爸，而不是妈妈。所以说，人最后都会长成自己讨厌的模样。

“江老师，我不会教孩子。”俞遥有点儿沮丧地把脑袋搭在床边上，两条腿围成一个圈，圈着正在玩小脚丫的瓜瓜。

江仲林不明白俞遥怎么突然这么不开心：“怎么了？”

俞遥：“我要是把瓜瓜教坏了怎么办啊？”

江老师的表情不变，说：“有我在，我会好好地看着你们两个的。”

俞遥一手挠着女儿胖嘟嘟的小脸：“我觉得这孩子肯定会像我年轻的时候那么折腾，又不听话，到时候我们都要跟她生气的。”

江老师笑笑：“为什么一定要听话呢？‘听话’不是一个好词。但凡是当父母的，都想掌控自己的孩子，哪怕是以关心为名，实际上也都是控制欲。我们要教导孩子，不该是像养宠物那样养她，而该像种树，给她足够的阳光雨露，她会自己成长的，她只有还是幼苗的时候才需要我们的精心呵护。”

“少年人都有自己的个性，就算年轻的时候不懂事，长大后她就会慢慢懂得各种道理了。我们做父母的哪里能做那么多呢？总归还是要她自己去体会人生百态、酸甜苦辣的，你只管放宽心。”

江老师虽然也没有养过小孩子，但他自有睿智的人生道理。

第十一章

一家三口

01

孩子刚出生的那段时间，俞遥真的不想再回想，那段日子实在太累了，不仅要照顾孩子，还要注意自己身体的恢复。终于觉得自己能稍稍缓口气时，她猛然发现春天竟然就这么悄无声息地过去了。转眼已经到了七月，她穿越过来差不多一年了。

瓜瓜能翻身了。

那天俞遥躺在床上敷眼膜，想着好歹拯救一下脸上那两个硕大的黑眼圈，瓜瓜就躺在她的身边。俞遥一不注意，瓜瓜就翻了个身，俞遥察觉到动静，往旁边一瞟，瓜瓜整个人扑在被子上，脑袋昂起来，嘴里叽里咕噜的在不知道念叨些什么，口水都要掉下来了。

俞遥手疾眼快地抽出纸巾一擦，然后就来了兴趣，把瓜瓜整个翻过来后怂恿道："瓜瓜，再翻一个！"

不知道是不是因为听到了妈妈的鼓励，瓜瓜一使劲儿，竟然又翻了个身。俞遥按着眼膜跳下床，推开书房门，招呼江仲林："快来看！你的女儿会翻身了。"

江仲林马上也过来了，两个人围着瓜瓜，等着小丫头再翻个身。可惜，不知道是不是翻了两个身后瓜瓜没力气了，这会儿不管俞遥怎么说，瓜瓜都不翻身。

直到晚上，江仲林才等到了瓜瓜的再次翻身，瓜瓜小屁股一撅，整个人就翻过去了，但之后趴了好久都没能再翻过来，像只不幸“翻车”的乌龟。

俞遥觉得女儿这样很好笑，特地买了个逗猫棒，没事儿就把瓜瓜放在面前，等小丫头翻身后，就在瓜瓜的面前晃动逗猫棒，引得小瓜瓜伸长了脖子扭来扭去。

瓜瓜的脾气不太好，老是拿不到眼前晃来晃去的东西，不高兴了，就会大声地啊啊啊叫起来，手脚舞动，打在被子上发出砰砰砰的声音。俞遥把一个小小的软软的红球弹到瓜瓜的面前，再悠闲地看着瓜瓜徒劳地抓来抓去。小瓜瓜的手太小，握不住那么大的一个圆滚滚的软球，抓握的动作又不熟练，于是经常只能挨到小红球，而不能抓住。

抓了一会儿，小丫头又生气了，啊啊啊的声音更大了，小手更用力去抓，结果小红球反而被推远了，骨碌碌地滚下了床。俞遥只顾着笑，一点儿都没有要帮忙的意思。

“看你还欺负你爸，现在球球欺负你了。”

小红球滚落到门口，撞上一双拖鞋停了下来。门口的江老师弯腰把球捡了起来，擦一擦，放到女儿的怀里，瓜瓜用两只手抱住了。

“你在家憋了很久了，听说凤凰广场那边的凤凰木开花了，你要去看看吗？刚好天气也不错，瓜瓜也能出去透透气、看看人。”江仲林说。

俞遥眼睛一亮：“好啊，去去去！”

凤凰广场的那一片凤凰木开得如火如荼，远远看去像是一片燃烧的火焰，走近了，彤云如盖，真是极其动人的美景。只可惜来赏花的人实在太多，这种热闹喧嚣多少对赏景造成了一些影响。

广场上赏花的人多，拍照的人更多。寻找到不错的位置后，那些拿着专业摄影设备的人各显身手，动作看上去很一致，场面还挺有趣的。

俞遥和江仲林没往人群里挤，离人群稍远的地方有一棵孤零零的凤凰木，它的花开得比较早，现下树下落了一片红英，没什么人，俞遥就带着孩子坐在树下。他们看一看树上的凤凰花，再看一看树底下仰头的一群人，赏了花再赏人。

“你抱了好一会儿了，给我抱吧。”江仲林这么说，俞遥就干脆地把瓜瓜“转手”了，她从身边捏起一朵还算整齐的红色落花，抬手夹在了瓜瓜的脑袋上。江仲林抱着瓜瓜看着俞遥笑，俞遥却没注意，只顾着笑话女儿戴着大红花的样子。

路过的一个摄影师刚好看到这一幕，心中一动，下意识地抬手给他们拍了一张照片。照片竟然抓拍得很好，那种默默无言的温情几乎要从静止的画面中跳出来。只是，摄影师有点儿好奇，这三位的年纪相差得有点儿大，是什么关系呢？那个孩子看上去是旁边那个女人的孩子，可那个抱着孩子的老先生又和她们是什么关系？但是他们是一家人，这是毫无疑问的。

“你们好，不好意思，刚才我看到你们相处的一幕，觉得很美丽，就擅自拍了下来，我想问问，你们想要这张照片吗？我可以发给你们，不想要的话我就删掉了。”

那位热心的摄影师离开后，俞遥盯着照片看了好一会儿。难道她每次低头的时候，旁边这位先生都用这样的眼神望着她吗？

俗话说“三翻六坐八爬”，说的就是小孩子大多是三个月会翻身，六个月能坐起来，八个月学爬，但瓜瓜好像稍微早一些，五个月就能稳当地坐起来了，不仅如此，小手小脚都很有力，俞遥觉得小丫头离会爬也不远了。

瓜瓜显然是个好动的孩子，俞遥不得不早早地把家里布置好，以迎接瓜瓜的检阅。

客厅的沙发周围和卧房都铺上了拼图软垫，这软垫是幼儿专用软垫，孩子在上面摔跤了也没事儿。俞遥特地选了一款充满童趣，画了很多西瓜、南瓜、冬瓜、胡萝卜、西红柿之类的图案的软垫。软垫铺好之后，江老先生那原本朴素简约，充满了文人式的高雅气息的客厅一下子被这大面积的童趣软垫和小狗抱枕、小兔子毯子等物件带成了童稚风，虽然乍看上去怪怪的，但看久了，反而有种融合了反差而产生的可爱。

俞遥决定把瓜瓜放在软垫上，让小丫头自己折腾，好让小丫头早日学会爬行。这样一来，那些桌边柜角之类的地方也必须注意，俞遥把小朋友容易碰到的地方都用一种柔软的材料包裹上了，让孩子不至于不小心撞着磕着。

这么一折腾，客厅和卧房都大变样了。卧房那边多了很多瓜瓜的小玩具，小玩具都散落在粉嫩明亮的软垫上。东西都在一进门就能看到的位置，原来卧室的那种沉寂稳重被破坏了个干干净净。江老师本来想着那些玩具瓜瓜不玩的时候可以收拾到旁边的箱子里，可瓜瓜年纪小脾气大，非得看到自己的玩具们散落在自己经常坐着的软垫上，江老师一收起来，瓜瓜就不高兴，于是后来江老师也就不去收拾了。

俞遥的东西，瓜瓜的一些小衣服、小奶瓶等，用过后往往都来不及收拾，这些东西随意地放着，使得整个房间都有点儿乱。不过，比起从前那整洁干净的单人房，现在家里添了更多生动的生活气息。

瓜瓜能坐起来之后，俞遥带孩子时就把瓜瓜抱到客厅电视屏前的软垫上，跟瓜瓜一起玩游戏。这个时候的游戏种类非常多，游戏方式也有很多，全息游戏并没有像从前很多人预测的那样全面占据市场。相反，“古早游戏”，也就是几十年前的游戏方式，现在依然存在，大家可以任意选择喜欢的游戏方式和游戏类型。

俞遥现在玩的就是一款几十年前的双人对战游戏，当然，现在能买到的已经是经过多次重制的新版了。俞遥自己拿一个仿古的手摇游戏杆，再在瓜瓜的面前摆一个，两人联机打游戏，俞遥认真地打，而“对手”并不会玩游戏，只会玩游戏杆本身。瓜瓜一个劲儿地抓着那游戏杆乱摇乱按，还动嘴啃。

女儿操控的那个游戏人物抽搐似的在对面乱舞，做出许多怪异的动作，俞遥看着，哈哈笑个不停，手抖得连基础技能都放不出来。

不知道瓜瓜无意间碰到了哪个按钮，瓜瓜的那个游戏人物突然跃起，一个横跳，俞遥的那个角色措手不及，掉了半管血。

俞遥的笑声戛然而止。她看着还在和手摇控制杆较劲儿的瓜瓜，残忍地放了一个三连大招，把对面那个还在反复横跳的角色给捶死了。

“看到没，你妈妈还是你妈妈，我赢了。”

恰好撞见这一幕的江老师：“……”赢了几个月大的瓜瓜，有什么好得意的吗？

俞遥不觉得无聊，重新开始游戏：“再来再来，瓜瓜你这回要努力点儿，妈妈让你三招。”

江老师忍不住想，从小就被俞遥这么教，瓜瓜以后说不定还没学会说话就先学会玩游戏了。

俞遥发现江仲林在后面，突然想和江老师来一局。俞遥非要赶鸭子上架，盛情难却，江老师被迫拿起了被瓜瓜用口水涂过的那个控制杆。

俞遥简单地解释了一下游戏的玩法，两人很快开始，然后又飞快地结束了。

俞遥：没想到，几十年了，他的技术还是这么差，认真操作还比不过瓜瓜的胡按乱按。

“你知道吗，刚才瓜瓜都打到了我一下，可你一下都没能打到我。”俞遥说。此时此刻，俞遥突然明白了自己和江仲林下象棋的时候，江仲林的感受了，那是种纠结于“我要怎么做才能让你输得慢一点儿”的苦恼心情。

她刚才也努力地让了江老师，可江老师真乃“游戏奇葩”，用剑能砍到自己身上，该让角色喝补血的药的时候，他能错点成毒药。所以说，不是俞遥杀的他，是他自己杀了自己的角色。而这位“自杀”的老先生，还不知道自己的角色为什么突然就死了，满脸的不解。

听到俞遥的话，江老师不以为意，还挺高兴：“看来，瓜瓜继承了你的游戏天赋。”

这种单方面压制的游戏，俞遥很快就觉得没意思了，换了个投影式半全息游戏。这是个适合小孩子的益智游戏，主要是教孩子们认识世界上的各种动植物。这个游戏打开后，就会出现栩栩如生的实物影像，不仅有生活中能看到的普通动植物，还还原了那些早已灭绝的动植物。

俞遥点出了一群兔子，让它们围在瓜瓜的身边，瓜瓜嘎嘎叫，对这些兔子很好奇，伸手去抓。投影当然是抓不到的，瓜瓜一个不小心就撅着屁股一脑袋扎进了软垫里。

02

瓜瓜会爬之后，杀伤力直线上升，经常是俞遥一下子没看着，人就没了。一两分钟前，瓜瓜还坐在俞遥脚边啃毛绒兔子，一两分钟后就不知道跑哪去了。

目前，瓜瓜的最远爬行纪录是从客厅爬到了卧房另一边的厕所门口，要不是俞遥找得快，这孩子估计能跑进厕所里。

更多的时间里，俞遥站到沙发上往沙发背后一看，就能找到瓜瓜。这时瓜瓜一般正撅着屁股，把脑袋使劲儿往沙发缝隙里卡，好像想把自己挤进去。

偶尔，俞遥根本找不到这瓜娃子，也不知道小丫头到底爬到哪个旮旯里去了。有一次，瓜瓜无声无息地爬到厨房，坐在保鲜柜后面的缝隙里，玩袜子上的小球球，也不哭闹，俞遥和江仲林夫妻俩找得满头大汗。后来，夫妻两人干脆在女儿身上贴了个三十米范围内能检索到的定位卡，下次再找不到就直接打开软件顺着导航找。

而这个爱折腾的瓜娃子丝毫意识不到自己的行为有哪里不对，好像天生就明白“躲猫猫”这个游戏的乐趣，每次被爸爸妈妈找到了，都要乐上很久。

俞遥本来想着做个小栅栏把客厅沙发那一片围起来，免得瓜瓜到处乱爬，可江老师说这样不好。他说瓜瓜正处于探索新世界的阶段，需要学习爬行和走路，不能拘着她的天性。

俞遥故意把“呵呵”念成“科科”，皮笑肉不笑：“看到瓜瓜脑袋上磕出来的痕迹，最心疼的可是你。”

哪怕他们在家里做好了各种防护，也还是架不住瓜瓜好动。小孩子乱爬起来，难免磕着碰着，江老师嘴里说得洒脱，可一看到瓜瓜撞着磕着，又会心疼得不得了。

“心疼也是心疼的，但也不能因为这个就把她关在那小小一块地方里。”江老师是个疼爱孩子的爸爸，也是个很理智的爸爸。

因为有他在，瓜瓜现在还能自由自在地在家里各处摸爬滚打。江老师还为此预约了一次专业大扫除服务，请专业清理人士把屋子做了个全面清理，不放过任何一个角落，免得瓜瓜爬到旮旯里再滚一身灰出来。

除此之外，江老师还买了个家务助手，那是个小清洁机器人。这个小机器人只有一本书大，能变化几种形态，不仅能清理地上的灰尘，遇到阻碍还能腾空飞起，还能清理墙面。它还有一种最实用的轻柔清洁模式，用一个把手大的短管在瓜瓜身上吸一遍，就能把不小心沾上的一些灰尘给吸掉。

俞遥每次用这玩意儿，都忍不住开轻柔模式去吸瓜瓜的小脸。那鼓起来的肉乎乎的脸颊被吸得微微抖动，这个时候瓜瓜就会开心地笑起来，而俞遥也被逗笑，母女两个对着笑。

偶尔，瓜瓜的爬行探索也会带来一些意外的乐趣。

俞遥中午睡着了，瓜瓜跟着妈妈一起午睡，但比妈妈醒得早。小瓜瓜摔到了软垫上，又呼哧呼哧地朝某个方向爬去。

江老师在书房给学生上网络课，因为俞遥的一次意外出镜，江老师现在每次上网络课都会开着教室那边的投影。这会儿刚好是两堂课中间的休息时间，江老师给学生们讲起了一些课堂外的事。讲到某本书，他站起来去书架那边翻找，瓜瓜就在这个时候爬进了书房里。

江老师并没有看到女儿爬过来了，但学生们看到了，那些还坐在座位上等着下节课的学生都看到了。一个穿着小熊衣服的小娃娃从外面爬进来，出现在他们的面前，大家一下子都安静起来。关于江老师如今的家庭情况，他们内部早有流传，几乎个个心里有数，此刻瓜瓜一露面，所有人都一下子明白过来，这是江老师那个神秘的女儿！江师母一怀就怀了四十年的奇迹婴儿！

之前某位师姐在师母的朋友圈里面看到过孩子的照片，就顺手存了图发到了论坛里，让师弟师妹们长见识。于是，论坛里就多了一大群嗷嗷叫着要当江老教授女婿的学生。

“太可爱了，恨我早生二十年哪！不然就能和这么可爱的小师妹一起上育儿园了！青梅竹马！然后我们就能顺理成章地谈恋爱啦！”

“快醒醒，江老师会打死你的，哪怕好脾气如咱们江老师，也一定不会对女婿手软的。”

“说真的，要是师兄师姐们现在抓紧时间生一个，说不定以后还能有机会和江老师做亲家。想想，当了亲家，就和江老师成同辈了，岂不是爽歪歪……”

一群学生在论坛里开玩笑，着实热闹了好几天，而现在，江老师的神秘女儿真人突然出现了。

这个宝宝比照片里的看着还要可爱！学生们都发出小小的惊呼声，盯着那个在地板上爬行的小瓜瓜。瓜瓜听到声音，扭头看，看到了投影里的一教室学生。她不怕生，一屁股坐下来，歪着脑袋朝学生们挥舞了一下手。这只是无意识的一个动作，却引起了一片喧哗：“哇，小宝宝在和我们打招呼！”

“真的好可爱哦。你看她的脸，肉嘟嘟的，我好想捏一捏。”

教室外的学生们听到动静都赶紧回来了，一起围观瓜瓜。而江老师也听到了动静，走过来一看，发现女儿正被学生们围观。他放下书走过去，走到瓜瓜的身边，想把她抱起来。瓜瓜一伸手，先抱住了他的腿。

“怎么一个人爬过来了，妈妈是不是还没醒啊？”江老师弯腰把瓜瓜抱起来，瓜瓜难得乖巧地依偎在他的怀里，江老师摸摸女儿的小脑袋，准备把女儿送回妈妈的身边。一个学生大着胆子说：“老师，反正是课间休息时间，就让宝宝在这里玩会儿嘛，她好可爱，让我们再看看呀。”

“是啊是啊，再让她待一会儿吧。”两个女生不舍地劝道。

于是瓜瓜就又在这里待了好一会儿。小宝宝不肯一直待在江爸爸的怀里，很快又下地到处乱爬，引得学生们全都靠到离投影最近的地方围观。一些年轻的女孩子看到瓜瓜做个什么动作都要惊呼可爱，靠得最近的是一圈女孩子，男生们都被挤到了外围。

下一次的网络课，瓜瓜又爬进了书房里。这回江老师依然没能第一时间发现，因为他正在教学板上书写。而瓜瓜，她爬到距离江老师只有两米远的时候，被找过来的俞遥发现了。

俞遥看一眼还没发现瓜瓜的江老师，再看看投影里面发现这边的情况引起一点儿骚乱的学生们，轻手轻脚地走进书房，一把提起瓜瓜，冲学生们眨眨眼，做了个嘘的手势，又偷笑着赶紧带着女儿溜了出去。

江老师一转身，房里已经没有了母女两个的身影，他对刚才的两位来客毫无所觉，只是发现不知道为什么学生们都一副憋笑的表情看向他。

他好奇地问学生们：“怎么了？大家都在笑什么？”

他不问还好，这么一问，看到老先生脸上茫然的无辜神情，再想想刚才师母那干脆利落地抄起女儿就偷溜的模样，学生们大多忍不住哈哈笑起来。

虽然不知道学生们都在笑什么，但江老师还是好脾气地跟着笑了起来，他摇了摇头，接着拍拍掌：“好了好了，不管笑什么，都留到下课再笑吧，咱们现在接着讲课了。”

江老师始终不知道那天上课时同学们为什么一直看着他笑。

瓜瓜更大一些后，只要天气好，一家三口就出去散步。瓜瓜喜欢热闹，看到人多就开心。小姑娘显然更像俞遥，也是从小就不怕生，在路上遇到邻居，人家夸一下或者打个招呼，瓜瓜的兴致就来了，小丫头一定要凑到人家的面前吱吱哇哇地说一通，哪怕没人知道这个宝宝在说什么，瓜瓜还是能和人聊得很高兴。

俞遥觉得，论起话痨，此子日后的成就恐怕不在亲娘之下。

自从瓜瓜开始学说话，江老师就不厌其烦地和瓜瓜聊天，说要锻炼她的口语，两个人鸡同鸭讲一通，各自收获乐趣。

俞遥看着看着，有天晚上跟江仲林说："你是不是很喜欢瓜瓜啊？"

江老师老实地回答："是啊。"

俞遥就缓缓地叹了一口长长的气："我就知道，现在比起我，你更喜欢瓜瓜了。"

江老师："啊？"

俞遥的戏瘾上来了，她嘤嘤嘤地假哭："为什么会这样，明明是我先的……"

江老师好久没吭声，久到俞遥觉得他已经睡着了。她清了清嗓子，突然唱起来："我是不是你最疼爱的人，你为什么不说话。"

这首歌叫什么名字俞遥都忘了，但有段时间里她总听到别人唱这句，所以她也就会唱这一句。

江老师终于开口了，他说："我刚才在自省。我已经认识到了自己的错误，确实，我最近有些忽视你了，我做得不对，你的指正我虚心接受。我保证以后会更注意关心你，还请你监督提醒。"

俞遥：什么鬼，我跟你开玩笑你为什么这么认真？！是检讨书和报告写多了吗？

江老师咳嗽了一下："我是希望，现在我加倍疼爱瓜瓜，以后，她能替我加倍关心你。"

俞遥默然，半晌，伸出手摸了摸江老师的嘴。

江老师疑惑。

俞遥："这嘴也不油啊，舌头伸出来，我看看有多滑。"

这是江老师这辈子第一次被人说油嘴滑舌。他哑然，然后说："要不然，我明天写一份检讨书给你。"

俞遥："好啊，你尽管写，写了我就裱起来挂在房间里。"

03

江老师的检讨书还真的写了，而俞遥说到做到，当真买了个框把它裱了起来，就挂在卧室床头。

这一挂，就挂了三年。

瓜瓜快四岁了，这个孩子说话走路都很早，还有个聪明的脑袋瓜。俞遥常常说，瓜瓜是个小机灵鬼，那双圆溜溜的黑葡萄眼一转，就能憋出一个坏主意来。虽然很闹腾，脾气也有点儿坏，可瓜瓜贴心懂事起来，又能让当爸妈的两个人爱到骨子里。

孩子还小的时候，父母因为爱孩子，会将之日日带在身边，一家人就好像融合的水泡，感情深厚的同时，父母双方几乎都要失去自己独立的某一部分，与爱人、孩子相融，变成更亲密的一团。随着时间推移，孩子慢慢长大，变得比幼时独立了，这一个由亲情联系的水泡才会再度分割成不同的个体。

从前俞遥也有些已经结婚生子的朋友，偶尔相聚，都会听到她们抱怨，生下孩子后，自己好像就没有了独立人格，会变成“妈妈”，而不再是一个自由的人了。俞遥曾一度觉得这种生活非常难以想象，在俞遥的心中，人最重要的就是独立和自由。

这几年，她体验到了和以前完全不一样的生活，才发觉它并没有从前想象中的那么难以接受。日子有苦有甜，个人选择罢了，最重要的还是心态。她的心态就挺好的，因为考虑到孩子在三四岁前非常需要父母的陪伴，她在弄清楚家里的财政状况之后，就没有急着去找工作，和江仲林一起专心照顾孩子，顺便读完了一堆专业书籍，准备考证。

现在瓜瓜快到可以送到育儿园的年纪了，俞遥终于决定考证，继续从事老本行，当一个育儿园老师。

现在想当个育儿园老师，需要考的证有十二种之多，再加上俞遥情况特殊，原来的学历证书上的时间实在太久远了，还是让江老师出面，俞遥在海大的学前教育专业挂了个名，才拿到了新的学历证书。俞遥行动力强，已经考到了九个证书，这天又一大早就出门去考试。

临走前，俞遥很认真地拜了拜家里的学神江老师，江老师很无奈地包容了妻子的行为，俞遥拜完又说：“快点儿，学神给我一点儿加持！”

江老师眨眨眼，对着鼓脸示意的俞遥，还是只吻了吻她的额头。

“好了，去吧，你没问题的。”江老师温和地鼓励她。

被学神开光了，俞遥感觉自己一定能旗开得胜，雄赳赳气昂昂地抱起还睡得迷迷糊糊的女儿，啵啵啵地在女儿脸上亲了好几下：“瓜瓜也赐予我力量吧！”

瓜瓜被亲妈亲醒了，迷迷糊糊中也下意识地主动亲了亲妈妈的脸颊。俞遥满足了，放下女儿，伸手理了理衣服，拿上资料，在门口换好鞋出门，江老师抱着揉眼睛的瓜瓜去门口送俞遥。

俞遥打开自家院门，走出去了，又回头说：“我中午也不回来的，你们两个都乖一点儿，吃药的好好吃药，吃饭的好好吃饭，OK？”

瓜瓜立马用两只小胖手摆出一对“OK”，笑容灿烂地答应了。

等俞遥一走，瓜瓜立马刺溜一下溜下地来，扒着爸爸的膝盖，朝他发射女儿的“超可爱超柔弱祈求光波”：“爸爸，妈妈今天不在家，我们出去玩吧，我们去那个儿童乐园好不好？”

小区外两条街，有个儿童玩乐区，很多小孩子都爱去那边玩，瓜瓜去过一次后就总是惦记着，可惜去了几次俞遥和江仲林就不爱带她去了。原因很简单，瓜瓜这个大魔王一过去那边就欺负其他小孩子，瓜瓜走到哪里，哪里就哭声一片。

江老师觉得带自己家的瓜瓜去那个儿童玩乐区，就像是把一条大鱼放进了装满小鱼的鱼缸，她一个就把其他孩子全都欺负了。

按理说，她还没满四岁，对上几个五六岁的孩子，应该是打不赢的。可她蔫儿坏，还知道借助场地和工具智取，不仅如此，还怪精的，不会盲目去挑衅那些打不过的，而且往往采取迂回作战术。

有一次，有一个脾气很差的小胖子凶狠地霸占了三个小秋千，不许其他人玩，其他小朋友都不敢惹那壮实的小胖子，瓜瓜倒好，趁着没人注意就走过去，一下子倒在小胖子附近，大声痛哭起来。

附近的大人们听到哭声，看到她一个可爱柔弱的小女孩倒在地上，还哭得那么可怜，而小胖子正凶神恶煞地瞪着她，于是大人们都觉得小胖子肯定欺负人了。那小胖子的妈妈尴尬地对俞遥道歉，还压着小胖子道歉。小胖子蒙了，他根本就没跟瓜瓜说过话，也没碰过她一个手指头，怎么肯道歉？最后小胖子哭着被他妈妈拉走了。

至于瓜瓜，她把眼泪一抹，就坐上了之前被小胖子霸占的其中一个小秋千，又招呼附近的另外两个小女孩一起来玩剩下的两个，开开心心地摇来晃去。

江老师刚好看到她假哭退敌那一幕，都不知道该说她什么。回家之后，他准备教育瓜瓜，不能冤枉人，谁知道反被瓜瓜教育了一顿。

“如果是好孩子，就不能冤枉他，但他是个坏孩子，他欺负别人，我就欺负他，我要代替月亮消灭他！”瓜瓜说完，拍拍江爸爸的胳膊，“妈妈说你太迂腐了，爸爸。”

在旁边笑嘻嘻地围观的俞遥没想到火会烧到自己身上，顿时脸色一变：“我不是，我没有，你别胡说啊，我怎么可能这么说你爸爸。”

瓜瓜：“妈妈也会骗人，你看。”

母女两个吵起来，江老师忙着劝架，这件事也就这么过去了。

瓜瓜如果只在看到其他孩子欺负人时跑过去替天行道，那也就罢了，可她是个还没懂事的孩子，看到合眼缘的和不喜欢的都会去招惹，看到想玩的东西就会过去和人抢，也会和其他不懂事的孩子一起打架，会不讲道理闹脾气，哪怕江老师告诉她哪些行为是不对的，她现在也不能很好地理解，更多时候还是遵循本能去做。

江老师想起那段带瓜瓜去儿童玩乐区，然后不断地和其他小朋友的家长道歉的日子，就有点儿为难。他真的不想放瓜瓜出去祸害其他孩子。

可是瓜瓜撒娇很厉害，看爸爸犹豫着不太愿意的样子，就嘤嘤假哭："我没有小伙伴，一个人很孤单，我也好想和其他小朋友做朋友。"

她的假哭深得亲妈真传，令人难以抵抗，江老师最后还是不敌，答应下午带她去玩。

一到地方，瓜瓜就泥鳅似的溜下地，熟练地爬过那个小栅栏，冲着那一堆泡泡球跑了过去，一个猛子扎进了泡泡球海里。

江老师在栅栏外看了看，发现今天孩子不太多，终于松了口气，还好，还好。他转身想到家长等候区坐坐，还没到地方，就听到身后爆发出一阵哭声。

他扭头一看，哭声正是从泡泡球海里传出的，江老师用眼镜腿儿思考都能猜到是瓜瓜又在作妖。

玩了一个小时，瓜瓜几乎把这里的孩子都欺负了一遍，江老师不得已，把她抓了出来，好让那些孩子休息休息。瓜瓜被他揪出来，还很开心地晃脑袋。小孩子都喜欢和同龄人一起玩，瓜瓜不觉得自己刚才和大家一起"玩"的行为有什么不对，见爸爸又无奈地看自己，她嘻嘻笑，摇晃爸爸的手："爸爸，我想喝冰可乐，好不好呀？"

江老师想想，说："可乐可以，冰可乐不行。"

瓜瓜很好说话："那就不买冰可乐，买不冰的可乐好了。"

江老师买了瓶儿童可乐，瓜瓜却不喝，装进了自己的小包里。江老师好奇，问她："怎么不喝？"

瓜瓜笑着说："我要回家放到冰箱里，晚上再喝。"

江老师："……"他有时候真想不通瓜瓜为什么这么机灵，据说他小时候是那种傻乎乎的、常被人欺负的孩子。

瓜瓜还是像俞遥。江老师这么想着，眼神又变得特别软了，他摸摸女儿的脑袋瓜，严厉不起来了。

因为瓜瓜疯玩了一阵儿，扎好的小辫子又散开了。江老师拿出她的小包包，找出梳子，熟练地帮她重新梳了头发，瓜瓜又变成一个精致的小瓜瓜。精致女孩动如脱兔，脱离爸爸的怀抱后，又迫不及待地猛虎扑食般扎进了小孩堆里。

俞遥考完试，提前回来了，知道他们在这边，就干脆直接过来接他们了。

瓜瓜看到妈妈，也很高兴，扑到妈妈怀里："妈妈。"

俞遥摸摸女儿又歪掉的小辫："瓜瓜今天有没有欺负其他小孩子啊？"

瓜瓜睁着纯洁的大眼睛摇头："没有欺负人，也没有打架。"

俞遥笑了："这么乖啊，行，给瓜瓜一个奖励！"

瓜瓜举起手："我要吃冰激凌，很大很大的那个！"

俞遥笑眯眯地一口答应："行。"

瓜瓜兴奋地把爸妈拉到旁边的冰激凌专卖店，要买那个大号的冰激凌。江老师觉得太大了，担心孩子吃完会闹肚子，本来想换一个，结果俞遥拍板，买了。

瓜瓜很高兴，举着冰激凌刚想吃，俞遥说："瓜瓜，是不是应该跟爸爸妈妈分享一下呀？"

瓜瓜看看自己手里那么大的一个冰激凌，也大方起来，先举到爸爸的面前："爸爸吃一口。"

江老师很感动，只吃了一小口。轮到俞遥了，俞遥一张嘴，咬掉了一大半，瓜瓜目瞪口呆，看着自己只剩一半的冰激凌，这分量和以往的不是一样多吗？

俞遥捂着嘴，觉得嘴巴都快被冻住了，但看到瓜瓜愣住的小模样，她这个当妈的就偷乐，小东西，想套路妈妈，再等个二十年吧。

瓜瓜的嘴一瘪，惊天动地地大哭起来。

俞遥咽下嘴里的冰激凌，在女儿的耳边凉飕飕地说："妈妈还想再吃一口。"

瓜瓜不哭了，抱着冰激凌赶紧吃。

第十二章

起点和终点

01

瓜瓜被送进小区附近的那个育儿园了。

开学当天俞遥和江仲林一起送她，就在门口，很多同样是第一天上学的小朋友哭着拽住父母的手，不愿让父母离开，育儿园门前的哭声此起彼伏。江瑞江瓜瓜小朋友，特立独行，一点儿都不黏着父母，迫不及待地跟着老师进去了。

因为俞遥跟她说，上育儿园就是很多小朋友在一起玩，瓜瓜听了之后很高兴，从前天报完名就开始期待。

眼见瓜瓜走进育儿园，俞遥招呼江仲林回家，肉眼可见的担忧从江老师的眼睛里流露出来，好像恨不得在这儿站到瓜瓜放学。俞遥推着他的背把他强行推走了："好了好了，咱们小魔王瓜瓜没问题的，你就安心吧。"

江老师叹气："我怕瓜瓜欺负她的同学。"

俞遥："那就让她的老师教她做人。我说江老师，你可不要小看育儿园这个地方，其实这个小江湖也是很残酷的，弱肉强食，哪怕是瓜瓜这样的恶人也自有恶人磨，初入江湖难免马失前蹄，等她和其他不好惹的小朋友打过一场，她就明白世界有多大了。正所谓人外有人天外有天，她还嫩得很呢，最近她实在太膨胀了。”

江老师更加不放心了，可俞遥不着调地说完这些，就不管三七二十一直接拉着他回家了。瓜瓜的育儿园是早上九点半把小孩送去，下午三点半接回来，中午那顿在学校吃。瓜瓜不在家，夫妻两个都骤然有种刑满释放的感觉。

俞遥回到家，把自己摊在瓜瓜的软垫上，觉得有种假期的惬意，还有点儿空虚，当然最多的还是放松。

育儿园，真是一个拯救父母于苦海的救世之所。

哪怕是江老师这么喜欢女儿的人，突然间不用照顾孩子了，也开始有点儿懒散地坐在沙发上发呆。

早上十点的阳光从窗户外照进来，全洒在江仲林身上，空气里的飞尘都能看得一清二楚。

他穿了件白衬衫，半垂着头，闭着眼睛，手指抵着额间。那手的形状和凸起的骨节仍然是很好看的，有着年轻的时候的轮廓。虽然皮相会随着时间的流逝变成另一种样子——像是慢慢枯萎的花，但看着那些卷曲起来的花瓣和残留的一些色彩，俞遥还是能想象出它盛放的时候有多好看。

俞遥和江仲林猛然间从女大男小的青年夫妻变成老夫少妻，在俞遥的情绪还没完全转换好的时候，又有了孩子。这些年她的感情在江仲林的影响下，也慢慢变得静默，因为有了孩子，她觉得自己和江仲林的联系更加紧密了，可同时，也因为有孩子，他们夫妻之间似乎也失去了从前作为恋人那种单纯的亲密感。

俞遥发了一会儿呆，从垫子上坐起来，走到沙发边，单腿跪在沙发上，抬手捏住了江老师的下巴。

江老师疑惑她要做什么。

突然间被抬下巴的江老师没能及时反应过来，有点儿诧异地看着她。俞遥笑笑，低头亲上去。

江老师：“……”

沙发发出一声响，夫妻两个倒在沙发上，俞遥放开他，忍了忍，没忍住，笑出了声："你为什么还是每次都不好意思啊？"

江老师被她压到沙发上，抬手扶了一下歪掉的眼镜，有些无奈："觉得自己在犯罪。"

俞遥和他一起挤在沙发上，习惯性地打趣："老师，你包袱太重啦，真要说的话，难道不是我犯罪感更重一点儿吗？"

江老师安静了会儿，抿了抿唇，打量她，犹犹豫豫地说："你……"

俞遥托着下巴，等着听他能说出什么。

江老师："你是不是……你要是……要是想……"

老先生吞吞吐吐，迟疑的目光游移着，话就是说不出口。俞遥觉得好笑，看他这么为难，干脆直接替他说了："你想问我是不是想要夫妻生活？"

"其实这种事随便啦。"俞遥随口说，"男人想要可以自己来，女人想要也可以自己来，又不是非得有夫妻生活，不然那些单身的岂不是要憋死。我不知道你在想什么，但是对我来说，我亲你只是因为突然间觉得很喜欢你，想更亲近你而已。"俞遥故意调笑，"所以说，老先生，你不要一脸的苦恼为难，哪怕我现在身强力壮，也不会强迫你的。"

江老师被她调侃得简直无地自容了，毫无反击之力："不要这样胡说。"

俞遥在这儿和他挤了一会儿，准备起身，刚起身，江老师又犹豫地拉了她一下，郑重地说："对不起，这几年委屈你了。"

俞遥转头看他："那你单身憋了四十年，我是不是也要跟你道歉？"

江老师想都没想就说："那不一样。"

俞遥："怎么不一样了，我这四年都没到呢。"

江老师："我是心甘情愿的，没有勉强。"

俞遥："哇你看不起人是不是？难道我不是心甘情愿的？"

江老师发觉自己说不赢俞遥，想了半天才低声说："我不想看到你受委屈。"

江仲林是个能委屈自己，但看到喜欢的人有一点儿委屈就受不了的男人。好虽好，但他有时候真的超级别扭。

俞遥抱着胸看他，觉得他像条可怜兮兮的老狗，因为掉了毛觉得自己丑，趴在一边不看人的那种，但又因为脾气太好不喜欢生气，哪怕被人强行薅起来也只会乖乖跟着走。

真是头疼，果然，男人不管哪个年纪都是需要哄的。

"来，过来。"俞遥把江老师拽起来，直接拖进了房间。

自己打自己的脸，嗯，真是酸爽，可见话不能随便说。

瓜瓜高高兴兴地上了几天育儿园，但一个星期后的某天，一回家就板着一张小脸，显然不高兴。

江爸爸第一时间关心孩子，问她怎么了。

"跟同学吵架。"瓜瓜哼了一声，又生气又委屈，"他们说爸爸不是我的爸爸，是我的爷爷，我说是爸爸，他们就说不可能，说他们的爸爸妈妈都是一样大的，我的爸爸妈妈不一样大，他们还笑话我！"瓜瓜舌战群"熊"，没能战赢，委屈得快哭了。

其实每次带着瓜瓜出门玩，都会有人错认，如非必要，两人一般都不费那个口舌去解释，但让瓜瓜直面这个问题，这还是第一次。孩子长大了，总会问到这个问题的，她会好奇为什么自己的爸爸比同龄孩子的爸爸大那么多。江仲林早就有心理准备，可真听到孩子这么问，他还是不知道该怎么向孩子解释。毕竟原因太复杂，孩子可能并不能理解。

在一边整理衣服的俞遥扔下手里的衣服，走过来，对着江仲林挥挥手："一边去，让我来。"

江老师"退位让贤"，俞遥上前，不知道从哪里摸出来一根棍子，在手心里敲了敲，"鱼老师"一秒上线。

“瓜瓜同学，你长大了，也到了该知道这件事的时候了，那么现在，这个问题由妈妈我来为你解答，在妈妈解答的过程中，如果有疑问，请瓜瓜同学举手发言。”

瓜瓜盘腿坐好。俞遥又一指江仲林：“江老师，请你坐在一边旁听，如果我有缺漏，请你举手发言指正。”

俞遥打开自己的终端投影，拉出一个页面资料：“瓜瓜同学请看，这里的五个人，就是被称为‘穿越神秘五人组’的五个人，是一个最特殊的人群，因为他们是穿越者，就是从几十年前一下子穿越到现在。穿越呢，就类似于咱们上次玩的那个游戏里的隔空传送，知道吧。然后呢，我，你的妈妈，就是这传奇五人中的一个。四十年前，妈妈和爸爸结婚了，怀了瓜瓜，然后唰的一下被传送到了四十年后，所以爸爸才会看起来比妈妈大很多。”

瓜瓜傻眼了。瓜瓜小朋友听不太懂，但是这不妨碍她觉得妈妈好厉害。

俞遥对着女儿迷茫又莫名激动的小脸解释了一通，最后总结道：“所以瓜瓜，你就是传说中的奇迹之子，和其他的小朋友不一样，所以你有和他们不一样的爸爸妈妈，明白吗？”

瓜瓜不太明白，但隐隐觉得，妈妈这么一说，自己也变得很厉害。

“妈妈，那我会像《花花小魔女》里面的花花那样变身吗？”瓜瓜突然问。

俞遥：“不能。”

瓜瓜有点儿失望：“那妈妈你能吗？”

俞遥：“也不能。”

瓜瓜瘪嘴：“可你不是说你很厉害吗？”

俞遥看着女儿的傻脸，觉得该哄一哄，忽然间计上心头：“其实妈妈有一个很厉害的能力，一直没告诉你。”

瓜瓜一听，兴奋起来：“什么？”

俞遥：“妈妈只要往前一点，就能把人打倒，你看。”俞遥说完，打开终端的某个功能，又像模像样地隔空对着江老师一点，一瞬间，俞遥手腕处的微型终端射出一束光，正好照在江老师的身上。

江老师："……"他看看认真的母女俩，配合地往后倒在沙发上。

瓜瓜顿时惊呼："妈妈好厉害！"

江老师满脸憋不住的笑，俞遥也快要笑死了，笑完跟瓜瓜说："喀，妈妈这个很厉害的能力，瓜瓜不能跟别人说，不然别人会害怕的，知道吗？"

瓜瓜抱着妈妈的胳膊，兴奋地蹦起来："我知道，就像《黑猫超人》里的黑猫那样，不能被人发现他很厉害！"

等瓜瓜高高兴兴地跑走了，江老师还在笑："你和瓜瓜解释这些，她还听不懂。"

俞遥："我知道她听不懂，但也要讲给她听，以后她就懂了。其实小孩子问问题表达疑惑，不是想要得到真理或者正确答案，她只是需要解释。你别看她小，认真解释了，她还是多少能明白一点儿的。"

江老师很认真地苦恼着："那也不能骗她说有超能力吧，会露馅的。"

这一出就完全是俞遥的恶趣味了。俞遥还有满嘴的歪理："没有被父母捉弄欺骗过的小孩，童年是不完整的，等她再长大一点儿就知道我在骗人啦，不过那时候，她也能理解我之前的解释了。"俞遥忽然扳过他的脸，"来，我看看江老师有没有偷偷难过。"

江老师稳重地拉下她的手，含蓄地表达："这些年我遇到过很多事。"所以，他没有那么脆弱敏感。

02

这个关于爸爸的年龄的问题，瓜瓜再也没有说起过，但江老师总觉得女儿会在育儿园被人嘲笑，过了几天后又关心地拉着女儿问："最近还有没有和那些同学吵架？"

瓜瓜摇头："没有吵架。"

江老师还没来得及欣慰，就听到瓜瓜接着说："我把他们打哭了之后，他们就不敢跟我吵架了。”

江老师：“……”

瓜瓜：“我不会被人欺负的，妈妈偷偷跟我说了，她很快就能到我们育儿园去当老师，有妈妈罩着我，我就能当老大啦！妈妈还说，等她当了老师，她会偷偷给我多贴一朵彩虹花！这就叫作裙带关系。”

江老师不敢想平时俞遥都教了瓜瓜些什么东西。

关于俞遥的工作意向，江仲林也是知道的，俞遥拿到证书之后，就向瓜瓜现在就读的育儿园投了入职申请，现在正在等通知。

“女士们，先生们，为我欢呼吧！我的入职申请通过啦！”俞遥忽然从房间里蹦出来，把手里打开的终端扔到了江仲林的怀里，“快看，一次就通过了。”

俞遥一把抱起瓜瓜，母女两个互相蹭着脸，嘻嘻哈哈地瞎乐一通。江老师笑着看她们一眼，低头仔细看了看俞遥的入职信息，记下附录的工作时间，把这些都在自己的备忘录里存好。

做完这些，江老师说：“这是一件喜事，为了庆祝，我们今天出去吃饭吧。”

俞遥在家不修边幅，听到这话，把女儿往江仲林怀里一塞：“行，我换个衣服梳个头发。”

一家人高高兴兴地吃完了一顿晚餐，又去高塔看夜景。他们夫妻俩常常这样，和无数普通父母一样，饭后会牵着孩子在夜色里散步，会说一些不太重要的、很随意的玩笑话，会因为一个顺耳听来的笑话一起笑起来。瓜瓜听不懂，但看着他们俩笑，也会跟着笑。

三天后，俞遥正式入职了，这下家里一大一小都要每天按时上育儿园，就剩下江老师一个人在家了。这两年江老师的身体好了些，两年前刚正式退休就又被返聘了。他依旧在海大任教，不过一个月只上差不多十天的课，很轻松，但他同时还在和圈内的好友们一起进行一些书籍的整理考校工作。

因为能制住江瓜瓜，俞遥迅速在育儿园中树立起了威望。在俞遥没来之前，育儿园的几位老师为了看住江瓜瓜，不让瓜瓜招惹其他小朋友，不知道费了多大劲儿。现在好了，俞遥一来，江瓜瓜就乖了很多。而且不只是瓜瓜，其他的小朋友也都很喜欢新来的“鱼老师”，所以没过多久，瓜瓜回家又委屈上了。

“他们都跟我抢妈妈，我不要和他们做朋友了。”瓜瓜抱着爸爸的腿心酸地说。

俞遥抱着江老师的另一条腿，同样很心酸，举着一份小试卷：“江老师你看看你家瓜瓜，第一次考试竟然只得了五分，全班倒数第一啊。你明明是个学霸，瓜瓜怎么不像你呢？”

江老师拿着一份教案坐在那儿，被妻子和女儿一人一边抱住大腿，又听到她们各自的话，觉得脑壳儿有点儿疼。他放下教案，摸了摸她们的脑袋，像个爱好和平的居委会老员工那样调解家庭纠纷：“我们都互相体谅一下，有什么问题，慢慢解决。”

俞遥：“那好，瓜瓜，咱们先解决你这个分数的问题。”

瓜瓜把脸埋进了爸爸的怀里，不想和妈妈谈论这个问题。

俞遥啪啪地抖着试卷：“瓜瓜，像个勇士一样面对你的试卷，来，抬起头来。”

瓜瓜：“我不要考试，不要上学了！”

江老师忙安慰她：“你才上育儿园而已，学到的知识不多，考试也只是一种娱乐游戏，这一次考不好没关系，只要认真参与了就好。”

俞遥马上扯住了他的手，假哭：“老公！我上幼儿园的时候可是考双百分的！”

江老师又忙去安慰俞遥：“好，我知道，你和孩子都很聪明的，瓜瓜只是不习惯不喜欢这种形式，下次我来教她，你也别因为这个不高兴。”

瓜瓜逐渐体会到了上学的艰难，写作业写到一半就发脾气扔下笔不愿意写了，并再次宣称不要上学了。

俞遥拿起女儿的笔，在手上转了转：“瓜瓜，你知道你还要上多少年的学吗？”

俞遥扯出一张纸，画出一条长长的线，在最开始的地方圈出一个圈，说：“这是育儿园，现在的育儿园要上三年；然后是小学，六年；接着是初中，三年；高中，三年；大学四年，后面的继续深造咱们暂时不算，这些就是最基本的。”

瓜瓜被纸上一个又一个的圈圈镇住了，小脸上的表情越发惊恐。

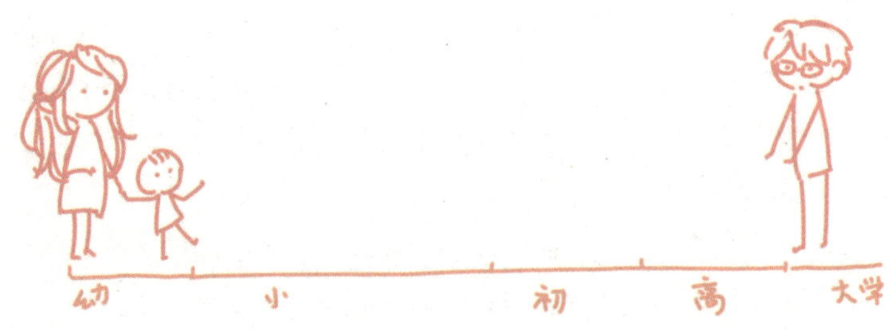

俞遥笑笑，把女儿捞过来抱在自己的怀里，在一条线最开始的圈圈旁边画了一大一小两个小人：“你看，你现在上育儿园，妈妈是育儿园老师，会陪着你走第一步，然后……”俞遥在这条线最后面那个代表大学的圈圈旁边又画了个戴着眼镜的小人，“爸爸是大学老师，他就在这条线的终点等你。”

瓜瓜看着妈妈画的那三个小人，好像突然间找到了乐趣。小小的手指在这根长长的线条上移动，瓜瓜晃着腿问：“我和妈妈在这里，爸爸在最后面等我吗？”

“是啊，他在后面等你。”俞遥垂下眼睛，亲了亲瓜瓜的脑袋，

“就像你小时候刚学走路，我扶着你站在这边，牵着你的手走两步，再放开你，你爸爸就在另一边等你走过去，你就是这样学会走路的。”

江仲林在一边写教案，不知道什么时候停了笔。

瓜瓜看向爸爸，举着俞遥画的那张图，大声问他：“爸爸，你在这最后面等瓜瓜吗？”

俞遥也看向江仲林。

瓜瓜不知道爸爸为什么不说话，又开开心心地问了句。

江仲林终于像往常那样笑了笑，说：“爸爸会努力的，我们一起努力好吗？”

瓜瓜得到肯定的答案，被哄好了，开心地继续写作业。俞遥没有再继续这个话题。

等到瓜瓜上大学，江老师的年龄……俞遥并不能确定瓜瓜上大学时，江仲林还在不在，但俞遥愿意相信，就像刚才说的，在瓜瓜的生命里，“学走路”的这一段时间，江仲林能作为父亲，也作为老师，在最后那个点等待着他们的孩子，亲自牵着孩子的手走进大学校园。

俞遥想起江仲林吃的那种药，他似乎好几年前就开始吃了。两个人生活在一起，很难长久地瞒住对方什么。她发现那药是一种并未上市的特效药，也猜到了药的副作用。

这其实很容易发现，只要找到一些蛛丝马迹，就能推测出真相。她刚刚开始怀疑时，在某一次做菜的过程中故意把糖当盐放，江仲林却尝不出来。她笑着说这菜太咸了，江仲林也神情平静地附和她，说，是有点儿咸，那时候她就明白了，他根本尝不出味道。

她询问了江仲林的学生很多次，终于弄明白了原因。

江仲林的身体并不好，可能是因为早些年太折腾，前几年，也就是她穿越回来之前，江仲林生过一场大病。医生说如果不好好调养，就没有多久的日子可活了，所以他才会辞职，并且拒绝了长期住院调养的提议，准备一个人等死。

即使她突然回来了，江仲林也没有立刻产生强烈的活下去的愿望，甚至觉得他自己活着会耽误她，所以他那时候处处为她打算，也不准备和她再续前缘。后来她怀孕，揪着他任性地要求他多活几年，他才终于做了决定。

那药的研发技术并不算成熟，江仲林自己最开始也没有什么把握，不过是不愿让她失望难过，所以想要试一试。那药确实让他的身体变得好了很多，可副作用暂时还无法消除，这种药吃得越多，他的味觉就越迟钝。刚开始服药的一两年，他多少还能尝出些味道，但现在，他已经基本上尝不出什么味道了。

俞遥得知这一切后，并没有去和江仲林摊开说，因为江仲林并不想让她知道，可能他其实已经知道了她知道，但是这些都没那么重要了。

现在俞遥只知道，江仲林做出了选择和牺牲，想以此换取可以陪伴她们的日子，更想看到她们每天开心，所以俞遥愿意如他所愿地好好珍惜现在的日子，不辜负他的心意。

他尝不出食物的酸甜苦辣，俞遥就希望，至少在生活中，自己能让他感觉到爱人和孩子带来的各种滋味，不管是酸的还是甜的。

可能是因为白天和瓜瓜说的那番话，晚上睡觉前，江仲林难得主动地和俞遥说起了以后的事。

“我不知道能不能等到瓜瓜上大学。”

俞遥握着他的手，语气轻松：“就算能等到，你那时候也真正要退休了。我只是哄瓜瓜的，你这么认真干什么？说到底，这种事又不能勉强，时候到了你就要走了，这个事实从几年前我就已经开始做心理准备了。”

江仲林笑起来：“那你准备好了吗？”

俞遥摇头：“没，还没准备好，再让我准备几年就能准备好了。”

江仲林轻轻地叹了口气：“其实，那时候你可能还年轻。”

俞遥：“你知道我怎么想的吗？我这人最讲究公平，所以我想，从你走的那天开始算，我也会想你四十年。”

“四十年后呢？”

“要是那时我还活着，那我这辈子就赢过你了。”

“从你走的那天开始算，

我也会想你四十年。”

“四十年后呢？”

“要是那时我还活着，

那我这辈子就赢过你了。”

03

“瓜瓜的育儿园毕业考试：选择一个地方，以家庭为单位，进行变装游戏并留影。”俞遥戳着通知，把女儿的毕业要求告诉对面的江仲林。

据说这家育儿园的传统就是这样，每届学生毕业时都不进行书面文化考试，只需要完成这样一个作业，也就是孩子和家长一起进行趣味扮装游戏，留下照片，储存在育儿园的档案里面。

俞遥作为育儿园里的老师，当然是一早就接到通知了。先前听园长和同事们说起，俞遥还特地翻出了园里历届毕业学生的作业存档，看到了五花八门的变装活动。

有些家长非常认真，服装道具精良，和孩子之间的互动也很明显地展露出很好的家庭氛围。而有些家庭的穿着就比较简陋搞笑，明显是应付了事的，因为家长满脸的生不如死和孩子的兴奋形成强烈对比，也让人忍不住笑出声。

另外还有些格外有趣的，扮演的人物滑稽搞笑，拍出的照片简直能当表情包。俞遥甚至在里面看到了一些一大家子齐齐出动拍的合照，照片里有爸爸、妈妈、孩子、爷爷、奶奶、外公、外婆等一大群人，扮演的人物让俞遥觉得很熟悉，好像是出自俞遥十几岁时喜欢的某个游戏。显然，扮成这种早已过时的“老古董”级别的游戏人物是这一大家子人中老一辈的主意。毕竟，当年和她差不多大，看着各种动漫玩着各种游戏长大的人，都已经变成老爷爷老奶奶了。

看过那么多的学生毕业照片，俞遥也在考虑自家瓜瓜的毕业照片内容。

“我们扮什么好呢？”俞遥特地召开了一场家庭会议，就此事征求另外两位家庭成员的意见。

江老师最近在养身，养成了佛系的老先生，说话都是“好的”“可以”“都行”。现在听到她的问题，他微笑着说：“我没有什么好的意见，都听你们的。”

俞遥早就猜到他不能提出什么建设性意见，直接转向瓜瓜：“瓜瓜，这是你的作业，你来说说想法。”

瓜瓜跪在凳子上，双手撑着桌子：“我们做小花仙！小花仙三姐妹！”

小花仙三姐妹是最近的一部动画里的主要角色，分别穿着红色、蓝色和黄色的可爱小裙子，脑袋上都顶着硕大的花朵。

俞遥想象了一下江老师穿着裙子顶着花的样子，不，不忍直视。俞遥呻吟一声，痛苦地捂住了自己的眼睛，这也太雷人了！不行，不能这么对江老师，她的良心过不去。

俞遥转头去看江老师，却发现江老师竟然面不改色，完全没有被这个提议给吓到。他该不会真的想答应吧？俞遥转念一想，以江老师宠女儿的程度，他很有可能会“舍命陪孩子”。想到这里，她毫不犹豫地抓着江老师的手一起举起来：“我和爸爸都投反对票，瓜瓜的提议无效。”

瓜瓜鼓着脸坐到椅子上，一脸不高兴。

俞遥想了想说：“不如咱们扮公主吧，最新的龙公主。刚好南重路新开了个主题乐园，咱们可以去那里拍。”

那家主题乐园发展至今，从最早的作品开始算，已经有差不多三十位公主了。去年新上映的那部动画电影，主角就是一个外星龙公主，长着尾巴和角的那种。当时他们一家人还去电影院看过，瓜瓜特别喜欢公主的小伙伴，那是条长尾巴龙，江老师就买了个超大型的同款龙龙抱枕。俞遥利用那个龙龙抱枕把瓜瓜哄到另一个房间去睡，现在瓜瓜已经习惯一个人睡觉了，而且每天睡觉都要抱着那只龙。

听到妈妈的建议，瓜瓜又来劲儿了，跳起来说：“好，我们扮龙龙。”

俞遥就知道瓜瓜肯定会同意的，满意地分配角色：“那好，我们瓜瓜当然要扮龙公主，那么我就……”

俞遥还没说完，瓜瓜就刨着桌子大声道：“我不当龙公主，我要当大魔王！”

大魔王是个白胡子一大把长得垂到地上的黑魔法龙，从身高来说瓜瓜确实很符合，但……身为一个小小少女，瓜瓜为什么不想当漂漂亮亮的小公主，反而想当丑丑的白胡子大魔王？

瓜瓜给自己争取到角色，又一指妈妈："妈妈做龙公主。"瓜瓜又指爸爸，"爸爸是小王子！"

在这部电影里，反派大魔王想活得更长久，于是抓住了神奇的魔法小王子，要把小王子变成药吃掉来延长自己的寿命，龙公主一路披荆斩棘，最后打败了大魔王，拯救了小王子，国王很感动，将小王子嫁给了龙公主，故事按照惯常的套路给出了圆满结局。

小王子变成老王子，这很可以。俞遥觉得瓜瓜的提议很不错，当即准备起来。衣服能买到类似的，只是尺码不太对，俞遥请邻居聂嫂子帮忙，聂嫂子十项全能，还会做衣服，把衣服修改到合身这种小事，聂嫂子很快就搞定了。他们还需要一些小道具，俞遥亲自动手制作，比如大魔王的魔杖，还有龙公主的角和尾巴。

最后的成品相当不错，瓜瓜戴上了假发，穿着大反派的毛毛领袍子。俞遥戴着角和尾巴，扛着一把塑料巨剑。而江老师，他穿着小王子的衣服，腰上挂着一把细剑，戴着白手套，看上去还有点儿帅。

一家人准备完毕，顶着路人好奇的目光，来到那个新开放的主题乐园，结果刚到门口，就撞见了另一家人。好巧不巧，那也是一家三口，也组成了一个《龙公主》组合：女孩子扮成小王子，爸爸扮成龙公主，妈妈则扮成龙公主的好伙伴长尾巴龙。

他们六个人面面相觑，那家的小女孩害羞地朝俞遥喊："鱼老师。"

小女孩的妈妈也连忙招呼："俞老师，好巧啊，你们也选在这里啊。"

这小女孩和瓜瓜是同一个育儿园的，也是俞遥的学生。俞遥和他们打了招呼，心想，这可真是太巧了，地方都选在这里，还都扮成《龙公主》里面的人物，还好角色不同，要是再撞了角色，那就尴尬了。

两家人客客气气的，一起进了乐园，然后他们都傻眼了，因为他们再次迎面撞上了同样选择了《龙公主》的另一个家庭。这家小男孩扮成了龙公主，爸爸是大魔王，妈妈则是小王子。

"啊，鱼老师！"小男孩举着一把小剑冲过来大喊，"鱼老师和我一样是龙公主啊！老师的剑比我大好多！”

俞遥：“……”太巧了，又是他们育儿园里的孩子。到底为什么大家都选择了这里，还都同时选择了《龙公主》？！

难道，她的想法真的这么烂大街吗？俞遥偷偷瞥了江老师一眼，江老师注意到她的表情，小声跟她说：“没关系，我们有最厉害的龙公主。”

最近的江老师，不夸人则已，一夸起人来就会像这样直击红心。俞遥一瞬间被他加满了血，拖着道具尾巴赶着人去拍照了。

首先是三个小孩的混乱战场，瓜瓜和另外两个小孩分别是大魔王、龙公主和小王子，结果扮龙公主的小男孩不跟扮小王子的女孩玩，只追着大魔王瓜瓜，可瓜瓜只想和扮小王子的女孩子玩，抓着“小王子”就不放，这狗血的OOC（Out of character，脱离角色设定的）“三角恋”看得俞遥嘴角使劲儿上扬，拍了不少照片，想着以后让长大了的瓜瓜好好回忆回忆这些画面——能让长大后的瓜瓜难为情的照片，俞遥还有很多。

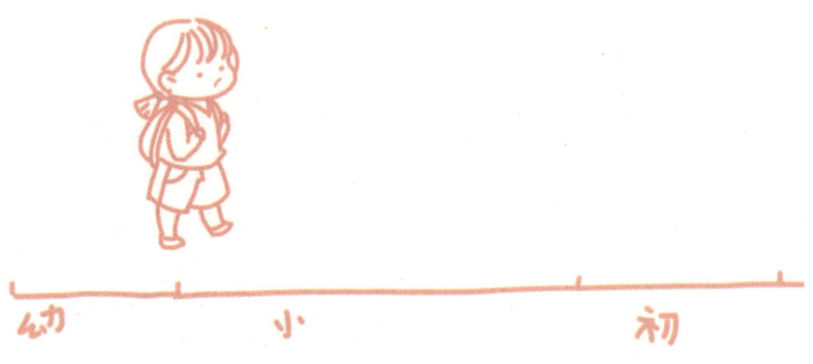

和另外两家人分开后，俞遥一家先去了海洋主题乐园。这里充满了孩子们的欢声笑语，和俞遥一家一样扮演各种角色的人不在少数，所以他们一家三口并不引人注意，只有俞遥牵着瓜瓜拉着江老师坐在蚌壳形椅子上休息的时候，有几个女孩子跑过来不好意思地问能不能合影，还夸江老师的老王子很帅。

俞遥："……"

等人走了，江老师认真地对俞遥说："你比我帅，我自愧不如，甘拜下风，输得心服口服。"

俞遥哭笑不得："我也不是什么都非要赢你好吗？"

海洋乐园里有很多小美人鱼，都是工作人员扮演的，瓜瓜看得羡慕不已，拉着俞遥说下次要扮美人鱼。

到了森林主题乐园，人越来越多，瓜瓜那个皮孩子，大人一不注意，她就往人群里钻。俞遥怕瓜瓜跑丢了，抬脚去追，那条长尾巴一不小心掉在地上俞遥也没发现。江老师只好跟在后面捡俞遥的尾巴，再追她们两个。

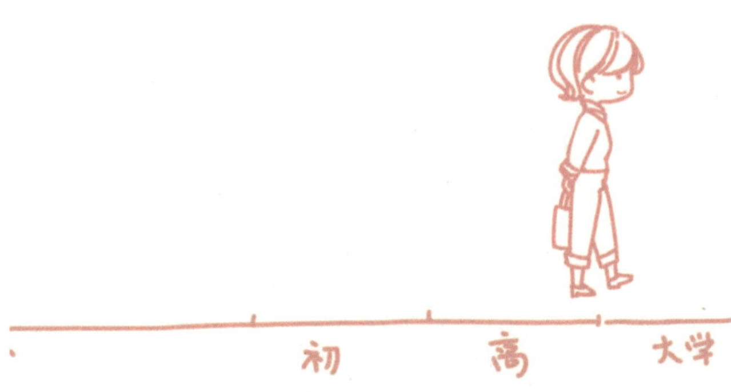

俞遥好不容易在人群里揪住瓜瓜，头上的角都被人挤掉了。江老师抱着尾巴、角和俞遥半路扔下的塑料巨剑，找到她们时，看到披头散发的老婆气喘吁吁地拽着白胡子掉到脖子上的女儿，江老师的第一个动作是举起终端拍下了这一幕。

俞遥："……"看到老婆又累又气不先来安慰反而先拍照，看来江老师是飘了。

孩子们的毕业照都放在一起，瓜瓜的毕业照在里面并不显得十分特别，但俞遥看到时还是会忍不住露出笑容，这是只属于他们一家人的会心一笑。

他们一家人，她、江仲林和瓜瓜，是一个圆，圆满的圆。

九月，瓜瓜离开育儿园去上小学了，海市第二公立小学。俞遥和江仲林一人牵着瓜瓜的一只手，站在小学校门附近合影。

九月的阳光依旧炽烈，瓜瓜穿着崭新的校服小裙子，神情还充满稚气，小手不安分地晃着爸妈的手。在他们的身后，紫色的木槿花开成一片，和他们一起被定格。

04

“刚才的两段分别节选自这两本书，我记得从海大图书馆就可以借阅，如果同学们感兴趣的话，可以去完整地看一看这两本书。那么，今天的课就到这里，同学们，咱们下课了。”

江仲林站在讲台上收拾东西。

来听他的大课的不止有学生，还有一些校内的老师和校外人士。这种每个系都有的一月一次的大课是公开的，面向所有人，讲课的从最年轻的教授到江仲林这种老牌教授都有，轮换着来。

有些教授风趣幽默，讲课生动，或者长得好看，来的人就多，而江老教授作为一个比较严肃的老教授，来听课的学生不是非常多，最多的还是文学系学生，而会来听他的课的校外人士几乎都是圈内有些名气的学者。因此，听众的人数虽然比不上一些爆满的课堂，但“含金量”是出奇地高。

俞遥在这种场合里，毫不引人注意。

她今天刚好休息，瓜瓜还在上学，而江老师早上起来时似乎有点儿不太舒服，咳嗽了一阵儿，所以俞遥就干脆悄悄地跟着他一起来了海大。江老师讲课的时候，俞遥就猫在角落里听着。她所在之处是一个风水宝地，在扇形大教室里，她刚好坐在窗户旁边，正前方有根凸出的柱子，前面还有放下的窗帘。教室里人很多，被遮掉了大半身形的俞遥，可以说是最不起眼那一个。

其实俞遥很想给江老师一个面子，认真地听他的课，然而，俞遥在这种大家都格外认真地听课的时候，感觉到了熟悉的困意。可能是高中胡混的那段时间影响了她，每次身处课堂，要是其他人都很认真，她就会超想睡。

再加上她特别熟悉江老师这个讲话的语调，不疾不徐，声音温和，让人觉得如沐春风的同时，也让人犯困。俞遥觉得这可能是当初怀孩子的后遗症，毕竟江老师的胎教方式就是每天晚上念课文，她全是当催眠曲听的，听着听着就睡着了。

总而言之，课上了一半俞遥就睡了过去，连什么时候下课了都不知道。她忽然间醒过来的时候，抬头一看，发现整个教室都空了。

俞遥：“……”得，江老师的课已经上完，这会儿人不知道哪儿去了。

就在她这么想着的时候，她发现了自己身上披着的外套。眼熟的黑灰条纹，这外套是早上江老师出门前，她给选的。一扭头，俞遥刚好对上了江老师的眼睛。他坐在她的身后，手里捧着笔记，发觉她醒了之后才抬头看她。

“醒了？现在的天气还有点儿凉，在这里睡着了，当心着凉，回去喝一包抗感冒药剂吧。”江仲林合上笔记说。

俞遥咳嗽一声：“是啊，你的课是什么时候上完的，我都没注意……话说你是怎么发现我的？我觉得我的这个位置，老师一般绝对不会注意到的。”

江老师微微一笑。因为他不是她的老师，而是她的爱人，所以能注意到。

事实上，江老师刚上课没多久就发觉第七排角落里的那个学生的身形有点儿眼熟，但因为俞遥的隐蔽工作实在做得太好，脸也没露出来，他最开始并没能确认。讲课的过程中，他过一会儿就会望一眼过去，很快就注意到，那个“学生”打哈欠时，露出了半张脸。他瞬间确认，是俞遥没错。

下了课，其他人都走了，俞遥没动，江仲林哪还能看不出来她是睡着了呢？几个学生见江仲林没走，就也留下来问他问题，江仲林一一回答了，一个学生的声音太大了，江仲林便温和地说："不好意思，轻声一点儿好吗？"

学生有点儿茫然，就见老先生指了指教室的一个角落。几个学生这才发现原来还有人没有走，再仔细一看，那人睡着了，江老师是让他们别吵到人家睡觉。

"哇，这也太过分了吧，在江老教授的课上睡觉？"一个学生小声谴责，"仗着老师脾气好不会生气。"

江仲林笑出声："我可不敢和她生气。"

学生们疑惑。

江仲林："那是我的妻子。"

这位就是传说中的师母？！跑来看丈夫上课……这是什么老套的言情小说情节？学生们突然间被塞了一嘴狗粮，面面相觑后纷纷告辞，选择把空旷的教室留给了他们夫妻俩。

因为这个教室接下来没有课，江仲林也没有急着叫醒俞遥，弯着腰在她旁边看了她一会儿。看到她把脸都睡扁了，他笑着摇摇头，脱下外套给她盖上，然后就在后面的座位上静静地等着她醒来。

"走吧，我们回家。"俞遥站起来，想把身上披着的衣服还给江仲林。江老师却摇头，按住了她脱下外套的手："你刚睡醒，在外面吹风很容易生病，先穿着吧。"

俞遥还记得他早上咳嗽的事："你呢，有没有不舒服，早上不是咳嗽了吗？"

江老师摇头："是嗓子有点儿不舒服，回家泡一杯枇杷水喝就好了，不是感冒。"

两人一边说一边往外走，路上和江仲林打招呼的学生眼睛都盯在俞遥身上。看到俞遥身上披着江老师的外套，学生们都露出了微妙的神情，还有一些则莫名激动。

江老师神情自若地和俞遥并肩走出这一栋教学楼，两人走到学校里那一条合欢树大道上。粉色的合欢花开成一片，俞遥从地上捡起一朵，在江仲林的面前转了转。

“有个事儿，想跟你商量一下。”俞遥拉着江仲林的一只手臂。

“什么事儿？”江仲林问。

“快到七月了，今年七月是我们结婚五十周年，金婚呢，要不要办个小聚会，请亲戚朋友们一起来聚聚？”

金婚……其实只是江仲林一个人的金婚，对于俞遥来说，还要再过几十年，才是她的金婚。但到那时候，她大概只有自己一个人了。江仲林刚开始有点儿犹豫，可他想到另一方面，就很快答应了下来。当年和他们同龄的人，现如今年纪都大了，也不知道还能活几年，说不定哪天就悄无声息地离开了。如今大家见一面少一面，都不知道明天还能不能再见到，俞遥或许也是想趁着现在和他们多聚聚。

想到这儿，江仲林就满心的怜爱与愧疚。怜爱是由多年的深情和这些年的相处混合而生的，在这巨大的年龄差异下，他很难不对失而复得的爱人生出对孩子般的怜惜，愧疚则是因为自己不能陪伴她更长久。

听说俞遥和江仲林要办金婚宴席，杨筠又开心地拉着老伴跑回国帮忙，这回杨筠还把孙子孙女都带回来了。她的孙女是混血儿，长得非常漂亮，也很有礼貌，杨筠最疼爱她，尽管这个孙女是大儿媳妇儿和前夫生的，并不是杨筠的亲孙女，但有时候，亲情并不只是依托于血缘。

杨筠的孙女孙子俞遥都认识，大家在视频里常常见面，现在也没什么生疏感。一到这里，二十出头的女孩子就拉着弟弟一起去找瓜瓜玩耍了。杨筠则拉着俞遥的手和俞遥聊天。杨筠有了很多老人家都有的小毛病，比如絮絮叨叨的，同一件事情能反复说上好几遍，俞遥听着，时不时被逗得直笑。

“遥遥，我不知道还能再见你几次。”杨筠有些感叹。

“就算以后见不到了，只要我还活着，没有老年痴呆忘记人，我就会一直记得你的。”俞遥拍拍杨筠的手。

“我要你记我那么久干什么？你啊，多交点儿朋友，生活得热闹点儿，这样我们都能放心。”杨筠偶尔会像这样，变成一个真正比俞遥大上很多岁的长辈，仿佛不是从前那个和俞遥一起嘻嘻哈哈的朋友了。

除了杨筠，来参加这个金婚小宴会的，还有江仲林那边的亲戚、他的一些朋友和学生、俞遥的同事和邻居们，人不算很多。

俞遥特地选了一个户外酒店，酒店方服务周到，听说是金婚五十周年纪念，还给他们扎了一道大拱门，用白玫瑰编织出来的花门下面还铺上了红毯。

小宴会的时间定在黄昏，但从早上开始，俞遥就没有见过江老师了。俞遥和杨筠以及几个女同事一起去试礼服，选了条款式和当年那套婚纱差不多的白裙。俞遥看着镜子里的自己，她也快四十了，但真要说的话，和以前的区别并不算很大，只是……她摸着自己黑色的头发，忽然间有了一个想法。

“我想去染个发。”

“染成什么颜色，红色？”

“不，染成白色。”俞遥说，“我家江老师的头发都白了，为了和他看上去更相配点儿，我觉得今天该染个白发。”

也许会把他给吓到，俞遥有点儿期待。

这一天的晚霞很美丽，半个天空是带着翠色的苍蓝，边缘过渡成浅粉色，然后慢慢加深，变成紫色，最远处是落日渲染成的橘色和金色。绚烂的晚霞下，灯光璀璨的小宴会厅里，作为花童的瓜瓜牵着妈妈的手出现。

俞遥出现的那一刻，站在白玫瑰花拱门下的江仲林愣住了，而远远看到江仲林的俞遥也愣住了。

江仲林染了黑发，俞遥染了白发。

两人走近，看着对方的头发，同时笑出来。江仲林将手中的花送到她的手中，那是扎着浅紫色绸带的粉色蔷薇，和他们当年举行婚礼时一样的捧花。俞遥将手放在江仲林的手中，两人一起穿过拱门。

两人走在那一条铺着红毯的长路上，俞遥侧头看向江仲林："我突然想到从前看过的一个故事。有一对夫妻，想送对方一件礼物，于是丈夫卖掉了自己的金表，为妻子买来一把镶着珠宝的梳子；而妻子卖掉了自己一头漂亮的长发，为丈夫买来了一根表链……我以前看的时候，觉得他们可真傻。"

江仲林："这个故事是叫作《麦琪的礼物》吧，以前觉得他们傻，那现在呢？"

俞遥看着他的头发，故意叹气："还是觉得他们真傻。"她又摸摸自己特地染的白发，感叹，"真的傻。"

那对夫妻或许也会如他们此刻一样相视一笑。因为他们并没有失去自己最珍贵的宝物，他们在得到自己的礼物时，也得到了对方的爱。

俞遥握紧江仲林的手，在灯光下认真地凝望他的眉眼。他的眼角有皱纹，他是个七十多岁的老人，但哪怕外表苍老，他依然是她心中的爱人。

"江仲林，当年我们结婚的时候，我有一句话没跟你说。"俞遥轻声说，"能嫁给你，我觉得很幸福。"

江仲林的眼中有亮光，他报以笑容，却什么都没说，只紧紧地握着她的手，和她一起往前走。

当我老去，当你老去，我还愿意爱你。

爱人已老，爱情不老。

番外合集

番外一　岁月漫长（独家）

江仲林江老先生性子温和宽厚，不管年轻时还是年老时都是个很惹人喜欢的男人，但也有着一些坏习惯——和这天底下大多数的男人一样，他不喜欢自己去买衣服。

一套衣服他能穿好几年，穿破了才会扔。这也并不是为了节省，他只是不喜欢去买衣服，大概能归结为懒。

俞遥不在的那些年，江仲林的衣服不多，他也不挑拣，能穿得得体就行。后来俞遥回来了，每年都会给他买衣服，但要是俞遥不买，他自己绝不会主动去买。

“老江，你这件毛衣后面有个洞，你确定要穿这件去上课？”俞遥勾着那个洞，戳了下江老先生的背。

江老先生扭头看了看：“嗯？怎么破了个洞？我没发现。”

他换了件衣服出门去了。

然后过了一段时间，俞遥发现他又把那件毛衣穿上了。

“江老师，我记得我给你买了新毛衣。”俞遥抱着胸看他。

江老先生再次被提醒，才想起了那个破洞，笑着摇摇头：“我忘了……算了，在家里而已。”

隔天他把那件毛衣换下来，俞遥就把它给扔了，不然他下回还能忘。

这也就罢了，他还特别不喜欢换新内裤，旧的内裤总要穿很久。俞遥提着他的内裤看了看，总觉得屁股那块儿的布料都快被磨透光了。

“江老师，你这内裤扔了吧，我给你买新的。”

江老师在厕所里刷牙，闻言说：“不用了，我穿习惯了，旧的穿着舒服。”

女孩子总是隔几个月就会换新的内裤，俞遥不明白江老师这是什么习惯，和杨筠联系的时候就抱怨：“江老师的旧内裤他总舍不得扔，我给他买新的他也不穿，说穿着不舒服。”

杨筠哈哈笑起来：“什么啊，我家老公也是一样啊，这些男人都一样，穿了两三年也不愿意换。”

俞遥：“我还以为只有老江这样。”

她眼看着江老师的那些破洞旧内裤越穿越破，实在忍不住，就都扔了，结果晚上就听到江老师在浴室里叹气。

等他穿好衣服来睡觉，俞遥捶了捶他的胳膊：“你生气啦？”

江老师：“没有啊。”

他还有个毛病，从来不和俞遥生气，哪怕俞遥做了让他不开心的事，他也不生气。俞遥和育儿园的同事们常在一起聊天，说起家里的丈夫，就有说起吵架的。其实都是为了些鸡毛蒜皮的小事，让买的东西忘记买了，谁去接孩子放学，周末在家吃什么，家庭旅行去哪里，还有家里的父母之类的，总之她们和各自的丈夫莫名其妙就会吵起来。

“吵吵闹闹感情好啊。”她们都这么说。

江仲林和俞遥就从来不为这些吵。俞遥见过老先生和学生说话，他也是个会发脾气的人，学生做了什么错事，江老师就会板着脸皱眉训斥。他们的女儿瓜瓜长大了，做错了事，这个慈父也会难得地沉下脸教育孩子。唯独对她，他怎么都没脾气，身上百倍的包容全给她了。

俞遥觉得他这样不好，有天就忍不住对他说：“我要是做得不对，你也别跟我这么客气成吗？夫妻过日子难免吵吵架，我又不会一气之下跑了，你这么端着干吗？”

老先生就叹气，说：“我对你就是生不起气。”不是其他的原因。

更年期的暴躁俞遥阿姨被顺了毛。

之后的很多年里，老先生的年纪越来越大，但仍然有这个“宽容待别人，更宽容待俞遥”的毛病。

俞遥四十多岁时，脾气依旧不太好，而瓜瓜这个叛逆期少女也是个坏脾气的，母女两个见天吵吵。好在瓜瓜要去上学，只有周末才回家，不然江老师这个“救火队员”可就有的忙了。

“我也不是要说她，可你看看她，这么大个人了，懒成那样，回家了就知道瘫在沙发上玩游戏，一点儿家务活都不知道帮忙干。这像谁啊，我年轻的时候有她这么懒吗？”俞遥念叨着，收拾房间里的杂物。

俞遥搬出个箱子，发现里面是瓜瓜小时候的一些奖状和玩具，还有些作业本。俞遥不念叨了，蹲在旁边翻着那些作业本，又喜笑颜开：“这个臭瓜瓜，看她小时候的字写得多丑。”

江老师在一旁，笑着摇摇头。

俞遥翻到了一张纸，上面画着几个圆圈和一根线，写着“育儿园”“小学”“初中”“高中”“大学”，还画了几个小人。俞遥隐约记起这是自己当年画的，是为了哄瓜瓜去学习，当时还说过自己会在开头，而江老师会在末尾等着瓜瓜。

“江老师你看这个。”俞遥把纸丢到江老师的面前，“结果我当初说的都是白说了。”

瓜瓜一心想做职业选手，所以今年九月份，瓜瓜将成为国内顶尖的游戏专业的学生，而不是去江仲林任教的海大——学校还是江老师给选的。

江老师：“她开心就好，她现在这个大学更适合她，也不一定非要去海大，我今年退休，就算她去海大，我也教不了她了。”

俞遥：“好好好，行行行，不跟你说，你就知道维护女儿。”

江老师摸了摸纸上潦草的三个小人，把纸叠好放回到俞遥手里。

“一张破纸还留在这干吗呀？”俞遥嘴里说着，顺手就把这纸插进了那一叠奖状里，按原样放了回去。

今年八十多岁的江老师终于要退休了。

人常说老小孩，老小孩，人老了性子就会变得任性，江老师也有一点儿这个趋势。他退休后，总想着和俞遥一起去旅游，还想去藏区，说想带俞遥去看他当年看过的那片有白鸟栖息的湖。

俞遥担心他的身体，怎么都不肯答应，他可好，在家里长吁短叹，惹得周末回家的瓜瓜都悄悄找妈妈求情。

“妈，你看爸那可怜兮兮的样子，你就答应他嘛！”

“胡闹，你也不看看他那身体，他受得了吗？”

“爸的身体挺好的啊，硬朗得很，这么多年都没病过呢。”

俞遥不说话。恐怕没有人能体会俞遥的担忧，江老师的岁数越大，俞遥就越觉得害怕。

晚上，江老师对她说：“结婚这么多年，我们也没有一起单独出行过，就算是最后一次吧，好吗？我不会添麻烦的。”

俞遥转身抱着他的胳膊，擦了擦眼泪：“好。”

为了这次出行，俞遥还特地去购置了几套新衣，其中她的衣服比较多，至于江老师，她就只帮他买了件风衣外套而已。江老师很喜欢这件外套，买来的当天就准备穿上。

“等出门那天再穿，你现在穿给谁看。”俞遥笑着把外套挂进了柜子里。她其实也很期待这次的旅行。

只是可惜，这次的旅行最终没能成行。在出发之前，江老师生了一场病，缠绵病榻两个月之后，江老师的身体就不怎么好了。看着江老师这样的状态，俞遥怎么也不可能答应再出去了。

江老师很遗憾，俞遥也只能安慰他说："等你好了我们再去，你要是真的想去，就再坚持一下，好不好？"

江老师看着她，说："好。"

俞遥："虽然不能去，但你还能穿新衣服呀！"

江老师就笑起来。

他又熬过了一年，只是身体始终没能恢复到以前的样子了，总是容易感到疲惫，经常坐着坐着就睡过去了。

这一年，瓜瓜上大二了，总想着早点儿去参加比赛，整个人都急躁得不行。俞遥教训瓜瓜："你要学就沉下心来好好学，学都没学好就想着比赛！"

总爱和妈妈呛声的瓜瓜这次却没和俞遥吵起来，只是抱着妈妈的脖子说："我想早点儿去比一场，拿个奖杯给爸爸看，告诉他我可以的，让他放心。"

俞遥一怔，摸了摸女儿的头发。不知不觉，女儿长得这么大了。

"你慢慢来，你爸会等你的。他啊，最擅长等人了。"

瓜瓜回学校去了，俞遥和江老师两个人在家。最近天气凉了，江老师又有点儿咳嗽。俞遥买了枇杷、雪梨，还有草莓。她洗了一小篮子草莓端到江老师的身边，他在腿上搭了一块毯子，正在看书，见她过来，就在阳光里朝她笑了笑。

"你先吃草莓，我把梨削了炖冰糖梨水喝。"

"怎么用这么麻烦呢？"

"我也想喝。"

"哦，那就炖梨水喝。"

俞遥笑着去厨房里削梨炖梨水。她再擦着手走出厨房，看到滚落了一地的红草莓。椅子上坐着的江老师闭着眼睛，静悄悄地睡着了。

他在这么一个普通的日子里永远地睡着了，一句别的话都没留下。

葬礼后，又过去了一段时间，瓜瓜重新回学校去了，这个屋子里就剩下俞遥一个人。瓜瓜不放心，总是发视频回来，想让妈妈开心一点儿。瓜瓜收敛了自己的坏脾气，仿佛明白自己接过了爸爸的那份重担，要在今后的人生中照顾妈妈了。母女两个再也没有吵过架。

俞遥很平静地对女儿说："我知道我早晚得面对你爸的离开，我早就在做准备了，准备了很多年。你放心，妈妈没有那么脆弱，你好好上学。"

俞遥一个人去上班，一个人买菜回家做饭。俞遥在厨房里洗菜，听到放在客厅的终端响起提示铃声，顺口就喊："江老师，帮我接下通讯。"

没人回应，铃声一直在空旷的屋子里回响。

俞遥茫茫然地站在那儿，忽然间呜咽一声，扶着台子蹲了下去。直到这时，俞遥才真切地感受到，江仲林真的走了，这个世界上任何地方都找不到他了。

你当年也是这样吗？你当年也像我现在这样难过吗？

“江仲林，你回来，你回来啊，我还没准备好啊……”俞遥在衣柜里翻出了那件江仲林没穿过几次的外套，那是她为了两人的旅行买的。她把这件男士外套穿上。

她一个人穿着这件衣服去了藏区，去了当初江仲林想带她去的那个湖边，在湖边待了三天，都没看见他曾说过的白鸟。

然后她想，我再也见不到他了，没有奇迹了。

——可以后的日子又那么长。

恭喜妈妈赢了!
WIN
WIN

番外二　多年以后

沙漠的夜晚有卷着沙砾的风，俞遥裹紧了身上那件过长的大外套，眼睛专注地看着终端里的一场比赛。

解说人的声音透过终端发音器传出来，被沙漠的夜风吹得有些不清晰。

“中国青鸟队队长江瑞，再次夺得了游戏的最终胜利！这位堪称传奇的老牌运动员，在电子竞技的赛场上，可以说已经毫不逊色于上一代的王者旬邱，在她的职业生涯中，这已经是她第十四次夺得冠军！”

随着解说员的解说，那巨大的虚拟战场瞬间消失在空气里，上百位来自世界各地的参赛队员脚踩悬浮器集合在一起。俞遥的目光投向那穿着红色队服的几个人，这几个人正围着中间那个笑容灿烂的家伙转圈，表达喜悦。

俞遥也跟着笑了起来，眼角的细纹随之微微皱起。

“俞遥，干吗呢，怎么一个人躲在这里？”身后传来一个声音，俞遥没有回头，回答道：“在看我女儿的比赛，要是没看，她回来又要抱怨我这个当妈的不关心她。”

一个端着冰咖啡的女人坐到了俞遥的身边，这个女人不再年轻了，虽然她的头发被染成紫色和蓝色，身上穿着色彩斑斓的奇特长裙，但脸上满布的皱纹泄露了她的年纪。

这位穿着长裙的女士探头看了看俞遥的终端，刚好看到穿着红队服的江瑞握住金色奖牌的画面，忍不住笑着感叹：“哇，你家女儿又得了一枚金牌，厉害了。”

这时候画面中的江瑞正在说获奖感言，她说：“好吧，获奖感言，第一句依然是一直不变的固定感谢，感谢我妈，让我从刚会说话刚能走路就陪她一起玩游戏，是我妈让我赢在起跑线上。”

江瑞身边的其他队员和主持人都笑起来，江瑞接着说：“然后是感谢我爸，我高中的时候不想读书，跑去玩游戏，他也没打我骂我，还拦着要揍我的我妈，费心费力地去给我找有最好的电子竞技专业的学校……”

俞遥想到那年，叛逆少女江瑞在某一天回家后突然又酷又拽地通知他们，自己要休学，要去打比赛，从普通的私人比赛开始。这家伙和少女时期的俞遥叛逆得如出一辙，不愧是俞遥的亲女儿。俞遥看着小屁孩瓜瓜跩到不行的样子，直接被气笑了，终于体会到了多年前俞爸爸的心情。

要不是江老师拦着，俞遥可能真的会把瓜瓜打个屁股开花。俞遥觉得，打游戏当然可以，但女儿必须读完高中和大学。而江瑞觉得，读大学浪费时间，有那个时间，都不知道能多打多少场比赛了。

她们母女两个一个站在桌子上，一个站在沙发上，隔空互啄，而江老师站在中间，阻挡她们的火力，劝一下这边，再劝一下那边，最后他进行了折中，瓜瓜还是要上大学，但不是去海大，而是去专门的电子竞技院校。

“瓜瓜，你的游戏技巧都是你自己琢磨的，或许在小范围内是顶尖的，但你不能因此自满。你想走进更大的赛场，就必须接受更多专业的训练和挑战，这是你自己一个人摸索所不能做到的，所以你需要老师，需要同伴。爸爸并不反对你选择这一行业，只要你喜欢，爸爸就支持你，但爸爸希望你能接受爸爸这个建议，先去进行更深入的学习，磨炼一下自己，好吗？”

江老师说服了瓜瓜，也说服了俞遥。

获奖感言的后半段，俞遥走神了没听清。等俞遥回神，画面里已经没有了江瑞。俞遥直接关掉终端，站起来伸了个懒腰，抬头看向天空。布莱克罗克沙漠这个季节的天空非常好看，俞遥又抬手拢了拢身上的大外套。

坐在俞遥身边的老姐姐也站起来，一口喝完冰咖啡，打了个冷战，呼了声爽：“好了，看完了，咱们也回去吧，她们几个还在等着呢。”说完，她看一眼俞遥身上那件男士大外套，有点儿受不了，“我说，你也不用每次跟我们出去玩都带上这件老旧的男士外套吧，即便是为了怀念丈夫，但这件外套你也穿得太久了。”

俞遥眯着眼睛笑：“虽然破旧了点儿，但穿着暖和啊。”

彩裙老姐姐揽着俞遥的肩膀：“你的爱人总该还留下了别的衣服吧，这样，你下次换一件穿行不行？”

俞遥慢吞吞地回答：“都在阁楼里放着，我懒得去翻。”

两人一起摇摇晃晃地走向灯火通明的场地。

这是布莱克罗克沙漠上为期八天的火人节。每年这个时候，这片寸草不生的沙漠上就会迅速地在一天之内建立起一个庞大的沙漠城市。经过多年发展，现如今，来自世界各地的人群每年都会汇聚于此。各种肤色和人种唯独在这里，在这梦幻一般的八天里，达成完全的和谐，不可思议得像是一场幻觉。

俞遥是和另外八个人一起来的，她们这群人都是女性，都来自中国，年龄最大的七十多岁了，年纪最轻的也有五十多岁，俞遥的年纪在中间。俞遥现在已经退休，江瑞有很多比赛，经常需要全世界到处飞，很少回家，俞遥干脆和认识的老姐妹们组团，一起到处走，去不同的地方体验生活。比如这个火人节，这其实已经是俞遥第二次来了。

她们这一群老姐妹，今年是开着大型卡车过来的，帐篷就扎在大卡车的车斗上。现如今不需要人工驾驶的智能车已经成了主流，像这种需要自己手动开的，使用汽油作为燃料驱动的车子已经变成老古董了。但她们这群人中的一位大姐头，就是那个七十多的老姐们儿，从前就是个开大卡车的老司机。这回也不知道老姐姐是从哪里弄来了这个老古董，轰轰隆隆地一路把她们几个载到这里，引来了很多人的感叹，现在的年轻人里，很多是没见过这种老式卡车的。

俞遥走进场地，来到她们那个大卡车边上，看到驾驶座上光头花臂的老大姐正在和一个年轻人说话，那年轻人兴奋地扒车窗。俞遥对这种小孩子习以为常，这几天不知道有多少小年轻跑过来叽里呱啦地说想要上卡车看看。

俞遥走到改装车厢旁，踩着钢筋焊接的楼梯，往里喊了声："还有几个人在？咱们去玩啊，待在这里干吗呀？"

里面有个正在敷面膜的鬈发奶奶立刻回了声："还不是在等你这个小蹄子，走，现在就走，等我把面膜撕一下……哎哟，沙漠里风沙大，我的皮肤好干哪。哎，我的大围巾谁看到了？"

"还有三个人呢？"

"她们三个去表演了，一个拉二胡一个吹唢呐一个跳舞，反正哪里热闹咱们就去哪里找她们，准没错儿。"

周围到处都是人，大家互相不认识，但所有人都不吝惜善意。这里有爱热闹的人，也有沉默寡言的、在热闹中寻找心灵宁静的人。俞遥她们路过一片寂静塔，点燃的蜡烛和石头堆起的高塔下，人们静坐着，或发呆，或流泪，没有人理会其他人。

而另一边则是跳舞的人群，在飘荡的彩绸下，脱掉鞋子的人们跳着乱七八糟的舞。

"我们去那里，遗憾塔要烧了，我们也去写几张字条。"老姐妹说着，把俞遥拉进那个由木骨架和纸搭建成的巨塔。里面有很多人，都在往白纸上写着什么，他们写完后会把纸贴在塔壁上。这个塔其实没有名字，只是大家每年都习惯在这里写上自己的遗憾和难过的事，等到贴满白纸，大家就把这座塔整个烧掉，像是烧掉了遗憾和难过，所以大家习惯叫它遗憾塔。

俞遥看着那些各色各样的、认识的或不认识的字体，也伸手拿了张白纸，想了想，慢慢地写："瓜瓜的奖状已经拿得比你多了，家里摆满了你们两个的奖状，再多可能要摆不下了。你最喜欢的那件外套，快被我穿破了。”

俞遥已经六十多岁，如今距离江仲林离开那年有些年头了。

“四十年还没到，甚至只过了一半，但我现在已经有点儿明白你当年的感觉了。我能很平静地想念你，很奇怪，我没有觉得孤单，也没有很难过，每次想起你，我都觉得平静而温暖。”

人年轻的时候，是很恐惧老去的，俞遥也是这样，但后来，她在江仲林的身边看他慢慢老去，不知不觉间，这份恐惧就消失了。江仲林的从容影响了她，所以现在她也慢慢老去时，她的心中毫无恐惧。而人不再年轻的时候，一般会恐惧死亡，但同样因为江仲林，俞遥的心中不再恐惧。

人的出生是离别，人的死亡是重逢。她终将和友人、爱人重逢，只是在此之前，她还需要一个人自由地生活一段时间。

烈火熊熊燃烧，烧掉写满了无数人的遗憾和难过的白色高塔，在今后的几天里，这里的所有都会被付之一炬。

一周后，江瑞告别队友，回到自己暂住的房子里。她扔下行李，打电话给亲妈。

“妈，我比赛完了，你看我的比赛了没？”

“看到了。”俞遥看着女儿挨到镜头上的大鼻孔，嫌弃地说，“你怎么每次比赛结束都这副样子，一回来就瘫在那儿，像话吗？家里这么乱七八糟的，你就不能动动你的尊手收拾收拾吗？”

江瑞：“等旬邱回来收拾，我懒得动。”

旬邱是江瑞的前辈，有一段时间还兼任过她的教练，现在是她的男朋友。两人交往多年，近年常像家人那样住在一起，却都没有结婚的意思。用江瑞的话来说，婚姻只是一个形式，这样相处比较舒服。俞遥也随她去，孩子成年后，孩子自己的事就该让孩子自己决定了。

性格太相似的母女两人很容易发生争吵，但从江仲林走后，俞遥就很少再和瓜瓜吵起来了。没了作为调解员的江仲林，俞遥好像自己学会了收敛脾气，仿佛离去的江仲林把身上的某一部分性格留给了俞遥，让她面对女儿时能有更多的包容和耐心。

“哇，老妈，你这是在哪儿呢？前几天跟你联系，你还在沙漠，今天怎么就到海底来了？”江瑞发现老妈那边一条大鱼出镜，忍不住问。

俞遥把镜头对着自己周围转了转，刚好有一条巨大的鳐鱼游过去。

“这是海岛隧道体验活动，我是和几个朋友一起过来的。这种新型海底体验隧道还挺有趣的，我昨天看到鲸鱼从脑袋上游过。”

江瑞：“我也好想跟你一样到处玩，我也想退休。”

俞遥：“再奋斗个三十年吧。”

和女儿说着话，俞遥走过了这一条长隧道。她们有时并不交谈，只是一起静静地看着海中的鱼群，俞遥走出隧道，穿过沙滩，两人结束了通话。

“俞遥，你怎么这么慢哪？快来吃烤鱼，都烤好了，就等着你来吃呢！”一起来的老姐妹在不远处大声喊她。

俞遥走过去：“先说好，你烤的我不吃，上回那肉都是生的。”俞遥笑着融入几位欢笑的朋友之中。

番外三　当时年少

江仲林在初二的时候，转学到了明德私立学校。青春期的男孩子，比同龄的女孩子发育更晚，少年时期的江仲林又矮又瘦弱，初中的时候他比周围的同学们显得更瘦小些，到了高中后才飞速长高。

他从小就格外聪明，不论什么学科都能取得好成绩，从幼儿园开始，拿第一就是常态。而性格上，他内向羞怯，不爱和人说话，只喜欢自己一个人静静地端着书看，所以亲戚们见了他，都会笑话他像个小姑娘一样。

因为成绩好，老师们都格外喜欢他，他转学到明德私立学校后也是一样。他的班主任经常夸奖他，因为江仲林来这里后，几次测试考都考了年级第一。而每次夸完江仲林，班主任就要训斥班上的几个拖后腿的学生。次数多了，江仲林就发现，那几个学生开始有意无意地为难他。

最初，他们只是假装撞到他的桌子，弄乱他的书，江仲林不想计较这种小事，自己把东西捡起来重新放好。可能是发现他脾气好，再后来，那几个人就故意在上体育课跑步的时候把他撞倒在地。江仲林始终觉得，这种同学间闹的小矛盾并不严重，也不必告诉家长和老师，否则会显得太小题大做了。

可他没想到，这样的事一旦没有被阻止，就会发展得越来越严重。那些故意欺负他的同学看他没有告诉家长和老师，就觉得他是个受气包，认为他胆子小不敢告状，于是变本加厉地欺负他。

又一次考试后，江仲林再度取得第一名，没过两天，江仲林就被堵在了宿舍楼另一边的一个厕所里。这个厕所平时人不多，江仲林被两个比自己高大的同学打了一顿，那两人又脱了他的裤子，往他的脑袋上浇了一桶水。

江仲林还是第一次遇到这种事，不知道该如何反应。他一个十几岁的初中生，又一向乖巧，被打后只能抱着被踢疼了的肚子蜷缩在墙角，等那两个人停手。他很明白，自己打不过他们，又被拦在这里跑不掉，现在说任何话做任何事都只会让这两个同学更加不想放过他。

听着站在身前的两个人嘴里的讽刺的话，江仲林紧紧地抿着唇，默默忍耐。被打湿的衣服贴在身上，冰凉，带着一股灰尘和土腥味混杂的味道。厕所里的腥臊味刺鼻，再加上腹部的隐痛，让这一切显得格外难以忍受，少年的心里生出怒火和委屈，他紧紧地握住了拳头。

就在这个时候，他听到了一个声音。

那个声音懒洋洋的，是个女孩子的声音："你们乖学生也会欺负人啊。"

少年抬头看过去，看到那个倚在厕所门口的人，她穿着隔壁十六中的高中校服，是个比他们大的女生。这里是男厕所，但她好像一点儿都不在意，靠在那儿看着他们几个，好像在看小孩子玩过家家一样。

下午的阳光洒落在她脚边，照亮了她的半个身子，她扎着的辫子在阳光下显出一种棕红的颜色，手里燃烧的香烟飘起袅袅烟雾，脖子上绕着根耳机线。

她看上去是那种不爱学习，几乎可以归入"社会人士"的坏学生。明德私立学校的学生们私底下流传着一些传言，说隔壁十六中的所有学生都爱打架，常常聚众打架生事。这个十六中的学生怎么会在上课时间出现在这里？

小少年茫然地看着她，而那两个欺负他的同学同样不知所措，他们大概有点儿怕，直接丢下江仲林跑了。

他们跑了，那个弹烟灰的高中姐姐却没有离开，依旧靠在那儿看着他。

这时的江仲林毕竟已经是个少年了，当然知道男女之别，醒过神来发觉自己裤子被脱的狼狈样全被人看光了，小少年的眼眶通红，尴尬到差点儿哭出来。那大概是他有生以来最丢人的一幕，哪怕后来那女生直接走了，他仍然为之脸红。

被同学欺负，又遇到这种事，少年生了一场病，他的父母从他口中知道始末，非常生气地找校方解决这件事。那两个欺负人的学生被记了大过，调到了其他班，他们的父母也带着孩子上门来道歉。

那之后，江仲林在班上的日子稍微好了一点儿，没人故意欺负他了，但同时，也没人敢理会他了。本来就是个中途转学的学生，还格外受老师的照顾，其他学生多少看他不顺眼，现在又发生这种事，所有人都自动远离他。有学生和他亲近点儿，都会连带着被孤立，所以最后他在班上没一个能说话的人，上课下课都是一个人。

少年更加沉默了，哪怕性格内向，可每天被排挤的日子也令他无所适从。

所以，中午午休那一段比较长的休息时间，他不想待在教室里，往往选择在学校里找个安静的地方一个人待着。

他在池塘边发现了一棵很大的夹竹桃，钻进去之后，里面有一块没有枝叶的地方，刚好可以容纳他坐在那儿看书，从外面看也看不出里面有人，而他在里面能看到池塘水面的绿色浮萍。自从发现了那里，他每天中午都待在那儿。

然后有一天，他看到一个穿着十六中校服的女生来到附近，她好像也在找一个可以休息的清静地方。少年一眼就认出她来，那是上次刚好撞见他被人欺负的那个姐姐。他有点儿紧张，抓紧了膝盖上的书，生怕对方发现他。

好在，她没有钻进夹竹桃树丛里的想法，而是看上了他旁边的另一棵树。她蹬着树干，三两下就爬上了树，架着腿躺在树杈上，戴上耳机闭目休息，少年看着，轻轻呼出一口气。

他不敢发出太大的动静，生怕被发现了，但又忍不住时不时地看对方一眼。

这个他不知道名字的女孩并不是每天都会来这里，而是隔几天才来一次，每次都是江仲林先来了，她才来的。这样的一个“邻居”让小少年的心情有点儿复杂，如果是很讨厌的人，他其实可以换个地方，可是犹豫着犹豫着，他还是没有换地方。

有一次，快要上课了，在树上睡觉的人还没走，似乎睡得太舒服而懒得动弹了。树丛里的少年抱着书，有点儿着急。作为一个好学生，他是不会无故旷课的，可他就这么出去，万一被发现了呢？他只好焦心地等着。

那一件十六中的校服垂下来，忽然掉在了树下，那女生咕哝了句什么，终于跳下树，捡起衣服，拍拍屁股就走了。少年赶紧出来，看一眼她的背影，扭头跑向教学楼。

后来天冷了，他就再也没看到那个女生去那棵树上睡觉了。不过明德私立学校和十六中相邻，外面的那条街上有许多小吃店、早餐店、书店和精品店，这些小铺常有很多学生光顾。

少年偶尔路过十六中门口时，能看到那个女生。

她很多时候是和另一个女生一起走的，有时和一大群男生女生走在一起，偶尔也会一个人走。和很多人走在一起的时候，别人跟她说话，她的脸上都带着笑。她一个人走的时候，耳朵里就会戴着耳机，没什么表情，一副神游天外的样子。

只是，少年并不是常常能看到她，要经过那边很多次才能看到一次。

发现自己经常忍不住在十六中门口找寻那个人的身影时，少年感到一阵茫然。他有点儿紧张地想，我是不是喜欢那个女生？可是想来想去都没有结果，因为他也不知道喜欢别人是什么样的。

时间就这样飞快地过去，他在明德读完初中，直接考进了一中。一中在海市的另一边，和明德隔了大半个城市，于是他再也没有看见过那个女生，哪怕偶尔路过十六中附近，也没再见到过她。

海市这么大，他不知道她的名字，大概见不到了吧。发觉这一点时，他察觉到自己心里的莫名失落。

少年人的心就像是那个夏天里在池塘里游弋的小鱼，偶尔会在浮萍底下露出红尾巴，荡出一圈小小的涟漪。那一点颜色那么显眼，可又让人抓不住，倏忽间就藏了起来。

那时少年并不知道，这个女孩子会成为他今生的爱人。

当青涩的少年变成挺拔的青年，他们猝不及防再次相遇了。那是一场相亲，江仲林的表哥要和人相亲，结果临时有事，又刚好遇到江仲林，就让江仲林帮忙去向女方道个歉。

江仲林一眼就认出了来相亲的那个女孩，不，已经不能说是女孩了，而是一个成熟的女人。她化着淡妆，脸上带着笑，头发染回了黑色，端庄地挽起来，学生时期那种锐气和叛逆似乎已经消退。

面前的人和他记忆中的人完全不一样了，可他发觉自己竟然在那一瞬间清晰地记起了她从前的模样。

“你好，我是俞遥，是这次本该来相亲的那位杨筠女士的朋友。”她打量了他一下，突然微笑起来，“我看你好像并不是来相亲的瞿先生？”

江仲林被她打量的目光看得手指一抖，仿佛回到那年他第一次见她时的那个尴尬的处境。那时她似乎也是这么打量他，然后微笑起来的。表情是一样的。

“我叫江仲林，是瞿先生的表弟……”

江仲林都不知道这顿晚餐是怎么结束的，当他回到家，他发现自己一直在想着她。没过几天，他的导师问他为什么最近经常发呆，他的父母也发现不对，问他为什么时常走神，只有他自己还茫然着，没有发觉异样。

“我在思考，我不知道自己是不是喜欢她。”他苦恼地询问朋友们。

他的朋友们不约而同地露出微妙的笑容："这种事儿，你再去见她一次就能明白了。"

所以他期待又雀跃地再次见了俞遥，俞遥还记得他，诧异地问："是你啊，怎么等在这儿，是过来有事儿？"

江仲林听到自己的心跳声，它鼓噪着，好像夏天池塘边的蝉鸣。

"我……能喜欢你吗？"他脱口而出。

番外四 父母故事

“我们真的就这样走了？要是不管，那个女人会不会再被打？”俞良皱着眉回头往楼上看。

他的同事神色自然地往楼下走，显然已经习以为常，嘴里回答说：“这种家事我们怎么管？夫妻吵架，难免磕磕碰碰的，别看现在吵成这样报警了，待会儿两人又得和好。咱们要是真管这事儿，说不定那个当妻子的之后还要怪我们呢。”

俞良仍旧很是担心，追问道：“可是我看那个女人被她的丈夫打了不止一次了，刚才她坐在那儿不说话，看上去情绪不太对劲儿。”

同事被俞良纠缠得有点儿烦，心想，这个新来的还是太年轻了。同事叹了口气：“我劝你别管了。你还没结婚，没经验。结婚就是这样的，生活里不顺心，吵架是常有的事儿，我老婆生气了，还不是随手往我身上砸东西，我难道还要把她抓起来不成？听前辈一句话，家事不要多管。”

俞良见一起出警的同事不想多谈，只好闭嘴，可心里仍然感到担心。万一出了人命怎么办？

俞良的预感是正确的。没过几天，俞良就接到群众报警，说有人要跳楼，一看地方，就是之前自己去过的那栋楼。

身形纤细的长发女人站在楼顶栏杆旁，面无表情地看着底下围观的人，高楼上的风把她吹得摇摇欲坠，仿佛随时会摔下来。

出警人员迅速在楼下布置，有人对着楼上喊话，俞良和另一位同事一起，迅速上了楼顶。

在最后一刻，俞良险之又险地拽住了那个跳下去的女人，用尽全力把她拉了上来。可刚才还很安静的女人却再度疯狂起来，挣脱他的手，往另一个方向扑过去，俞良手疾眼快地拉住她，不得已把她困住。

“女士，冷静点儿，你先冷静。”俞良半抱着女人，有点儿狼狈地制止了她激烈的动作。

渐渐地，大概是发现自己无法挣脱，那个女人停止了挣扎，在他怀里哭了起来。她哭得那么绝望而伤心，仿佛失去了所有的力气。

“为什么？我需要你们救我的时候你们不救我，我不需要人救的时候又要救？啊？”女人的声音嘶哑，她蜷缩起来，“你们现在不是在救我啊！”

女人露出的肌肤上有各种令人触目惊心的伤痕。这是个好看的女人，却因为生活的折磨而变得疲惫苍白。

这个女人叫作沈静秀，曾因为丈夫使用家庭暴力两次报警，却都没能得到好结果。她的丈夫每次被警察找上后，都会满脸后悔地赌咒说再不动手，可过后他就会变本加厉地伤害她。沈静秀忍受不了了，跑回娘家，哥哥嫂子却劝她回家，忍一忍。母亲虽然疼爱她，却也说夫妻要以和为贵，还说只要生了孩子就会好了。

沈静秀曾经有一份工作，可丈夫以备孕为由让她辞职回家，后来，就开始不让她出门。结婚三年，她始终没能怀孕，丈夫对此不满，更频繁地动手打她。没有任何人能帮她，她也找不到继续活在这个世界上的理由了，不如死了，一了百了。

“为什么不离婚呢？”俞良忍不住问。

“因为他说，只要我敢离婚，他就会每天去我家找我，还要找我家里人的麻烦……他说不管我跑到哪里去，他都会找到我，就算我们离婚了，我们曾经是夫妻，警察就不会管的……”沈静秀恐惧地颤抖起来，眼里大颗的泪珠往下滚落，整个人都笼罩在毫无生气的绝望里。

俞良看着这个可怜的女人，心中忽然生出一个大胆的想法，可是他很快就把这个想法压了下去。应该还有其他办法能帮她的。

“没用的，我下次还是要死的，我这辈子都摆脱不了那个男人，只有死了。”沈静秀被人扶起来，俞良听到她的喃喃自语，心里一突，忽然冲动了一把，跟了上去，认真地对沈静秀说：“要不然你离婚吧，然后嫁给我！”

话说出口后，他看着女人倏然瞪大的眼睛，又后知后觉地紧张起来，有点儿尴尬地解释：“我是说，到时候有我在，你的丈夫肯定就不敢纠缠你了。虽然我们……结婚，但我保证我不会对你做什么的，以后，等以后那个男人放弃了，我们就离婚，你就自由了。嗯……是因为，我觉得，那个，只要你离婚后很快再婚，你的前夫就不会再纠缠你了，要是你有其他人选，你请他们帮忙也行，我……”

他还没说完，女人就骤然抓住了他的手，抓得非常用力。她似乎是用尽了全身的力气抓住他，让他都感觉到了疼痛。

“求你，求你帮我！”沈静秀抓住了面前的唯一一根救命稻草。

后来，沈静秀离婚了，接着，他们这两个其实不太熟悉的人领证结了婚。领证那天，沈静秀才发现，这个善良正直还有点儿冒傻气的冲动的年轻人才满二十二周岁没多久。

“我已经二十七岁了，让你帮忙，真是麻烦你了。”沈静秀有点儿难为情，她比这个小青年大好几岁呢。摆脱了前夫，她感到轻松了不少，而这个名义上的新丈夫是个警察，给了她更多的安全感。

俞良这个时候看到手里的小红本，才反应过来自己真的结婚了，虽然只是为了帮忙，但他还是瞬间闹了张大红脸。此时的沈静秀穿戴整齐干净，显得温婉美丽，面对这样的大姐姐，俞良涨红了脸，不停摆手：“不不不，不麻烦，为人民服务！”

沈静秀瞬间笑了出来。

她住进了俞良的屋子，俞良把她让进去的时候结结巴巴地说：“你先在这儿住一段时间可能会更安全点儿。你在这边，那个男人应该不敢来骚扰你。屋子有点儿小，但周围有超市有市场，还挺方便的。你的房间在那边，我给你装了把新锁，这样你晚上睡觉可以把门锁起来。”

俞良的屋子是养父留下来的，现在只剩下他一个人住在这儿，突然间来了个女人，俞良非常不习惯，看都不敢多看沈静秀一眼。而沈静秀，她发现这屋子有被匆忙收拾过的痕迹，只是显然太匆忙了，有些地方没能收拾干净，屋子仍然充满了一股单身汉的气息。

从沈静秀住进这个屋子里开始，俞良的生活就发生了一些变化。他晚上下班回家，一打开门，就闻到了饭菜的香味；再一看，整个屋子好像都明亮了不少，干净得几乎让他以为走错了地方；最后看到穿着围裙坐在沙发上的沈静秀，俞良一时间没反应过来，差点儿一个后跳蹦出去。

“回来了？辛苦你了，先吃饭吧。”沈静秀看到他，露出一个笑容。俞良被她笑得脸红，有点儿拘谨地走进了屋里。明明是他的房子，可他却有种来做客的错觉，束手束脚的。

俞良被养父养大，两个男人一起生活，很多东西他们都不在意。身边没有女性长辈，俞良也不知道所谓家的感觉是什么，但沈静秀住下后，他忽然间体会到了。

每天晚上，他都会想早点儿回家，因为他知道会有人在家里等他。

这天他回家，打开门，却没看到像往日那样亮着的灯和桌上的饭菜。沈静秀的房门紧闭，俞良有些担心，犹豫了一下，敲敲门，问：“你在吗？怎么了？是不是生病了？”

他刚说完，门就被打开了，沈静秀满脸仓皇地扑过来，紧紧抱着他，语无伦次地说：“他来了，我看到，我发现他在楼下，早上就看到了……后来他还上楼，来敲门……他为什么还要来，怎么办？怎么办……”

俞良看着她脸色苍白的模样，也顾不得其他，小心地揽着她回到房里，给她披了条被子：“没事儿没事儿，你说你的前夫今天到这边来了？不怕，他要是再敢来，我就把他赶走。他不能再打你了，你相信我，我不会再让他打你的。”

沈静秀盯着他，终于慢慢平静下来。几年中不断的打骂让她对那个男人产生了难以抑制的恐惧。

看到她嘴唇泛白，俞良站起身：“我先去给你倒杯热水。”

他走出房门去倒热水，一回头发现沈静秀跟着他出来了，她就披着被子跟在他的身后。

“你先喝点儿热水，我来做晚饭。你饿了吗？我们今天吃面行不行？其实我只会做面，我以前一个人经常吃面的，我做的面味道不错。”他尽量找话题，想让沈静秀更放松些。

默默地吃完面，两人各自去休息。

半夜，俞良突然惊醒，发觉自己身边有人，他的第一反应就是有贼入室盗窃，条件反射出手擒拿，被他按在床上的人发出一声痛呼，声音软绵绵的，很熟悉。俞良一愣，马上放手。

那是沈静秀。

“啊！我以为是小偷，我不知道是你，对不起对不起！”

沈静秀从床上坐起来，咬着唇看了他一眼，然后她仿佛下定了什么决心，忽然抱住了他，把整个身子贴了上去。

俞良感觉胸口贴着两团柔软，下意识地赶紧伸手推开，自己往后退了一大步，砰的一声贴在了墙上，和被推倒在床上的姐姐面面相觑。

沈静秀被他的样子逗笑了，可笑着笑着她又忍不住哭了起来：“对不起，我是不是太不要脸了？”

俞良：“不是不是！”

“我比你大五岁，还嫁过人，你不愿意也很正常。”

俞良：“没有！没有！”

“那你躲什么？”

俞良的眼神往上飘，手拉着领口用自己的T恤遮住视野，不让自己往下看。因为胸、胸太大了，他刚才什么都没来得及想，就下意识地做出那个动作。他闷声闷气地说：“我答应过你的，不会做这种乘人之危的事，而且你以后也要离开的。”

沈静秀静静地望着他：“我想以后的日子和你一起生活。”

绝望中的人似乎很容易喜欢上把自己拉出黑暗的英雄。

他们成了真正的夫妻，并且，沈静秀很快怀了孕，生下了一个女孩。生下孩子之后，沈静秀坚强了不少，也彻底从上一段失败的婚姻的阴影中走出来了。

而第一次当爸爸的俞良，高兴得简直快傻了，每天脸上都洋溢着欢乐的笑容，不管做什么都充满了干劲儿。

“其实，我以前是不准备结婚的。”俞良抱着小小一团的女儿，“因为我不知道自己能不能照顾好妻子和孩子，但是现在，我觉得自己充满了勇气！”

在床上坐着的沈静秀伸出纤细的手臂，把丈夫拉过来，抱着他的脑袋亲了亲，俞良又傻笑起来。

他是个乐于助人的好人，不管是认识的还是不认识的，只要遇到有难的，他都愿意伸出援手帮一把。遇到路人被抢了包、发现公交车上有小偷盗窃、遇上有男人猥亵女孩子、碰见有人迷了路、看到别人提不起重物，他都会主动上前帮忙。

“他们都说我傻，但我是警察啊，其他人不管，我也必须要管的。”俞良偶尔也会有点儿郁闷，可他的妻子每次都能理解他，告诉他，他做得对。

“我的丈夫是个大英雄。”她总这么和他说。

日子一天天过去，他们的女儿俞遥也在慢慢长大，小女孩也常常抱着俞良的脖子亲他，奶声奶气地说：“我爸爸是个大英雄！”

俞良觉得自己非常幸福，只要有妻子和孩子的支持，不管怎么样，他都能一直按照自己的想法走下去。

只是，孩子长大了，似乎对他的不满也在变多。俞良想到自己经常加班，陪伴孩子的时间很少，心里难免愧疚。

他语气沮丧地说：“是我这个爸爸没能更多地关心她，遥遥生气也应该的。”已经变成一个大男人的俞良，在妻子的面前仍然像当年那个小毛头一样。

沈静秀亲亲他：“遥遥不是因为你没时间陪她，她是在心疼我。”

俞良：“啊？”

沈静秀：“你不是帮楼上李大爷搬煤气罐吗？家里也没煤气了，我看你在忙，就自己搬上来了，遥遥心疼我累。”

俞良连忙拉起她的手看：“啊，你怎么搬得动？放在那儿等我回来就好了，手是不是勒红了？”

沈静秀摇摇头：“没事儿，只是搬个东西而已，又不是什么大事。你每天在外面工作已经很累了，这些事儿我能自己做就自己做，我是你的妻子，当然心疼你啊。而且我也不算辛苦，咱们家遥遥越来越懂事，都会主动帮我做家里的事情了。”

想起女儿，俞良也觉得欣慰：“遥遥是很乖，唉，还是我没照顾好你们，下次有什么事，你别勉强做，放在那儿等我回来，知道吗？”

沈静秀只好答应了他：“好，我知道啦。”

他们的大女儿刚上初中时，沈静秀再次怀了个孩子，俞良本来不想要，可沈静秀舍不得，所以最后还是留了下来。

“遥遥一个人太寂寞了，我们亲戚都不多，以后等我们老了，她有个兄弟姐妹帮衬着也好一些。”沈静秀说。

俞良对第二个孩子的降临是那么期待，却没想到会发生那样的事。

预产期临近，俞良特地申请了好几天的假期，想要陪着妻子生孩子。

“你不要这么紧张，没事儿的，我都是第二次生孩子了。”沈静秀笑得无奈又温柔。

“不然我们今天就住进医院吧？”俞良看着她的肚子，有点儿焦虑地建议。

沈静秀只好温声安慰他：“你放心，没事儿的，本来定的就是过两天再到医院待产，这么早去干什么？在医院又不方便。”

俞良还想说些什么，他的电话却响了。

“俞良，你在休假，本来不该打扰你，但是这边有个事儿真的很需要你帮忙。你还记得上次在东阳那边被亲爸虐待的孩子吧？刚才我们接到报警，那个孩子的爸爸死了，两天前在家里死的，今天才被发现。那个孩子也被关在家里，在他爸的尸体旁边待了两天。我们现在在现场，这孩子的情况有点儿不对，我们几个同事都拿他没办法，你不是和这孩子关系不错吗？之前在局里你还照顾过他的，你看你方不方便过来看看这孩子？说不定有用……”

俞良有些犹豫，听到电话内容的沈静秀却说：“没事儿，你去看看吧，我这边没事儿的，有什么事儿我就给你打电话。”

俞良很快离开了，离开前还嘱咐：“你先打电话给岳母，让她今天过来照看一下你。”

沈静秀摸着肚子站在门口送他："好，你在外面也小心。"

俞良下了楼，想了想不放心，又跑上楼，敲开房门："有什么事儿，你就跟周围的邻居说一下，请他们帮忙。"

"好。"

沈静秀扶着腰坐在沙发上，给家里打电话，嫂子接的，语气非常不好。

"我家小俊发烧，我和你哥都要工作，妈要在家照顾小俊。你老公呢？他不照顾你，老是想着让你娘家人去照顾，当咱妈是免费保姆呢？"

沈静秀最后只得挂了电话。她看着肚子叹了口气，心想，算了，也就一天，应该没什么事儿，说不定晚上俞良就回来了，而且明天女儿也会从学校回来，不会有事儿的。

血腥味充满了整间屋子，穿着初中校服的女孩子站在家门口，书包砰的一声摔落在地。

俞良没想到会耽误这么久，那个原本一声不吭，看起来呆呆傻傻的孩子看到他后就哭了起来，抱着他怎么都不肯放，所以他和同事们一起忙了一整天，直到他接了一个电话。

电话铃声响起来的时候，他的心里莫名有种很不好的预感。他接起电话，听到了女儿的声音。

出事了。

他的妻子和未出世的第二个孩子都死了。周围的人露出同情的表情，感叹这真是个悲惨的意外，俞良什么都听不进去，脑子里嗡嗡作响。他还记得离开家前，妻子微笑着向他摆手告别的样子，才一天而已，怎么会这样呢？

他浑浑噩噩的，直到妻子下葬后才发现，女儿从那天开始就再也没和他说过话。

"遥遥……爸爸不是故意的，我不知道……"

才十二岁的女儿打断他："你说了你会在家陪着她的，你说了的！就几天，就在家陪她几天都做不到吗？过了这几天，随便你去哪里当英雄都可以！就这几天而已，你为什么要走啊？！"

他应该为自己解释的，可看着女儿充满恨意的眼睛，他发现自己一句话都说不出来。他不想解释了，因为他心里也在不断地责怪自己。

他失去了妻子和未出世的孩子，又失去了唯一的女儿。

曾经乖巧可爱的女儿变得不再听话，常常故意惹他生气，甚至不愿意回家，也不愿意和他交流。可能是因为亲眼看到母亲的凄惨死状，女儿的性格也发生了一些变化，可俞良不知道该怎么处理这些难题。

父女俩的关系越来越恶劣，女儿上高中前的那次冲突更是让他们的关系降至冰点。他费尽心思，想将女儿送进一个好学校，可她却一意孤行，选择了一个糟糕透顶的高中，俞良再也控制不住自己的怒火。他能接受女儿讨厌他，故意气他，可是他不能接受女儿为了故意气他而这样毁掉她自己的前途，所以他第一次动手打了这个从小疼爱的孩子。然而她却那么倔，他越是不准，她就越一意孤行。

父女两个越走越远，中间那道巨大的沟壑不仅没有被时间填平，反而不断变得更广更深。

很多个夜晚里，俞良都会想，我是真的做错了吗？选择做一个能帮助别人的好人，我错了吗？

但不管心里有怎样的动摇，当新的一天到来，他仍旧会再次成为那个走在第一线，帮助别人的警察。

那一年，俞良因为救人受了些伤。他从病床上醒来，发现身边摆着一束花，那是妻子最爱的百合花。淡淡的清香萦绕在房间里，让他觉得身上的痛楚都好像减轻了一些。

"还特地买了花，真是谢谢你了。"他对前来帮忙照顾自己的同事道谢，同事却说："不是我买的，是刚才有个年轻姑娘送来的，我以为是你认识的人。"

俞良："什么年轻姑娘，我不认识……"他忽然顿住，猛地坐起来，焦急地问道，“是我女儿吗？”他想起来同事不认识俞遥，又连忙拿出手机给同事看女儿的照片，屏息等着同事的回答。

“是她，好像是，很像。”

俞良忍不住笑了一下。这么多年了，女儿已经成年了，都工作几年了，虽然没有了当年的叛逆，但两人关系依旧不好。他没想到女儿会过来，心里瞬间有些欣慰。

他摸了摸那些柔软的百合花瓣，有些期待地想，是不是再过几年，女儿就会愿意再好好喊他一声爸爸呢？他已经好久好久没有听到女儿喊自己爸爸了。